Marianne ist acht Jahre alt, als ihre Mutter verschwindet. Sie bleibt mit ihrem Bruder Joe und ihrem Vater in einem Haus mit verwildertem Garten am Rande eines kleinen Dorfes zurück. Die bruchstückhaften Erinnerungen an die Liebe ihrer Mutter geben ihr Kraft: der Duft frischer Kräuter, die Spiele, die sie spielten, die Lieder und Märchen aus ihrer Kindheit, die in Mariannes Fantasie weiterleben. Doch da ist so vieles, das verborgen liegt im Dunkel ihrer eigenen Geschichte. Die drängendste Frage: Warum ist ihre Mutter gegangen, wie hat sie Marianne nur zurücklassen können? Die abwesende Mutter begleitet sie durch ihre gesamte Kindheit und Jugend, bleibt auch bei ihr, als sie längst erwachsen ist. Erst Jahre, nachdem sie selbst eine Tochter bekommen hat, beginnt Marianne, sich auf die Spur ihrer Erinnerungen zu begeben und stößt auf ein Geheimnis.

›Perlen‹ erzählt davon, wie es gelingen kann, trotz widriger Umstände den eigenen Weg zu finden. Ein zarter, poetischer Roman über das Wesen der Trauer und den Trost, den wir finden können, wenn es uns gelingt, uns mit der eigenen Vergangenheit auszusöhnen.

Siân Hughes

PERLEN

Siân Hughes, geboren 1965, wuchs in dem kleinen Dorf in Cheshire auf, wo ›Perlen‹ auch spielt. Ihr Gedichtband ›The Missing‹ (2009) stand auf der Longlist des Guardian First Book Award. ›Perlen‹ ist ihr erster Roman, erschienen bei dem kleinen unabhängigen Verlag Indigo Press. Er wurde in England zum Überraschungserfolg, stand auf der Longlist für den Booker Prize und auf der Shortlist für den Author's Club Best First Novel Award. Die Autorin besitzt und betreibt außerdem einen Buchladen.

Tanja Handels übersetzt aus dem Englischen, zuletzt u. a. Bernardine Evaristo, Zadie Smith und Toni Morrison. Für ihre Arbeit erhielt sie zahlreiche Preise und Stipendien, darunter den Preis der Heinrich Maria Ledig-Rowohlt-Stiftung.

Siân Hughes

PERLEN

Roman

Aus dem Englischen
von Tanja Handels

DUMONT

1

Kirmes

Adam and Eve and Pinch-Me
Went down to the river to bathe.
Adam and Eve were drowned
Who do you think was saved?

Immer wenn der Sommer zu Ende geht, fahre ich mit Susannah heim in mein Dorf, zu einer Art Kirmes, die dort nur *The Wakes* heißt. Es gibt einen Festumzug und ein paar Karussells. Auf dem Sportplatz wird ein ganzer Ochse am Spieß gebraten. Als ich klein war, wurde auch noch das sogenannte Kinderwagenrennen abgehalten. Den Regeln gemäß musste jede Mannschaft, bestehend aus zwei Männern, im Laufschritt einen Kinderwagen ins Nachbardorf und zurück befördern, der eine schob, der andere saß drin. Unterwegs mussten beide in jedem Pub an der Strecke ein Pint leeren. Und alle Teams waren als Mutter und Baby verkleidet: Ein Mann trug ein albernes altes Nachthemd, darunter Luftballons als Brüste, verschmierten Lippenstift und Lockenwickler im Haar, der andere war mit Lätzchen, Mützchen und einem Badetuch als Windel ausstaffiert.

Beim Start saß immer das Riesenbaby im Wagen und wurde von dem Mann mit Lockenwicklern und Lippenstift geschoben, aber um überhaupt eine Chance auf den Sieg zu haben, mussten sie sich notgedrungen abwechseln, und daher tauschten sie nach dem ersten Halt, das Baby sprang aus dem Wagen, die Mutter sprang hinein, die Luftballons platzten, die Windel löste sich, und für die nächste Etappe schob das bärtige Baby die bärtige Mutter.

Mittlerweile gibt es kein Kinderwagenrennen mehr. Die Straßen sind zu stark befahren, darum hat die Polizei es untersagt.

Die *Wakes* finden schon sehr lange statt. Angefangen hat alles mit Binsenschneiden, und das wird auch heute noch gemacht. Früher, als die Böden aller Kirchen noch mit Binsen ausgelegt waren, wurden um diese Jahreszeit die alten Beläge entfernt und erneuert. Jetzt ist es so, dass wir die Gräber unserer Angehörigen mit Binsen schmücken. Wir fahren die Duckington Lane entlang und auf halber Strecke durch ein Tor hinter dem alten Tontauben-Schießplatz, um an einem der dortigen Tümpel nach Binsen zu suchen.

Dazu müssen wir unsere Gummistiefel anziehen. Ich hole die Gartenschere aus dem Kofferraum und lasse den Hund aus seiner Reisebox. Sofort nimmt er irgendeine Fährte auf und rennt hinter dem Tor wie verrückt im Kreis. Susannah sagt, nein danke, sie bleibe lieber im Wagen. Mit dreizehn macht ihr das Binsenschneiden nicht mehr so viel Spaß. Ich öffne die Tür zur Rückbank und biete ihr erneut an mitzukommen. Sie seufzt tief, sagt, ja, okay, wenn wir schon mal hier sind, dann legt sie ihr Smartphone weg und zieht ihre Stiefel an.

Die guten Binsen vorne am Rand haben schon andere abgeerntet. Von denen mit den schönen schwarzen Spitzen sind kaum noch welche übrig. Susannah ist so leicht, dass der sumpfige Untergrund sie trägt, und geht mitten hinein, um die wenigen verbliebenen Binsen abzuschneiden. Zurück im

Wagen bekommt sie von mir die Aufgabe, sie mit Bändern zum Strauß zu flechten. Blau und lila dieses Jahr. Von zu Hause haben wir Lavendel- und Minzzweige aus dem Vorgarten mitgebracht, um sie dazwischenzustecken. Als Susannah mit dem Strauß fertig ist, duften ihre Hände und das ganze Auto danach.

Wir brauchen nur ein kleines Bündel. Das Grab, das wir schmücken wollen, ist nicht groß. Streng genommen ist es nicht einmal ein Grab. Es ist nur ein Gedenkstein und auch nicht an der Stelle, wo die Asche beigesetzt wurde. Susannah hat unsere Binsen wirklich schön geflochten. Ihre Großmutter wäre stolz auf sie. Von ihr hat sie die kleinen, kräftigen Hände und Füße, die rötlichen Lichter im Haar und die süße, leicht kratzige Singstimme.

Wir schaffen es gerade rechtzeitig zur traditionellen *Wakes*-Messe in die Kirche. Das ist so etwas wie ein gemeinschaftliches Totengedenken, zum Auftakt der Feierlichkeiten. Es werden die Namen aller verlesen, die in der Gemeinde begraben liegen. Einfach nur eine Auflistung von Namen. Das ist wunderschön, wie ein Gedicht oder eine Beschwörungsformel. Die ganzen alten Namen von den Grabsteinen draußen, all die Familien, die immer schon hier gelebt haben: Hewitt, Huxley, Leche, Proudlove, jemand aus ihrer Mitte, in dieser Gemeinde verstorben. Ich komme jedes Jahr wieder hierher und höre mir das an, obwohl die Namen derer, die zu meiner Familie gehört haben, nie in der Liste auftauchen.

Nach der Messe gehen wir mit unserem Binsenbündel hinter die Kirche, auf den Friedhof, wo schon etliche Familien Grabsteine schrubben, Vasen befüllen und Picknickdecken ausbreiten. Zu den *Wakes* kommen nämlich immer alle. Manche reisen von weit her an. Auch ich wohne nicht mehr hier, seit ich in Susannahs Alter war, aber ich komme jedes Mal.

Ich lege unsere Picknickdecke neben den Gedenkstein, packe die Sandwiches aus, die hart gekochten Eier und die kleinen Salz- und Pfefferstreuer. Ich habe Flapjacks mit dunklem Sirup gebacken, nach dem Rezept meiner Mutter. Das mache ich immer. Ich schaue den Menschen ringsum ins Gesicht, versuche, anhand der Namen auf den Grabsteinen neben ihnen herauszufinden, wer wer ist, suche in den Gesichtern ihrer Kinder nach Zügen, die ich noch aus Grundschulzeiten kenne.

An Auferstehung glaube ich nicht. Zumindest nicht richtig. Aber sollten die Toten wirklich einmal die Grasnarben beiseiteschieben und aus ihren Gräbern steigen, sich die Erde aus den Haaren schütteln und ins Sonnenlicht blinzeln, dann dürfte das auch nicht viel anders aussehen als so ein *Wakes*-Wochenende auf dem Friedhof von Tilston. Nur etwas voller vielleicht. Immer wenn der August zu Ende geht, sind wir Wiedergänger auf bunten Picknickdecken, sitzen an unseren Familiengräbern, sind auferstandener Leib unserer Vorfahren, samt Knochen und Blut, wir tragen ihre abgelegten schlechten Zähne und schwachen Achillessehnen auf und reichen Sandwiches und Kuchen herum.

Sollten die Toten auferstehen, ob sie dann wohl im selben Alter zurückkehren, in dem sie gestorben sind? Falls ja, wäre meine Mutter fein raus. Mein arthritisgeplagter Großonkel weniger.

Ich muss daran denken, wie Großonkel Matthew, dessen Gedenkstein, gleich neben dem, den wir gerade schmücken, praktisch ganz unter Flechten verschwunden ist, im Pflegeheim nach oben ging, um Mittagsschlaf zu halten, die knorrige Hand am Treppengeländer, immer nur eine Stufe auf einmal. Mit seinen geschwollenen Knien hätte der Ärmste es sicher schwer, aus dem Grab zu kommen. Wenn er die Treppe halb hinauf war, blieb er stehen und sagte: »*Caesar se recipit in hiberna*« (»So bezog Cäsar sein Winterquartier«), angeblich das Einzige, was ihm aus fünf Jahren Grammar School geblieben war. Ich glaubte lange, das hieße: »Ich mache dann jetzt mein Nickerchen«, bis ich es in der Uni-Bibliothek nachgeschlagen habe.

Von den anderen wollte keiner mit. Weder mein Vater noch mein Bruder. Das ist immer so. Wenn ich sage: »Aber zu den *Wakes* kommen alle zurück«, sieht mich mein Vater nur an, mit diesem langen traurigen Blick. Seit ich acht bin, erzählt er mir, dass meine Mutter nie mehr zurückkommt. Mittlerweile braucht er gar nichts mehr zu sagen: Ich weiß, was der Blick bedeutet. Aber falls doch, wo sonst würde sie uns suchen? Und wie sonst sollte sie mich erkennen, wenn nicht daran, dass ich beim Gedenkstein sitze und im Großen und Ganzen so aussehe wie sie vor dreißig Jahren? Wie sonst sollte ich sie erkennen?

Wenn sie plötzlich hier auf dem Friedhof stünde und nicht gleich wüsste, wer ich bin, würde ich ein Lied für sie singen. Ich würde ihr »Green Gravel« vorsingen. Manchmal singe ich es auch einfach so für sie, wenn ich Wäsche aufhänge oder abends allein im Auto sitze. Für mich ist es mein Lied, obwohl ich inzwischen erwachsen genug bin, um zu wissen, dass es um einiges älter ist als ich, um einiges älter auch als das Baby, für das meine Mutter es vor so vielen Jahren gesungen hat.

Green gravel, green gravel,
Your grass is so green,
The fairest young maiden
That ever was seen.

I'll wash you in new milk
And wrap you in silk,
And write down your name
In a gold pen and ink.

Als Kind ahnte ich nicht, dass sie von einem Grab sang, von einem grünen Grab. Bei *gravel* dachte ich an Kies, wie er in der Einfahrt lag und bei schweren Regenfällen bis vor zur Straße gespült wurde. Und wer wird da überhaupt begraben? Die frische Milch muss für ein Neugeborenes gedacht sein, das schönste und reinste Geschöpf überhaupt, unberührt von auch nur einer Minute Leben. Die ganze Zeit, die ich glaubte, sie sänge es für mich, sang sie es für das andere Kind, dem er gehört, dieser schuhschachtelgroße Gedenkstein, auf dem nur ein einziges Datum steht, Geburts- und Todestag in einem.

Auch jetzt ertappe ich mich noch dabei, wie ich im Kopf ein Gespräch mit ihr anfange. Bei Susannahs Geburt sah ich mich nach ihr um, ich schaute auf vom nagelneuen Gesicht meiner Tochter und merkte, dass ich den Blick meiner Mutter suchte, der meinem begegnen würde und mit mir der Meinung wäre, Susannah sei in der Tat *the fairest young maiden that ever was seen*. Ich wartete darauf, dass sie in das Lied einstimmte. Weinend suchte ich überall nach ihr. Die Hebamme erkundigte sich, ob es in meiner Familie eine Vorgeschichte von Wochenbettpsychose gebe. Ich verneinte. Nur Trauer. Eine familiäre Vorgeschichte von Trauer. Auch die gibt man weiter. Wie das Immunsystem mit der Muttermilch. Wie ein Lied.

2

Wilbur und Charlotte

Cinderella, dressed in yella,
Went to a ball to kiss a fella,
By mistake, kissed a snake,
How many doctors did it take?

Was weiter passiert ist, nachdem ich der Hebamme das gesagt hatte, weiß ich nicht mehr. Ich sagte damals viel in der Art. Und war zu verwirrt, um mir zu merken, in welcher Reihenfolge alles ablief. Es kamen massenhaft Menschen, um auf mich einzureden. Die meisten waren nett. Ein paar hatten diese Miene, die ich noch aus der Schule und von der Polizei kannte, sie suchten die Sollbruchstelle in meinem Gesicht, das Falsche.

(Mit acht glaubte ich noch, sie würden in meinem Gesicht nach dem Grund suchen, aus dem meine Mutter verschwunden war. Dem einen Entsetzlichen, was mit mir nicht stimmte und sie veranlasst hatte, zur Tür hinauszugehen und nie mehr zurückzukommen. Als ich älter wurde, glaubte ich, sie suchten nach Ähnlichkeiten, nach einem Warnsignal, dass ich es ihr bald gleichtun würde.)

Nach ein paar solchen Besuchen sahen für mich alle gleich aus. Ich hörte kaum noch zu, wenn sie mit mir redeten. Susannah wurde immer properer und fröhlicher, und mit der

Zeit färbte ihre Fröhlichkeit auf mich ab. Ich hatte die Aufgabe, ihr das Lächeln beizubringen. Da blieb mir nichts anderes übrig, als selbst zu lächeln.

Letztes Jahr, als Susannah mit einer Mandelentzündung zu Hause bleiben musste, kamen die Fragen zurück. In der Nacht hörte ich, dass sie auf war, und wollte ihr ein Glas Wasser bringen. Als ich in ihr Zimmer kam, hockte sie auf dem Boden und zerschnitt ihr Kopfkissen in kleine Schnipsel, die sie im Kreis um sich anordnete. Um ihren Kopf schwebte eine Wolke aus winzigen Daunenfedern, wie ein Heiligenschein.

»Was ist denn hier los?«, fragte ich und gab mir Mühe, normal zu klingen. Sie schnipselte weiter.

»Der mit den Locken ist seit Stunden hier, du drehst das Radio immer viel zu laut, und da kommt so was Komisches aus deinen Füßen.«

Ich fühlte ihr die Stirn. Mit vier hatte sie einmal wegen einer Mittelohrentzündung hohes Fieber gehabt und war dauernd aus dem Bett gesprungen, um im Zimmer Vögel einzufangen, aber diesmal war sie nicht besonders warm. Eher sogar etwas klamm, weil sie mitten in der Nacht auf dem Boden saß.

Mir zog es besagten Boden unter den Füßen weg, und ich erkannte das Gefühl, eine Erinnerung an meine Mutter tauchte auf, wie ich mit ihr in der Küche war, wie sie manchmal redete. Es war nur ein kurzer Moment. Ich wusste nicht genau, welche Erinnerung an meine Mutter da durch meine fantasierende Tochter heraufbeschworen wurde, aber es fühlte sich an, als würde unter meinen Füßen eine Schublade aufgezogen und dann schnell wieder zugeknallt, um mich an fast derselben neuralgischen Stelle einzuklemmen. Fast war es die richtige Stelle, aber doch nicht ganz.

Ich legte die Hand an den Türrahmen und konzentrierte mich mit aller Kraft auf dieses Stück lackiertes Holz, auf meine Erwachsenenhand mit Resten von Ölfarbe unter den Fingernägeln, auf die Farbe an den Wänden, die Susannah selbst ausgesucht hatte, dachte an den Namen der Farbe außen auf der Dose, Meeresbrise. Ich gab ihr das Wasserglas, dann ging ich nach unten, um den ärztlichen Notdienst anzurufen.

Diesmal war ich auf die Fragen vorbereitet. Als sie kamen, konnte ich ihnen in die Augen sehen und sagen: »Als ich acht Jahre alt war, ist meine Mutter einfach fortgegangen, sie wurde nie gefunden. Mein Bruder war noch ein Baby. Nein, eine Diagnose gab es nie, weil sie sich immer vor Ärzten versteckt hat. Sie hat sich vor allen versteckt. Mich hat sie zu Hause unterrichtet, weil ... also, eigentlich weiß ich nicht, warum. Aber ja, es gibt eine Vorgeschichte. Von Wahn.« Diesmal nannte ich es anders. Wahn? Trauer? Ich meinte doch ein und dasselbe.

Als ich den Heimunterricht erwähnte, kam ich mir wie eine Verräterin vor. Und beantwortete die nächste Frage schon, bevor sie überhaupt jemand stellte. Warum? Warum hatte sie mich zu Hause behalten? Alle wollten ständig wissen, was mit ihr los gewesen war. Was hatte ihr solche Angst gemacht? Ich weiß es nicht. Das große Gebäude? Die Lehrkräfte? Die anderen Eltern? Aus dem Haus zu gehen? Nie hat mir jemand die Fragen gestellt, die ich eigentlich beantworten möchte. Was habt ihr denn den ganzen Tag gemacht? Was hat sie dir beigebracht? Wie war das für dich?

Sie hat mir den Fall Jerichos aus der King-James-Bibel vorgelesen, *Alice im Wunderland* und *Sara, die kleine Prinzessin*, wir ließen Stangenbohnen am Treppengeländer emporwuchern, bauten Insektenhotels aus Balsaholz, wir sangen sämtliche Strophen von »The Raggle Taggle Gypsies«, nähten Puppen aus Stoffresten und tauften sie später unten am Fluss, wir hielten Kaninchen und Entenküken, ernteten ganze Eimer voll Himbeeren und bauten Buntglasfenster aus Kuchenteig und Bonbonmasse.

Meine ersten Schulerfahrungen bestärkten mich in dem Verdacht, dass das Leben zu Hause besser war, und wenn jetzt jemand von mir wissen will, warum ich zu Hause unterrichtet wurde, sage ich: Weil meine Mutter das eben einfach richtig gut konnte. Und wie sich zeigte, sollte ich auch nicht allzu viel Zeit mit ihr haben, darum bin ich froh, dass wir all diese Tage gemeinsam verbringen konnten. Es gelang mir aber erst, als ich schon ein gutes Stück über dreißig und selbst Mutter war, das so zu betrachten, den Mut aufzubringen, auf diese Weise für sie einzustehen, und für mein Recht darauf, mich positiv an meine Mutter zu erinnern.

Wenn jemand sich das Leben nimmt, zieht diese Person nicht nur uns die Zukunft unter den Füßen weg, sie entweiht auch ihre eigene Vergangenheit. Das macht es sehr schwer, an dem festzuhalten, was diese Person Gutes an sich hatte. Aber kein Mensch hat es verdient, nach den schlimmsten fünf Minuten seines Lebens beurteilt zu werden, auch nicht, wenn diese fünf Minuten die letzten sind.

Wie oft wollte ich mit ihr reden, als Susannah klein war. Um ihr zu erzählen, dass Susannah ein neues Wort konnte, dass sie zum ersten Mal selbst ihre Jacke zugeknöpft oder ohne Hilfe ihre Schuhe angezogen hatte. Um sie irgendetwas Belangloses zu fragen, etwa: Glaubst du, ich kann Spinat in den Reisbrei tun? Oder schmeckt das dann eklig?

Auch jetzt würde ich mich oft noch gern an sie wenden. Es gibt ein anderes Wort dafür, möchte ich ihr sagen, und es ist überhaupt nicht nötig, ein ganzes Leben in so großer Angst zu verbringen. Du kannst Tabletten dagegen nehmen, dir einen Plan machen, um wieder gesund zu werden, dich an die zuständige Sozialarbeiterin wenden, und wenn du dann immer noch Engel auf der Treppe siehst, erzählst du das einfach der Therapeutin.

Es ist nicht deine Schuld, dass du krank warst, möchte ich ihr sagen. Ich habe dich so in Erinnerung, wie du gewesen bist. In deinen besten Zeiten. Ich erinnere mich an deinen Garten, an den langen Küchentisch, wo wir Kartoffeldrucke gemacht und Lebkuchenfiguren ausgestochen haben, und an die Fensterbank, auf der du mir *Wilbur und Charlotte* vorgelesen hast, um mich abzulenken, damit ich nicht an meinen Windpocken kratze.

Ich erinnere mich an den Text von »Green Gravel«. Ich erinnere mich an die Muster aus Salz, auf dem Boden verstreut, um den Teufel in Schach zu halten, an die Algen, die in Flaschen am Küchenfenster hingen, um böse Geister abzuwehren, an den Geschmack von Salzteig an meinen Fingern, den Geruch der Teerseife auf der Toilette unten, wie die Hintertür über die Beule im Steinboden schabte. Das alles verwahre ich sicher in mir. Verleibe es mir ganz ein. Ich weigere mich, auch nur etwas davon wieder herzugeben.

Das Haus war voller Geheimnisse: Viele Generationen von An- und Umbauten, Stufen zwischen den Zimmern, die mal aufwärts, mal abwärts führten, beharrlich eisige Ecken, mindestens vier verschiedene Fensterformen. Großonkel Matthew hatte meinen Eltern das baufällige Haus zur Hochzeit geschenkt, mitsamt der Scheune, die bis unters Dach mit seinen verworfenen Erfindungen vollstand, hauptsächlich Gartengeräte und andere Werkzeuge, die er für Menschen im Rollstuhl oder mit amputierten Gliedmaßen angepasst hatte.

Meine Mutter ließ das Haus außer acht und legte in einer Ecke des ummauerten Obstgartens perfekt symmetrische

Kräuterbeete an, jedes einen knappen Quadratmeter groß. Sie hatte ihr Leben lang über einem Ladenlokal gewohnt: Vom Pflanzen und Züchten verstand sie nichts. Sie säte planlos, zu jeder Jahreszeit, und die Kräuterbeete durchmischten sich, sprossen oder verdorrten, wie sie lustig waren.

Als wir aus dem Garten meiner Mutter fortgingen, war er längst völlig verwildert. Die Erde braucht nie lange, um zurückzufordern, was ihr gehört. Wenn man Unkraut einfach als Pflanze am falschen Ort betrachtet, dann wurde in den Jahren, die wir dort im Haus auf ihre Rückkehr warteten, alles, was im Garten meiner Mutter wuchs, zu Unkraut. Vielleicht ist so ein Vorher-Nachher-Bild aber auch zu einfach. Vielleicht haben diese Pflanzen immer schon gemacht, was sie wollten, auch als sie noch von ihr betreut wurden.

Wir hatten nie vor, alles so verkommen zu lassen, die Wege versperrt von verrottenden Grashaufen, die Ränder der Beete dreckig und durchweicht. Aber wir gaben uns auch keine große Mühe, es zu verhindern. Wir ließen zu, dass die Äpfel von den Bäumen fielen und sich im Gras die Wespen darauf sammelten, und futterten stattdessen Süßkram aus großen Plastikpackungen, was sie entsetzlich gefunden hätte.

Wir kippten das Verbot, mit dem sie Fernsehen und Fast Food belegt hatte. Das kam uns wie eine Mutprobe vor. Eine Art böser Zauber, um sie zurückzuholen, fuchsteufelswild und bereit, alles wieder in Ordnung zu bringen. Und es war auch Ausdruck meiner eigenen Wut, Nachthemden mit Disney-Figuren zu tragen, mit Plastikponys samt Regenbogenmähne zu spielen und im Auto in der Einfahrt Fish and Chips zu futtern, weil wir uns nicht aufraffen konnten, damit im Regen durch den Vorgarten bis zum Haus zu laufen.

Wir versäumten, Joe von ihr zu erzählen. Wir sangen ihm Lieder aus der Fernsehwerbung vor und ließen *König der Lö-*

wen in Dauerschleife laufen. Wir versäumten, ihn so großzuziehen, wie sie es gewollt hätte. Als wir ihm das Sprechen beibrachten, war sie die Vokabel, die wir wegließen. Er war unser sicherer Hafen, unser unbeschriebenes Blatt, der Kobold, der uns vergessen ließ, und wir hielten ihn wie einen Schutzschild zwischen uns und die Welt. Mittlerweile habe ich ein schlechtes Gewissen, weil ich gar nicht erst versucht habe, sie ihm im Gedächtnis zu halten.

Als wir dann doch wieder anfingen, von ihr zu sprechen, war die Lücke, die wir gelassen hatten, schon zu groß. Unsere Geschichten deckten sich nicht mehr ganz, und niemand konnte sagen, welche Version die richtige war. Ich weiß längst nicht mehr, was eine Erinnerung an sie ist und was eine Erinnerung an die Erzählungen anderer.

Die Windpocken hatte ich erst, als ich schon zur Schule ging, was ja auch einleuchtet. Wo hätte ich sie mir sonst einfangen sollen? Aber wer hat mir dann auf der Fensterbank *Wilbur und Charlotte* vorgelesen und mir die schlimmen schorfigen Hände vom Gesicht weggehalten? Hatte mein Vater sich freigenommen? Oder war es eine unserer Babysitterinnen? Saß ich überhaupt auf dieser Fensterbank? Ich kann mich an ein Polster mit blauem Weidenmuster erinnern. Mein Vater sagt, er wüsste nicht, dass es im alten Haus überhaupt irgendwo blaues Weidenmuster gegeben hätte. Er glaubt, die Polster auf den Fensterbänken seien aus Samt gewesen.

Sogar die Erinnerung an das Lied »The Raggle Taggle Gypsies« ist umstritten. Ich weiß genau, dass ich es nachgespielt habe, quer durch den Garten davongelaufen bin, mein Baumstumpfpferd geritten und mich ins lange Gras geworfen habe, um die letzte Zeile der Strophe zu illustrieren: *»Tonight I'll lie in a wide open field along with the raggle taggle gypsies-oh!«*

Auch an die Zeile »*Oh what care I for my high-heeled shoes, a-made of Spanish leather-oh!*« erinnere ich mich. Ich erinnere mich, ein Paar solcher Schuhe aus dem Schrank meiner Mutter geholt und sie ins Kartoffelbeet geworfen zu haben, und später musste ich dann wieder nach draußen und sie mit der Taschenlampe suchen. Aber mein Vater sagt, sie hätte nie Schuhe mit hohen Absätzen besessen. Und wieso hätte sie mich abends im Dunkeln nach draußen schicken sollen, um ihre Schuhe zu suchen? Wo hätte sie denn hingewollt? Das ist alles Unsinn.

Ich weiß ja, wie unsinnig es ist. Eine frischgebackene Mutter, die ihr Baby im Körbchen schlafen lässt, zur Küchentür hinausgeht und nie wiederkommt. Sich nicht einmal die Zeit nimmt, die Tür hinter sich zuzuziehen.

Ich beanspruche alles für mich, was ich aus der Zeit davor hinüberretten kann. Auch noch, wenn jemand behauptet, dass bestimmte Einzelheiten falsch oder falsch angeordnet sind. Trotzdem gehören sie mir. Blaues Weidenmuster auf den Fensterbankpolstern. *Wilbur und Charlotte*. Lebkuchenfiguren mit Korinthenknöpfen. Stangenbohnen am Treppengeländer. Ins Kartoffelbeet geworfene Schuhe mit hohen Absätzen, mein Ritt auf dem Baumstumpfpferd.

Der Duft der Hände meiner Mutter, minzig, blättrig, wenn sie mich abends ins Bett brachte und mich noch ein bisschen neckte: »*Oh what care I for my goose-feather bed, with the sheets turned down so bravely-oh!*« Mein ganzes Leben lang habe ich jedes Laken genau so wacker-*oh* festgesteckt. Im Lauf der Jahre habe ich manches wackere Laken aufgeschüttelt, manche wackere Ecke glatt gezogen, und ihre Stimme, ihr Singen hat mich dabei begleitet. Ich musste ziemlich oft wacker sein.

3

Neun Perlen auf einmal

One, two, three, four, five, six, seven,
All good children go to heaven.
Penny on the water,
Tuppence on the sea,
Thruppence on the railway,
Out goes SHE!

Einen Ort gibt es, an dem ich meine Mutter deutlich vor mir sehe und mir sicher sein kann, dass es ein Bild aus meinem Kopf ist: den Obstgarten. Da sitzt sie unter einem Apfelbaum, im Schatten, der sie scharf konturiert umgibt, wodurch ich weiß, dass es Sommer sein muss. Ihr Küchenstuhl steht dicht an den Baumstamm geschmiegt, und sie hat den rot-goldenen Bastbeutel mit ihrem Nähzeug neben sich. Sie näht Namensschildchen in graue Schuluniformen.

Ich bespitzele sie vom Kräuterbeet aus. Dort wächst eine Art Wolfsmilchpflanze. Die Samenkapseln erwärmen sich in der Sonne, spannen sich und werden zusehends dünner, bis sie schließlich platzen und ihre Samen im Schwall hervorschleudern. Zwischen zweien dieser Kapseln habe ich ein Rennen ausgerufen und wette darauf, dass die gleich neben mir als Erste platzt.

Ganz in der Nähe meiner Mutter liegt eine Decke ausgebreitet, darauf ein paar Teller. Ich habe mir einen Löffel Marmelade mit auf meinen Posten genommen und schlecke ihn ab. Meine Mutter sagt: »Den steckst du aber nicht mehr ins Glas, Marianne, jetzt, wo du ihn abgeleckt hast.« Ich glaubte damals fest daran, dass meine Mutter übermenschliche Seh- und Hörkräfte besaß. Sie bestärkte mich in dem Glauben. Vor allem, wenn ich irgendetwas naschte.

Auf dem Boden stapeln sich graue Trägerkleider, rote Pullis und Schulhemden mit Rundkragen, in die sie bereits meinen Namen eingenäht hat. Wenn ich brav bin, lässt sie mich nachher mit den überzähligen Schildchen spielen: Durch die schwungvolle rote Schreibschrift geben sie beim Krankenhausspielen hervorragende Verbände für meine Puppen ab. Die Lücken lassen sich mit kleinen Filzstiftpunkten auffüllen, und das wirkt richtig schön blutrünstig.

Es kann jeder beliebige Sommer zwischen meinem vierten und achten Geburtstag sein. Ich vermute, es ist das Jahr, in dem ich sieben bin und *Harriet, die kleine Detektivin* gelesen habe – in dem Sommer habe ich meine Eltern oft vom Wolfsmilchbeet aus bespitzelt. Alle Jahre wieder tauchten die Uniformkleider in einer großen grünen Plastiktüte auf, alle Jahre wieder saß meine Mutter im Garten und nähte meinen Namen hinein, und anschließend wurden sie in den Schrank auf dem Treppenabsatz gehängt, bereit für den kommenden September. Manchmal durfte ich die komplette Uniform anziehen und darin vor meinem Vater herumstolzieren. Aber zur Schule ging ich nie.

Alle Jahre wieder kam dann der Geburtstag meines Vaters Mitte September, und ich war immer noch zu Hause. Einmal fragte ich doch, ob ich nicht zur Schule dürfe. Daraufhin wurde ich zum Spielen zu einer Nachbarsfamilie geschickt, deren Tochter Pippa auf die Dorfschule ging. Sie hatte ein besonderes Zimmer, das sogenannte Spielzimmer, und besaß sechs spindeldürre Puppen mit langen, verfilzten Haaren und endlos vielen Kleidern. Vor allem die Schuhe beeindruckten mich. Keine meiner Puppen hatte Schuhe. Ich fragte Pippa, wie ihre Eltern hießen. Sie fragte: »Wer?«

»Deine Eltern, deine Mum und dein Dad. Wie heißen die?«

Sie sah mich verständnislos an. Dann sagte sie: »Die haben keine Namen. Nur Mummy und Daddy.« Ich lachte laut los.

»Aber was war denn, als sie Kinder waren? Sie müssen doch Namen gehabt haben, auch schon als Babys!« Wieder schaute sie verständnislos.

Als meine Mutter mich abholen kam, war Pippa immer noch sauer auf mich. Im Auto, auf der Fahrt nach Hause, fragte mein Vater, ob ich denn mit Pippa in die Schule wolle. Ich sagte: »Eine gute Gesprächspartnerin ist sie ja nicht, aber ihre Puppen sind wirklich hübsch.« Meine Eltern wechselten einen langen Blick. Ich wusste, das hieß, ich würde nicht in die Schule gehen. Es hatte wohl etwas mit dem Wort »Gesprächspartnerin« zu tun. Als ich am nächsten Tag nachsehen ging, war der Schrank mit den Uniformen wieder leer.

Ich weiß nicht, was mit all den Schulkleidern passiert ist. Sie können sie ja schlecht in den Laden zurückgebracht haben, nachdem überall mein Name eingenäht war. Als ich schließlich doch in die Schule geschickt wurde, zur völlig falschen Jahreszeit und ohne viel Aufhebens, weil kein Mensch wusste, was sonst mit mir anzufangen wäre, konnten wir nirgends auch nur ein weißes Söckchen oder eine rote Strickjacke auftreiben. Der Schrank auf dem Treppenabsatz lag mit Bettwäsche, Handtüchern und aussortierten Babysachen voll. Auch mein Vater war ratlos. Wo hatte sie die Sachen bloß versteckt? Sie hatte doch gar keinen Führerschein. Wie hätte sie sie zum Wohlfahrtsladen bringen sollen? Hatte sie sie etwa verbrannt?

So musste ich hin, wie ich war, mitten in der Woche, mitten im Schulhalbjahr, in meiner knallgrünen Cordhose mit den rosa Herzchenflicken auf den Knien und meinem selbst gestrickten Pulli, an dessen Ärmeln viele Reihen bunter Perlen hingen. Als wir das Büro der Direktorin verließen, wo mein Vater versucht hatte, alle Formulare auszufüllen, während Joe brüllte und dauernd seinen Schnuller ausspuckte, war die Mathestunde schon halb um. Ich ging hinter der Direktorin ins Klassenzimmer und blieb vor dem Lehrerpult stehen. Sofort hörten alle auf zu reden.

Die anderen Kinder starrten mich an. Ich wusste genau, warum sie starrten. Sie fragten sich wohl, was mit mir nicht stimmte. Das fragte ich mich ja selbst. Ich sah ihnen an, dass sie sich diese Frage wegen meiner komischen Kleider stellten und wegen meiner Zöpfe, aus denen sich schon die Strähnen lösten, weil mein Vater sie nicht richtig fest flechten konnte. Auch die Lehrerin sah das. Als sie dann auch noch sagte: »So einen tollen Pulli hätten wir sicher alle gern, Marie«, war ich mir sicher, dass etwas an mir schlecht sein musste. So schlecht, dass man mir sogar den Namen kürzte, und mein Pulli war vollkommen verkehrt. Ich sagte ihr nicht einmal, wie ich richtig hieß.

Sie meinte, nachdem ich schon so viel verpasst hätte, weil ich erst jetzt in die Schule käme, solle ich mich lieber zu den jüngeren Kindern setzen. Ich überragte die anderen Kinder an meinem Tisch, eine linkische Riesin in kunterbunten Klamotten, und stellte fest, dass auch unter ihnen keine guten Gesprächspartner zu finden waren. Ich begriff sofort, dass man hier nur überleben konnte, wenn man unsichtbar war, und wenn man stattdessen mehr als einen Kopf größer war als alle anderen am Tisch, einen so langen Namen hatte, dass die Lehrerin zu faul war, ihn ganz auszusprechen, und Perlen an den Pulloverärmeln, die ständig an die Tischplatte klimperten und klackerten, dann war das einfach nur schlecht, schlecht, schlecht.

Bestimmt hätte ich auch nicht lange an diesem Kleinkindertisch sitzen müssen, an dem ich mir von unten die Knie stieß, wenn ich nicht das Lesen verlernt hätte. Ich erinnerte mich an alles, was ich gelesen hatte, bevor sie fortgegangen war. Das Kindergeschichtsbuch aus der Ladybird-Reihe, das von Elizabeth Fry und den Gefängnissen handelte, konnte ich praktisch auswendig. Auch den Straßenjungen Smith aus dem Buch von Leon Garfield und seine vielen Kleiderschichten, die sich auf seiner Haut abmalten, weil er nichts davon jemals auszog, hätte ich ganz genau beschreiben können. Ich begriff beim besten Willen nicht, warum die Wörter auf den Blättern, die ich in der Schule ausgeteilt bekam, für mich keinerlei Sinn ergaben. War das vielleicht ein Trick?

Ich sagte, ich könne nur Englisch lesen, wie in den Büchern zu Hause. Ob ich stattdessen die mitbringen dürfe? Auch als sich längst gezeigt hatte, dass sie dort in der Schule kein grausames Spiel mit mir trieben, sondern mein eigener Kopf mir das antat, konnte ich das Misstrauen ihnen gegenüber nie wieder ablegen. Ich musterte sie weiterhin argwöhnisch unter meinen viel zu langen Ponyfransen und murmelte Zaubersprüche, um mich vor ihrer Missbilligung zu bewahren.

Zum ersten Mal wurde mir außerdem klar, dass in meiner Familie niemand ein Wort von dem begreifen würde, was ich über all das zu erzählen hatte. Mit der Ankunft in der Schule war ich auf mich selbst gestellt. Ich lernte, achselzuckend zu sagen, es sei schon okay, ja, doch, und dass ich mich nicht erinnern könne, was ich gegessen oder gelesen hatte oder was wir gerade durchnahmen. Das alles überstieg ihren Horizont.

Ich musste lernen aufzuzeigen, wenn ich etwas wollte. Um das zu üben, zeigte ich oft auf, hatte dann aber nichts oder zumindest nichts Konkretes zu sagen. Also sagte ich, ich müsse auf die Toilette. Die Toiletten lagen im Trakt hinter dem Hauptgebäude, den man über zwei Betonstufen erreichte. Alle Kabinen hatten riesige grüne Holztüren und schwere Riegel, in denen ich mir die Finger einklemmte. Ich saß da, bis mein Po vor Kälte ganz taub war, und wartete, bis die Lehrerin »jemand Vernünftiges« schickte, um mich zu holen.

Während ich dort hockte, zerkaute ich die Perlenschnüre an meinen Ärmeln, und sobald ein Faden unter meinen Zähnen riss, schluckte ich die Perlen in Neunergruppen, zählte sie mit der Zunge am Gaumen ab. Manchmal saß ich so lange dort, dass die Perlen vom Vortag am anderen Ende wieder herauskamen, von Kot umhüllt, und ich sah mir an, wie sie weggespült wurden.

Nachdem ich die erste Schnur zerbissen hatte, war ich in Sorge, was meine Mutter wohl sagen würde, wenn sie wieder nach Hause kam und sah, dass ich meinen Pulli kaputt gemacht hatte. Den ganzen letzten Winter über hatte sie ihn für mich gestrickt, damit ich nicht eifersüchtig würde wegen der vielen Sachen, die sie für das Baby nähte. Wir hatten uns zusammen in unsere Lieblingssofaecke gekuschelt, und ich half ihr, die Perlen in einer zur Sortierschachtel umfunktionierten Rice-Krispies-Packung zu Neunergruppen zu ordnen. Dann wieder dachte ich, wenn sie den Pulli sah, würde ihr klar werden, wie schlimm ich es in der Schule fand, und ich müsste nicht mehr hin. Ich würde die Rice-Krispies-Sortierschachtel holen, und wir würden uns zusammen hinsetzen und alles wieder so perfekt annähen, dass keine Spur mehr blieb von der Zeit, die wir getrennt gewesen waren.

Aber dann verschwand die nächste kleine Schlinge aus neun Perlen im Abfluss und danach die nächste, und sie war immer noch nicht zurück, um es zu reparieren. Je mehr vom Bündchen verschwand, desto mehr riffelte sich der ganze Ärmel auf, in langen Streifen, bis zum Ellbogen. Da wusste ich, dass ich eine schlechte Tochter war. Ich hatte den tollen Pulli kaputt gemacht, den sie extra für mich gestrickt hatte, und einen neuen würde es nie wieder geben. Weil sie nie wieder zurück nach Hause käme.

4

Ein trockengekochter Wasserkessel

Oh dear me
Mother caught a flea
Put it in the teapot
To make a cup of tea.
The flea jumped out
And made her shout
In came Daddy
With his shirt hanging out.

Ich kann den Zeitpunkt genau festmachen, von dem an die Polizei nicht mehr nach einer Vermissten suchte, sondern nach einer Toten. Einer Toten, die inzwischen wohl bis zur Unkenntlichkeit entstellt sein musste. Es war der Tag, von dem an sie meinem Vater am Telefon nicht mehr sagten, sie hätten »jemanden« gefunden, sondern stattdessen »etwas«. Etwas im Wald. Etwas im Fluss. Etwas.

Dann begleitete er sie, um sich anzuschauen, was sie da gefunden hatten. Lindsey kam, um auf uns aufzupassen, manchmal kam auch ihre Schwester Mel oder, wenn es schon spät war, beide zusammen, weil sie sich, wie sie sagten, bei uns im Haus gruselten. Sie brachten Kuchen mit oder kunterbunte Kekse aus dem Supermarkt, kochten mir heiße Schokolade und erlaubten mir, lange aufzubleiben und Fernsehserien zu schauen, in denen Ermittler vorkamen. Jahrelang war ich der festen Überzeugung, das wäre Absicht. Edward verschwand mit der Polizei, und ich sollte Serien gucken, in denen ein Ermittler jeden Fall löste. Erst sehr viel später kam ich auf den Gedanken, dass sie so was einfach selbst jeden Abend schauten. Dass solche Sendungen eben im Fernsehen liefen, wenn ich normalerweise schon schlief.

Kam Edward dann nach Hause, schüttelte er nur den Kopf, und alle schwiegen. Heute sagt er, es tue ihm leid um all die vielen Male, die er dort gewesen und mit anderen Angehörigen zusammengetroffen sei, anderen Ehemännern, Ehefrauen, Eltern oder erwachsenen Kindern, die alle kamen, um nachzusehen, ob es sich bei dem Etwas um das handelte, auf das sie warteten. Es tue ihm leid, dass er sie alle wieder ziehen gelassen habe, ohne mit ihnen zu reden, sie nach ihrer Anschrift zu fragen, ihnen zu versprechen, Kontakt zu halten, und dann auch wirklich nachzufragen, haben Sie sie gefunden? Haben Sie ihn gefunden? Eine Selbsthilfegruppe zu gründen. Sich jedes Jahr zum Picknick zu treffen. Aber das hat er nicht getan. Etwas hielt ihn immer davon ab, ihrem Blick zu begegnen und sie zu fragen: Wer ist es bei Ihnen? Und etwas hielt auch sie davon ab, seinem Blick zu begegnen und ihm dieselbe Frage zu stellen.

Auch ich hätte gern gehabt, dass er mir ihre Geschichten mitbrachte, wenn er wiederkam. Geschichten darüber, warum sie dort waren, nach wem sie suchten, wer in ihrem Leben fehlte. Ich wollte wissen, wie ihnen dieser Mensch abhandengekommen war. Waren sie zusammen zum Einkaufen gefahren und hatten sich auf dem Parkplatz verloren? Waren sie in den Ferien gewesen, und es war am Strand passiert? Oder hatten sie die vermisste Person zu Hause verloren, so wie wir? Trug sie ihren Mantel oder nur einen Pulli? Hatte sie Gepäck mitgenommen? Geld dabei gehabt? Wollte sie vielleicht irgendwohin?

Ich sammelte solche Geschichten über Verlust, Verlassenwerden, Scham. Der Erste, der mir eine ordentliche Geschichte über ein Verschwinden präsentierte, war Susannahs Vater. Soweit ich mich erinnere, war ich längst in ihn verliebt, als er mir vom Verschwinden seiner Mutter erzählte. Vielleicht sandte er ja irgendein Signal aus, für das mein Radar empfänglich war, trug ein Abzeichen des Verlassenseins. Auch seine Mutter war fortgegangen, und als er wissen wollte, wann sie denn wiederkäme, öffnete sein Vater die großen Kleiderschränke im Schlafzimmer. Sie waren leer. »Hier hatte sie ihre ganzen Kleider«, sagte der Vater. »Ich gehe also mal davon aus, sie kommt nicht mehr zurück.« Die große Enthüllung. Die wenigen verbliebenen Kleiderbügel, die leise aneinanderklirrten, während die Türen weit offen standen. Nur noch Holzgeruch, sonst nichts. Er war damals genauso alt gewesen wie ich, als meine Mutter fortging. Er hatte ihr Verschwinden sehr genau in Erinnerung. Zwar nicht den Moment, in dem sie aufbrach, aber doch den, als er davon erfuhr. Ich hatte nichts. Ich muss gestehen, manchmal war ich in Versuchung, mir seine Version auszuborgen. Sie war so viel besser als meine.

Woran erinnere ich mich? Ich weiß noch, wie die Polizei zu uns ins Haus kam. Der ältere Polizist sprach mit Edward, der jüngere saß am Küchentisch und besah sich seine Hände. Am Hals hatte er einen pickligen Streifen, wo der Kragen ihm an der Haut scheuerte. Ich stand hinter seinem Stuhl am Herd und überlegte, wie man wohl Wasser kocht. Ich hatte noch nie Wasser gekocht. Ich durfte gar nicht an den Herd. Aber ich wusste, dass man das machen musste, wenn Besuch kam und am Küchentisch saß, als würde er auf irgendetwas warten.

Joe lag in seinem Tragekorb auf dem Küchenboden und brüllte. Ich durfte ihn nicht allein herausnehmen. Das war eine sehr viel strengere Vorschrift als die mit dem Wasser. Im Grunde hatte mir nie jemand ausdrücklich verboten, Wasser aufzusetzen. Dazu gab es ja auch keinen Anlass. Aber die Regeln rund um das Baby waren sehr klar. Ich durfte ihm das Gesicht streicheln, versuchen, ihn mit einem Spielzeug oder einer Rassel abzulenken. Ich durfte ihm etwas vorsingen, seine Hand halten. Aber hochheben durfte ich ihn nicht.

Der Küchenboden bestand aus riesigen, unebenen Steinplatten. Wenn Joe zu schreien anfing, während meine Mutter gerade im Bad oder irgendwo oben war, im Garten Wäsche aufhängte oder draußen in der Diele telefonierte, dann durfte ich ihn unter gar keinen Umständen auf den Arm nehmen. In seinem Körbchen ist er in Sicherheit. Schreien schadet ihm längst nicht so sehr, wie ihm der Steinboden schaden kann. Gib ihm bloß Küsschen auf die Füße, damit du ihn nicht mit einem Schnupfen ansteckst. Die Wickelmatte kommt immer auf den Boden, nie auf den Tisch. Steck ihm nichts in den Mund, sonst verschluckt er es noch. Wasch dir immer mit Seife die Hände.

Also hockte ich mich neben sein Körbchen, während er brüllte, versuchte, ihm etwas vorzusingen, ihm durch den Strampelanzug Küsschen auf die Füße zu geben und *Kuckuck!* mit ihm zu spielen. Er brüllte nur noch lauter, und das Wasser kochte und kochte, der Dampf füllte den ganzen Raum. Es war ein Wasserkessel, den man auf die Herdplatte stellte und der sich folglich nicht von selbst abschaltete. Ich habe keine Vorstellung, wie lange das so ging. Vermutlich nicht allzu lange. Keine Ahnung, ob schließlich Edward hereinkam und den Kessel vom Herd nahm oder ob der Polizist irgendwann doch aufgestanden ist und es selbst gemacht hat.

Ich weiß auch nicht mehr, wer von ihnen das Baby hochnahm. Ich habe ein Bild von Edward im Kopf, wie er mit dem Baby an der Schulter in der Küche herumgeht, Joes kompakter Körper kaum größer als Edwards Hand, die ihm sanft auf den Rücken klopft, das Hicksen und Glucksen, mit dem Joe die Milch wieder hochkommt, bevor sie hinten an Edwards Jacke heruntertropft. Aber zu welchem Tag gehört dieses Bild? Wie oft habe ich genau das gesehen? Tagtäglich. Über eine lange Zeit hinweg. Ich weiß beim besten Willen nicht, in welche Reihenfolge die Erinnerungen eines Tages gehören.

Warum habe ich nicht gemerkt, dass sie fort war? In der Minute schon, der Sekunde, als sie aus der Tür ging! Jahrelang hat mich das gequält. Was, wenn ich sie gesehen hätte und ihr nachgelaufen wäre? Was, wenn ich sie wieder ins Haus gerufen hätte, damit sie sich anschaut, was ich gerade ausgeschnitten hatte? Oder sie gebeten hätte, mir dabei zu helfen, aus einem Pfeifenreiniger eine Puppe zu basteln? Was, wenn ich sie eingeholt hätte, als sie schon auf dem Pfad zum Fluss war? Sie hatte ihre Gummistiefel stehen lassen. Was, wenn ich ihr in meinen guten Schuhen nachgelaufen wäre und mich im Matsch dreckig gemacht hätte? Wäre sie dann mit mir umgekehrt, um mir zu Hause etwas anderes anzuziehen? Gut möglich.

Sie hat uns nicht einfach allein zurückgelassen. Das soll bitte niemand denken. Mrs. Wynne war ja da. Mrs. Wynne war in dem Jahr immer da, um mit dem Baby auszuhelfen. Sie kam jeden Tag nach dem Mittagessen. Dann ging meine Mutter mit Joe nach oben in ihr Zimmer, um ihn zu stillen und sich ein Weilchen mit ihm hinzulegen, und ich beschäftigte mich möglichst leise, um die beiden nicht zu stören. Mrs. Wynne faltete Babywäsche, räumte das Geschirr weg und leistete mir Gesellschaft, während ich vor meinem Übungsheft saß und Gedichte abschrieb. Manchmal spielte sie auch das Leiterspiel mit mir.

Den Staubsauger ließ sie aus, um oben niemanden zu wecken. Sie wischte den Boden, schälte Kartoffeln fürs Abendessen. Wenn sie sich bückte, sah man die braunen Strumpfhalter unter ihrem Rock. Oft band sie mir ein Geschirrtuch als Schürze um und ließ mich beim Backen helfen. Wenn sie das Geschirrtuch im Bund meiner Jeans feststeckte, spürte ich ihre kuchenteigweichen Arme, roch ihren Vanilleduft. Nichts brachte sie je aus der Ruhe. Kein Sechserpasch beim Leiterspiel. Kein doppeltes Eigelb in der Rührschüssel.

Wenn meine Mutter mit Joe wieder nach unten kam, machte Mrs. Wynne eine Kanne Tee, und sie setzten sich und tranken eine Tasse zusammen; dann wurde das Baby bewundert, ich zeigte meiner Mutter, was ich in der Zwischenzeit gemacht hatte, und schließlich radelte Mrs. Wynne auf ihre gemächlich schlingernde Art die Stichstraße hinunter davon. Bei schlechtem Wetter trug sie einen Regenhut aus Plastik über der Dauerwelle. Ich weiß nicht, wie lange sie normalerweise blieb. Ein, zwei Stunden vielleicht.

Wann meine Mutter fortging, kann ich nicht sagen, jedenfalls nicht genau. Irgendwann am Nachmittag. Als mir klar wurde, dass etwas ernsthaft nicht stimmte, hatte Mrs. Wynne bereits Edward angerufen und ihn gebeten, früher von der Arbeit zu kommen, weil sie ihrerseits nach Hause musste und nicht wusste, wo meine Mutter hingegangen war. Ich kann mich nicht erinnern, von Zimmer zu Zimmer gelaufen zu sein und nach ihr gesucht zu haben. Ich kann mich nicht erinnern, wie Mrs. Wynne nach oben ging, um das Tragekörbchen mit Joe aus dem Schlafzimmer zu holen, nachdem er aufgewacht war. Ich kann mich nicht erinnern, im Regen durch den Garten gerannt zu sein und nach ihr gerufen zu haben. An nichts davon kann ich mich erinnern, aber es muss wohl passiert sein.

Ich kann mich erinnern, wie Mrs. Wynne Edward anrief, wie sie beim Sekretariat nach Dr. Brown fragte. Dann sagte sie etwas Richtung: »Es tut mir wirklich leid, vielleicht hat sie mir gegenüber ja einen Termin erwähnt. Ich habe aber nichts in Erinnerung.« Ich kann mich erinnern, wie sich die Luft im Zimmer plötzlich veränderte, während Mrs. Wynne sprach, und eindickte wie Götterspeise, bis alles anfing zu wackeln, wenn man zu lange hinsah. Die Wörter waren keine normalen Wörter mehr. Rund um das Telefon war die Luft ganz glitschig von ihnen.

Ich erinnere mich, wie ich am Fenster zur Einfahrt wartete, nach Edwards Wagen Ausschau hielt. Ich erinnere mich, wie sich Mrs. Wynne schon da von mir abwandte, wie Scham in der Luft lag. Noch bevor Edward ankam, hatten wir alle Fähigkeit eingebüßt, uns in die Augen zu sehen. Wir waren beide hier gewesen. Wir hatten sie verloren. Die Scham erfüllte das ganze Haus, Zimmer für leeres Zimmer, ein gewaltiger, weichlicher Ballon, der überall die Luft wegsaugte, bis wir nicht mehr atmen konnten.

Als Edward dann kam, erbot sich Mrs. Wynne, zu bleiben und ihn zu unterstützen, während er wartete, dass seine Frau wieder nach Hause kam, aber er rief ihr ein Taxi, damit sie nicht im Dunkeln zurückradeln musste. Er sagte: »Ich bin sicher, das war nur ein Missverständnis.« Aber Mrs. Wynne schaute zu Boden, als wäre das, was wir da hatten, womöglich ansteckend. Als könnte ein einziger Blick von einem Augenpaar in ein anderes die Scham unserer Schlechtigkeit, unseres Pechs übertragen. Es wurde Abend, und immer noch kam keine Nachricht von ihr. Da rief er die Polizei.

Joe kann nicht den ganzen Abend im Körbchen auf dem Küchenboden gebrüllt haben. Er wird dort nur ein paar Minuten gestanden haben, während Edward draußen mit dem Polizeibeamten sprach, damit seine Tochter nicht hörte, was gesagt wurde. Aber meine Erinnerung ist, dass das Baby brüllt, die Eltern fort sind und der Mann in Uniform in einer Wolke aus Wasserdampf sitzt und nicht weiß, was er tun soll. Das wird zum dramatischen Bild, zum leeren Kleiderschrank, zum Moment ihres Verschwindens.

Edward bemühte sich redlich, nur draußen vor der Tür mit der Polizei zu sprechen oder im Nebenzimmer, aber es war Abend, und Joe schrie die ganze Zeit. Abends schrie er immer. Meine Mutter nannte das seine Sechs-Uhr-Koliken, und wenn ich sie darauf hinwies, dass es aber beispielsweise schon viertel vor acht war, entgegnete sie: »Er ist eben noch zu klein, um auf die Uhr zu schauen.« Immer wieder musste ich Edward holen, damit er Joe auf dem Arm herumtrug, was normalerweise half. Darum hörte ich auch den wichtigsten Teil, trotz all seiner Bemühungen, das Gespräch von mir fernzuhalten.

Der Polizist fragte Edward, ob er glaube, seine Frau könne in einem Zustand sein, in dem sie zur Gefahr für sich selbst würde. Nein, sagte Edward, keinesfalls. Er wäre doch nie zur Arbeit gegangen, wenn er auch nur im Ansatz vermutet hätte, sie könne, nein, ganz bestimmt nicht.

Und der Polizist entgegnete sehr leise: »Wissen Sie, Mr. Brown, wenn wir hören, dass Gefahr im Verzug ist, dass ihr geistiger Zustand bedenklich ist, können wir gleich mit der Suche anfangen.«

Danach blieb es lange still. Edward sah den Polizisten nicht an. Er ging vor dem Küchenfenster auf und ab und schuckelte Joe an der Schulter. Er wiegte sich hin und her, klopfte Joe sanft auf den Rücken. Als er sich wieder umdrehte, war sein Gesicht von den Augen abwärts bleich und hager, die Haut straff gespannt.

»Verstehe«, sagte er. »Also gut. Ich glaube, meine Frau war in einer bedenklichen geistigen Verfassung, als sie heute Nachmittag aus dem Haus gegangen ist.« Der Polizist klappte sein schwarz glänzendes Notizbuch zu und zog das Verschlussgummi fest darum.

Ich erinnere mich, was wir an dem Abend gegessen haben. Fischstäbchen mit Bohnen. Ich erinnere mich an den Regen. Die Polizisten, die zu uns kamen, waren alle ganz durchnässt vom Weg die Stichstraße hinauf und hatten Schlamm an den Schuhen. Dabei haben wir Fischstäbchen mit Bohnen nur gegessen, wenn Lindsey kam, um auf uns aufzupassen. Und es hatte längst aufgehört zu regnen. Als sie wissen wollten, ob ihr Mantel noch da sei, sagte ich, das weiß ich noch genau: Aber ich glaube, es hat heute zwischendurch gar nicht mehr geregnet. Vielleicht brauchte sie ihn ja nicht. Gönnen wir mir wenigstens den Regen. Auf die Fischstäbchen verzichte ich. Mir bleibt nur so wenig. Gönnen wir mir den Regen.

5

Nach allen Gesetzen der Physik

Mother's in the kitchen
Doin' a bit of stitchin'
In comes a bogeyman
To push her OUT!

Wenn man unser Dorf verlässt und unten auf der Straße zur alten Wassermühle geht, kommt man an einer Reihe hässlicher dunkler Tümpel vorbei, die wir nur »die Löcher« nannten. Sie sind von teilweise morschen Bäumen umgeben, und ihre Oberflächen sind schmierig von totem Laub. Als ich Fahrradfahren lernte, kamen wir immer dort entlang, meine Mutter vorneweg, ganz langsam, damit ich mithalten konnte. Sie musste immerzu umdrehen oder wackelnd mitten auf der Straße halten, um auf mich zu warten. Wenn wir die Löcher passierten, fuhr sie hinüber auf die falsche Straßenseite, möglichst weit weg von ihnen. Das machte weiter nichts. Es kam ohnehin so gut wie nie ein Auto.

Jedes Mal erzählte sie mir dann, es spuke dort, darum halte sie sich so weit vom Wasser fern, wie sie nur könne. Vor vielen Jahren, erzählte sie, nach den *Wakes*, sei eine schöne junge Frau auf dieser Straße nach Hause gegangen, und ein junger Mann sei ihr womöglich gefolgt, manche sagten so, andere sagten so, jedenfalls habe man sie später ertrunken in einem der Löcher gefunden. Und nun gehe sie dort um, weil er nie bestraft worden sei. Niemand sei je dafür bestraft worden. Darum könne sie keine Ruhe finden.

Einmal, ein Stück weiter die Straße entlang, drehte meine Mutter auf ihrem Fahrrad eine Schleife zu mir zurück, fuhr neben mir weiter und sagte, vielleicht habe es schließlich doch noch eine Strafe gegeben, denn der Mann habe bis ins hohe Alter in einem Cottage gelebt, nicht weit von unserem Haus, und bei seinem Tod sei das ganze Haus von Weißdorn überwuchert gewesen wie Dornröschens Schloss. Die Arme der Kletterpflanze hätten sich durch Fenster und Türen gearbeitet, die Veranda umschlungen, bis sie sich schließlich vom Haus gelöst habe, der Garten sei ein einziges Dornengestrüpp gewesen, aus dem man nur mit der Machete herauskam. Und je weiter die Dornen zurückgeschnitten wurden, desto kräftiger wuchsen sie.

Als der alte Mann im Sterben lag, rief er seinen Bruder zu sich, er wolle ihm etwas Wichtiges sagen, und der Bruder musste von außen eine Leiter ans Schlafzimmerfenster lehnen, um mit ihm zu sprechen, weil die Frau des Mannes ihn nicht ins Haus lassen wollte. Aber er kam zu spät. Und in all den Jahren, die sie in dem Cottage lebten, hatten seine Frau und er keine Kinder bekommen. Nicht ein einziges.

Ich wusste, sie wollte mir sagen, die Dornen seien von der toten jungen Frau gekommen, die ihn heimsuchte, es seien ihre Finger gewesen, die eindrangen, den Mörtel durchbrachen und dem Haus das Leben aussaugten, die tote junge Frau habe verhindert, dass in dem Haus Kinder geboren wurden. Ich fragte sie, ob sie das Haus mit den Kletterpflanzen je gesehen habe, ob es noch da sei? Sie sagte, ja, wir gehen ständig daran vorbei, aber man bemerkt es kaum noch, weil es so verfallen und überwuchert ist. Im Garten wüchsen Rhabarber und Himbeeren, und manche Leute gingen an einer Stelle, wo die Hecke eingebrochen sei, hinein und bedienten sich. Ich würde da ja nie reingehen, sagte sie. KEINEN FUSS würde ich da reinsetzen.

Ich fürchtete mich schrecklich vor den Löchern. Wann immer wir mit den Fahrrädern daran vorbeifuhren, stellte ich mir die junge Frau vor, wie sie dort im Wasser trieb, ihr langes Kleid, das sich bauschte, ihre armen eiskalten Füße, die ganz gelb aus dem Wasser ragten, das Gesicht verborgen vom torfigen Schlick. Ich brachte es kaum fertig, während der Fahrt geradeaus zu schauen, und schlingerte immer mehr zur Straßenmitte hin, näher zu meiner Mutter, die am Straßengraben gegenüber entlangradelte. Manchmal erlaubte sie mir, mich hinten an ihrem Gepäckträger festzuhalten und mich von ihr ziehen zu lassen, bis wir unter den Bäumen durch waren, die sich just da über der Straße schlossen, fort von der Dunkelheit und Kälte, die dort herrschten.

Wann wurde mir das erste Mal von der Vermutung erzählt, sie sei ertrunken? Nicht gleich. Bestimmt Wochen, vielleicht auch Monate, nachdem sie aus dem Haus gegangen war. Ich wollte es nicht glauben. Ich sagte: »Nein! Sie ist doch immer auf der anderen Straßenseite gefahren, KEINEN FUSS hätte sie dorthin gesetzt. Sie hasste die Stelle, wo die junge Frau ertrunken ist.« Und die ganze Zeit, während ich »Nein, nein, nein!« sagte, klang es für mich, als würde meine Stimme sich immer weiter entfernen, leiser und leiser verhallen, bis ich schließlich nur noch tonlos in eine lange, dünne Röhre hineinschrie. Rings um die Röhre war Dunkelheit, aber am Ende des Tunnels lag ein hell erleuchtetes Wasserrund, in dem bäuchlings eine junge Frau trieb.

Mir war nicht klar, dass ich umkippen würde. Ich hatte den

Ausdruck »in Ohnmacht fallen« zwar schon gehört. Aber mir hatte nie jemand beschrieben, wie sich das anfühlte, wenn es passierte. Ich glaubte an einen dauerhaften Verlust, als ich plötzlich nichts mehr hörte, bis auf ein fernes Flüstern, als sich alles, was ich sah, zu einem winzigen, weit entfernten Kreis verengte. Ich war in dem Augenblick überzeugt, ich würde nie mehr so sehen und hören können wie früher. Und in gewisser Hinsicht behielt ich recht damit.

Ich fiel auf den Steinboden in der Küche, schlug mir die letzten Milchzähne aus und erlitt eine leichte Gehirnerschütterung. Über all das war ich froh. Immerhin redete jetzt niemand mehr von Wasser. Und ich hatte auch sehr schnell raus, dass mir die Sache half, die Schule zu umgehen. Jeden Morgen, wenn ich gefragt wurde, sagte ich, mein Kopf tue immer noch weh. Wenn mir der Kopf wehtat, durfte ich im Bett bleiben, Marmite-Brote essen und die Krusten liegen lassen, malen und aus dem Fenster schauen.

Nach etwa einer Woche kam der Arzt, um nach mir zu sehen. Er meinte, es sei schon ungewöhnlich, dass sich eine Gehirnerschütterung in meinem Alter so hinziehe. Man solle mich vielleicht röntgen lassen. Ich hätte zwar keine weiteren Symptome, weder Schwindel noch Übelkeit, aber sicherheitshalber solle man doch mal nachsehen. Das alles erzählte er meinem Vater in der offenen Tür und verschaffte mir damit ein brauchbares Arsenal für meinen Kampf gegen die Schule. Schwindel, Übelkeit. Als mir die Kopfschmerzen ausgingen, versuchte ich es damit. Und war zu gewieft, um dafür dieselben Ausdrücke wie der Arzt zu verwenden. Ich probierte verschiedene Varianten aus, Schwindelgefühle zu beschreiben. »Ich fühl mich, als säße ich auf einem Karussell und könnte nicht mehr runter« oder »Alles um mich herum dreht sich«.

Meist zuckte Edward dann nur die Achseln, sagte: »Geht mir auch so, Schätzchen«, und ließ mich im Bett bleiben. Und ich erkannte, dass sich praktisch alle meine körperlichen Auffälligkeiten auf das Verschwinden meiner Mutter zurückführen ließen. Kopfschmerzen, Übelkeit, Schlafstörungen, Müdigkeit, schmutzige Fingernägel, Ausschläge, laufende Nase, kaputte Zähne, ungekämmte Haare, Läuse. Vor allem Läuse. Nichts war mehr tabu.

Etwa um die Zeit, als ich in der Küche umkippte, fing auch Lindsey an, täglich auf Joe aufzupassen, damit Edward wieder arbeiten gehen konnte. Wenn ich behauptete, ich wäre krank, brauchte er also nur Lindsey zu sagen, dass ich auch zu Hause bleiben würde, und sich aus dem Staub zu machen.

Ich liebte Lindsey. Sie lackierte mir die abgekauten Fingernägel in bunten Farben. Sie ließ mich ihren flauschigen gelben Pulli streicheln. Sie bürstete mir so lange die Haare, bis sie elektrisch aufgeladen waren und fluffig abstanden, um sie mir anschließend wieder flach zu flechten. Und sie versuchte gar nicht erst, mir einzureden, dass Sommersprossen hübsch seien oder ich schöne Haare hätte. Sie sagte: »Wenn du älter bist, kannst du sie mit Make-up überschminken. Strähnchen wären auch keine schlechte Idee.«

Sie ließ den ganzen Tag die Elektroheizung und den Fernseher laufen, und es war ihr egal, wie oft Joe die immer gleiche Folge von *Thomas, die kleine Lokomotive* guckte. Das Essen, das sie uns vorsetzte, kam abgepackt aus dem Tiefkühlfach. Sie las mir mein Horoskop aus ihren Zeitschriften vor, und darin ging es jedes Mal um feste Freunde. Sie telefonierte stundenlang mit ihrer Schwester, hielt den Hörer zwischen Ohr und Schulter geklemmt und Joe auf der einen Hüfte. Sie war so dünn, dass er seine Beine ganz um sie herumschlingen konnte. Sie roch nach Bonbons und Apfelschnitzen. Wann immer sie Joe absetzte, fing er an zu weinen, also trug sie ihn den ganzen Tag herum. Sie hatte gelernt, sich einhändig zu schminken und Joe dabei auf der Hüfte zu balancieren. Er durfte dann die vielen kleinen Tuben halten. Lindsey besaß einen besonderen Pinsel, mit dem sie Puder auf ihrem Gesicht verteilte und mich an der Nase kitzelte.

Wenn ich ihr ein Bild gemalt hatte, sagte sie: »Ach, du bist künstlerisch so begabt. Das hast du bestimmt von deiner armen Mutter.« Ich wüsste nicht, dass meine Mutter je gemalt oder gezeichnet hätte, aber das Kompliment ließ ich mir trotzdem gefallen. Ich hatte es gern, wenn sie über meine Mutter redete, obwohl sie sie gar nicht gekannt hatte. Manchmal brachte ich ihr etwas, auf das ich zufällig im Haus gestoßen war, und erzählte ihr, das habe meine Mutter besonders gemocht, es selbst gemacht oder im Garten gefunden. Die meiste Zeit dachte ich mir das aber nur aus.

Als schließlich die Frau von der Schulbehörde bei uns auftauchte, lag ich gerade im Schlafanzug auf dem Sofa, schaute *Pigeon Street* auf unserem neuen Fernseher und futterte Toastbrot mit Scheibenkäse. Die Schulbehördenfrau war von Kopf bis Fuß in glänzendes Braun gekleidet. Glänzende braune Schuhe, glänzende braune Strumpfhose, glänzender brauner Pulli mit Polokragen, glänzender brauner Rock, der knarzte. Er muss wohl aus Leder gewesen sein. So etwas hatte ich noch nie gesehen. Lindsey räumte einen Sessel frei und bot der Frau einen Tee an. Sie wollte wissen, wie die Frau ihren Tee am liebsten trinke. Ich antwortete an ihrer Stelle. »Braun«, sagte ich. »Sie trinkt ihren Tee braun.« Das fand ich unheimlich lustig.

Die Frau in Braun machte ihre braune Handtasche auf und zog ein Notizbuch und einen Stift heraus. »Also«, sagte sie und ließ die Tasche wieder zuschnappen, »ich höre, du hast kürzlich deine Mutter verloren. Stimmt das?« Womöglich war es das erste Mal, dass jemand diese Formulierung verwendete. Ich hatte, blöd und unachtsam, meine Mutter verloren. Ich hatte sie nicht richtig festgehalten, und sie war mir aus der Hand geglitten. Ich hatte draußen im Garten mit ihr gespielt, und jetzt wusste ich nicht mehr, wo ich sie gelassen hatte. Für einen kurzen Moment hatte ich nicht an sie gedacht, und sie war mir zu spät wieder eingefallen.

Jetzt wurde mir klar, warum mir die Polizisten so viele Fragen gestellt hatten. Wo ich gewesen sei, was ich gemacht hätte, wie viel Uhr es wann gewesen sei. Lauter Fragen, wie man sie auch Leuten stellte, die etwas verloren hatten. Wo hast du es zuletzt gesehen? Hast du es mit nach draußen genommen?

Das gehörte zu den Dingen, die mich an meinen Eltern rasend machten. Wenn ich einem von beiden sagte: »Ich finde meinen zweiten Schuh nicht«, wahlweise auch meinen Teddy oder meinen Pullover, dann hieß es immer: »Der ist genau da, wo du ihn gelassen hast.« Und wenn ich beharrlich blieb, sagte Edward: »Nach allen Gesetzen der Physik, Marianne, lässt Materie sich weder erschaffen noch zerstören. Er wird also wohl kaum vom Erdboden verschluckt worden sein.«

Ich musterte die Frau in Braun aus zusammengekniffenen Augen und konzentrierte mich darauf, nicht zu weinen. Mit aller Kraft versuchte ich, das Bild meiner Mutter aus dem Kopf zu kriegen, die sagte: »Denk nach, Marianne! Ich muss genau da sein, wo du mich gelassen hast. Wo hast du mich jetzt wieder hingeräumt? Wo kann ich wohl sein? Hast du mich vielleicht draußen im Garten vergessen?« Ich schluckte schwer und sagte: »Nach allen Gesetzen der Physik lässt sich Materie weder erschaffen noch zerstören.« Ich sah die Frau unverwandt an, um ihr zu beweisen, dass ich eigentlich gar nicht weinte, obwohl mein Gesicht patschnass war.

Sie musterte mich lange, bevor sie etwas erwiderte. Dann sagte sie: »Was liest du denn gerade?« Als würde jedes Kind, das älter als sechs war, standardmäßig etwas lesen. Ich hatte große Mühe mit dem Lesen, also erzählte ich ihr, was ich nach meiner Erinnerung zuletzt gelesen hatte, als meine Mutter noch da war. Den Fall Jerichos. Das Heer, das immer wieder rund um die Stadtmauer marschierte, perfekt im Gleichschritt, bis die Mauern einfach in sich zusammenfielen. Sie fragte mich, ob ich glaubte, dass das wirklich passiert sei. Und ich sagte: Klar, warum denn nicht? Wie soll man die Mauern einer Stadt sonst zum Einsturz bringen?

»Ach, ich weiß auch nicht«, sagte sie, »vielleicht mit Sprengstoff?« Von da an mochte ich die Frau in Braun eigentlich ganz gern. Was sich nicht als das Schlechteste erwies, denn sie sollte ziemlich oft bei mir vorbeischauen.

Ich entwickelte eine ansehnliche Sammlung von Symptomen, die ich zu Krankengeschichten ausbaute. Lindsey erwies sich als hervorragende Quelle nicht-kindertauglichen Materials. Die Geschichten, die sie mir erzählte, drehten sich allesamt um unerklärlichen Blutverlust und Getränke, von denen man besser die Finger gelassen hätte. Einmal versuchte ich es sogar damit: »Ich glaube, ich habe gestern abend zu viel getrunken. Ich hab einen solchen Schädel!« Es war mir schleierhaft, was mein Vater daran so komisch fand. Oder warum er mich an dem Morgen, an dem ich sagte: »Jetzt habe ich schon wieder meine Tage«, trotzdem zur Schule schickte.

Und wie so viele hypochondrisch Veranlagte war ich praktischerweise auch wirklich häufig krank. Ich holte sämtliche Kinderkrankheiten nach, die ich bisher verpasst hatte, weil ich zu Hause geblieben war. Man konnte fast den Eindruck haben, dass ich mir jedes Mal, wenn ich mich doch in die Schule schleppte, etwas Neues einfing. Merkwürdigerweise kann ich mich nicht erinnern, dass das Zuhausebleiben irgendwie anders gewesen wäre, wenn ich tatsächlich krank war. Ich saß vor dem Fernseher. Ich malte. Ich baute zahllose Türme aus Bauklötzen, damit Joe sie umschmeißen konnte, legte auf dem gestreiften Teppich im Wohnzimmer die Schienen meiner Holzeisenbahn aus, während er hinter mir herkrabbelte und sie wieder zerpflückte. Manchmal hatte ich dabei schauderhafte Pusteln, geschwollene Lymphdrüsen, Kopfschmerzen oder eine Schniefnase. Und manchmal eben nicht. Wenn mich jemand fragte, wie ich mich fühlte, antwortete ich wahrheitsgemäß: »Grauenhaft.«

Den Satz von der Materie, die sich weder erschaffen noch zerstören ließ, brachte ich nie wieder zum Einsatz. Auch mein Vater sagte ihn nicht mehr. Also kam ich zu dem Schluss, er müsse wohl gelogen gewesen sein. Wie so viele Gewissheiten aus der Welt vor ihrem Verschwinden spielte auch diese mir einen Streich. Materie ließ sich eindeutig zerstören. Es war absolut im Bereich des Möglichen, etwas zu verlieren. Und zwar dauerhaft. Da nützte es gar nichts, sich in Erinnerung zu rufen, wo man es zuletzt gesehen hatte. Und selbst das, woran man sich klammerte, was man nie aus dem Blick ließ, konnte sich unwiederbringlich in etwas anderes verwandeln.

Der kleine Bruder roch vielleicht nach frischer Kleidung und der Salbe gegen seine Ekzeme, nach Feuchttüchern und Gläschen mit orangefarbenem Inhalt. Aber dann wuchs er plötzlich bis zur Unkenntlichkeit, obwohl man doch zu Hause geblieben war und jede seiner Bewegungen verfolgt hatte. In der Küche roch es nach Kaugummi, nach Haarspray und Bohnen aus der Dose. Aber die Pflanzen auf der Fensterbank konnten trotzdem zu dürren braunen Stängeln welken. Und das eigene Bett fühlte sich plötzlich nicht mehr an wie das eigene Bett. Eines Tages erwacht man darin und stellt fest, dass es neue Bezüge mit Bildern eines kunterbunten Pferdchens drauf hat, und das Laken ist nicht mehr weich und gestreift, sondern glatt und glänzend und rosa. Im Haus sind nicht mehr die Stimmen aus dem Radio zu hören, sondern stattdessen Fernsehwerbespots für Beuteltee, Sardinen und Breakaway-Riegel.

Im Garten kann es urplötzlich von Uniformierten wimmeln, die Wege werden zertrampelt, das Unkraut besetzt, der Kies in der Einfahrt von zu vielen Autos weggeschleudert und bis zur Brücke unten an der Straße gespült. Eines Morgens wacht man auf und stellt fest, dass einem die Haare ausfallen, und wenn sie wieder nachwachsen, haben sie die ganz falsche Farbe. Der Vater, der gestern noch alterslos wirkte, ist plötzlich ein alter Mann. Früher war er Daddy, aber mit einem Mal sind so viele neue Leute hier im Haus, und alle sagen Edward zu ihm, also nennt man ihn irgendwann auch so. Man hat nie einen Gedanken daran verschwendet, dass er sterben könnte, aber jetzt muss man das in Betracht ziehen. Alle Materie lässt sich zerstören. Und das zerstört alles.

6

Geschöpfe der Luft

As I went over the water,
The water went over me.
I saw two little blackbirds
Sitting in a tree.

One called me a rascal,
One called me a thief,
So I took up my little black stick
And knocked out all their teeth.

Auch über Vögel habe ich etwas zu erzählen. Großonkel Matthew, der meinen Eltern das Haus im Dorf geschenkt hat, war eigentlich mein Urgroßonkel, aber das klingt so sperrig. Er war schon sehr alt, und Edward nahm mich immer mit, wenn er ihn im Pflegeheim besuchte, wo Onkel Matthew leichter und leichter wurde, bis er schließlich einfach zerstob. Davonflog. Seine Schultern wölbten sich vor, die Arme hielt er unter der Bettdecke angelegt wie Flügel, und seine Finger waren nur noch bräunliche Federn, die sich zur Handfläche hin kringelten.

Ich war noch sehr klein, als er starb, aber an die Besuche erinnere ich mich. Wir brachten ihm Blumen aus dem Garten mit, bunte Törtchen, die ich verziert hatte, Bilder, die ich für ihn malte, Kokoseis. Einmal machten wir ihm sogar Toffee. Ich mochte ihn. Er konnte nur den halben Mund zum Reden und auch bloß noch eine Hand benutzen, und er roch immer sehr reinlich, nach Schlafanzügen frisch aus dem Schrank, und trug sein dichtes weißes Haar, das ihm bis zu den Ohrläppchen reichte, ordentlich aus der Stirn gekämmt.

Er brachte mir Nonsensverse bei. Am liebsten hatte ich den über die Ritter aus ferner Zeit. Ich war überzeugt, der handele von ihm.

In days of old when knights were bold
They wore bright shining armour.
But now the nights are dark and cold
They wear Marks and Sparks pyjamas.

Auch er war ein Ritter, aber im Pflegeheim hatten sie unglücklicherweise seine blankpolierte Rüstung verlegt, vielleicht ließen sie sie auch im Garten verrosten, und so war er jetzt eben mein strahlender Ritter im frisch gebügelten Schlafanzug von Marks & Spencer. Er hatte auch noch einen anderen Rittervers auf Lager.

One fine day in the middle of the night
Two dead men got up to fight.
Back-to-back they faced each other,
Drew their swords and shot each other.

So kam ich zu dem Schluss, dass er nicht nur Experte für Ritter, sondern insgeheim selbst einer sein musste. Seinen Schlafanzug trug er nur zur Tarnung, weil er oft mitten in der Nacht aufstehen und sich seinen Schlachten stellen musste. Mir leuchtete das alles völlig ein. Als er starb, war ich vier.

Edward fuhr mit ihm ins Krankenhaus, um die letzten Aufnahmen seiner Knochen zu begutachten, und die waren voller Löcher. Großonkel Matthew meinte, sie hätten ausgesehen wie Vogelknochen. Der Krebs hatte sie so zerfressen, dass sie voll winziger Lufteinlagerungen waren, wie Bläschen in der Limonade, ein sprenkeliges Röntgenbild hohler, leerer Knochen, bereit für den Flug zu ihrem Schöpfer.

Sein Leichnam wurde schon am Abend vor der Beisetzung in die Kirche gebracht. Meiner Mutter tat er leid, so ganz allein dort in der Kälte in seiner letzten Nacht auf Erden, und so machte sie sich, als es dunkel war, auf den Weg zur Kirche, um dem Sarg Gesellschaft zu leisten. Als sie vor zum Altar ging, kamen vom Turm herab krakeelend drei schwarze Vögel angeflogen. Sie stürzten sich auf ihren Kopf, ihre Arme, pickten nach ihr und kreischten ihr ins Gesicht. Edward erzählt, sie sei den ganzen Weg nach Hause zurück gerannt, und die Schrammen an Gesicht und Unterarmen seien eindeutig gewesen.

Am nächsten Tag kamen sie zur Beisetzung in die Kirche, aber von den Vögeln fehlte jede Spur. Und als Edward mit den anderen Trägern den Sarg anhob, um ihn hinaus auf den Friedhof zu bringen, war ihm, so erzählt er es, als wäre gar nichts darin. Es war ein Sarg aus Korbgeflecht, wie bei diesen großen Picknickkörben oder Transportboxen für Brieftauben. Das Gewicht der Seele fehlte, wie viel Gramm sie auch immer wiegen mag. Edward sagt, als sie den Sarg in die Grube hinunterließen, habe ihn das Gefühl beschlichen, nachsehen zu müssen, ob er nicht doch leer war. Aber dann ließ er es.

Meine Mutter glaubte an Engel. Sie sah ständig welche. Besonders gern, berichtete sie, hielten sie sich auf der Treppe unter dem hohen Fenster auf. Sie verteilte ihre Abbilder im ganzen Haus. Über jedem Türstock. Auf dem Treppenabsatz fand sich eine richtige Sammlung. Sie mochte geschnitzte Holzengel, Gipsengel, sogar die kleinen Plastikfigürchen aus den billigen Weihnachtskrippen. Die pummeligen Baby-Engel ebenso wie die schmalen, eleganten, die mit ihren angelegten Flügeln und dem gesenkten Blick aussahen wie schlanke junge Mädchen.

Nach dem Brand wollte ich sofort wissen, ob die Engel gerettet worden waren. Edward hatte eine Kiste voll geborgen, hauptsächlich die aus Holz. Die Gipsengel waren so schwarz vom Rauch, dass sie nur zerbrechen würden, wenn man sie sauberschrubbte, und auch die meisten Bilder waren feucht oder verfleckt oder den ganzen Aufwand einfach nicht wert. Die wenigen verbliebenen habe ich in einer Reihe entlang unserer Treppe aufgehängt. Susannah hat ihnen Namen gegeben. Dem Alphabet nach. Abbie, Barney, Cindy, Davey. Zweiteren hat sie garantiert nach ihrem Vater benannt, um auszutesten, ob ich irgendwie auf einen Engel namens Barney reagieren würde – was ich nach Möglichkeit unterlasse. Meiner Mutter hätte das sicher gefallen. Wenn ich mir erlauben würde, einem ähnlichen Glauben anzuhängen wie sie, würde ich sagen, dass ich sie manchmal kichern höre, wenn wir die Treppe hinaufgehen. Aber das lasse ich.

7

Das Wechselbalg

Hinty minty cutey corn,
Apple seed and apple thorn,
Wire, briar, limber lock,
Three geese in a flock.
One flew east, and one flew west
One flew over the cuckoo's nest.

Es gab so vieles, woran meine Mutter angeblich glaubte. Dinge, wie man sie Kindern weismacht. Von den allermeisten wusste ich immer schon, dass sie Unsinn waren. Die Baumwurzeln, die in der kleinen Sandsteinhöhle oberhalb der Brücke von der Decke herabhingen, waren natürlich nie eine alte Hexe namens Grandma Grump gewesen. Sondern immer nur Baumwurzeln. Und die Brennesseln, die den Eingang bewachten, waren einfach Brennesseln und kein wie auch immer gearteter Zauber.

Wenn wir French Toast zum Frühstück aßen, sagte meine Mutter, ihre gute Freundin Madame Pamplemousse habe ihn heute früh frisch aus der Normandie eingeflogen und sei mit ihrem Hubschrauber hinter dem Haus gelandet. Dann rief ich mit ihr aus dem Küchenfenster: »Merci, Madame Pamplemousse!«, und behauptete, den Hubschrauber, der schon wieder nach Süden flog, gerade noch sehen zu können.

Anderes bewegte sich in einer Grauzone. Meine Mutter besaß ein Buch mit den Fotografien der Elfen von Cottingley, wunderhübsche Betrügereien mit Elfen aus Papier inklusive zarter weißer Kleider und der vollkommensten Flügel, auf die seinerzeit etliche Menschen hereingefallen waren. Als ich einwandte, das ganze Buch handele doch davon, wie die Figürchen ausgeschnitten und an Lutscherstangen befestigt worden waren, sodass sie auf den Fotos möglichst echt aussahen, sagte sie: »Ja, aber überleg doch mal. Die kleinen Mädchen, die mit den Elfen gespielt haben, wollten, dass die Menschen ihnen glauben, darum mussten sie die Elfen so aussehen lassen wie Elfen aus dem Bilderbuch, mit Kleidchen und Flügeln und niedlichen Gesichtern. Die ECHTEN Elfen, mit denen sie gespielt haben, sahen vielleicht ganz anders aus. Womöglich trugen sie gar keine Kleider und waren richtig hässlich. Mit dicken braunen Bäuchlein, die ihnen bis zu den Knien hingen, und Gras, das ihnen aus den Ohren wuchs.«

Sie fragte jeden Baum um Erlaubnis, bevor sie ihm einen Ast abschnitt. Vielleicht machte sie das aber auch nur bei älteren Bäumen. Oder bei Ebereschen. Wann immer sie eine einzelne Elster sah, grüßte sie sie. Wenn wir zufällig beide zur gleichen Zeit das Gleiche sagten, mussten wir den bösen Zauber brechen, indem wir uns einmal gegen den Uhrzeigersinn um uns selbst drehten (»falschrum«, wie sie immer sagte), uns anschließend auf ein Bein stellten, der anderen einen Finger an die Nase legten und laut den Namen eines Dichters riefen. Egal, welchen. Ich rief immer Robert Louis Stevenson. Sie rief jedes Mal Ella Wheeler Wilcox. Dass es die wirklich gab, wollte ich nie glauben. Ich hielt das einfach für einen lustigen Namen, den man gut laut rufen konnte.

Menschen erzählen ihren Kindern alle möglichen Geschichten. Das macht Spaß. Wenn die Kinder dann erwachsen und die Eltern noch bei ihnen sind, können sie gemeinsam darüber lachen. Aber was passiert, wenn die eigene Mutter plötzlich in einer ihrer Geschichten verschwindet? Was, wenn die Elfen sie sich holen? Die Geschichte vom Wechselbalg war meiner Mutter eine der liebsten.

Ein wunderschönes kleines Mädchen schläft bei Vollmond in seiner Wiege, da kommen die Elfen, um es zu rauben. Sie nehmen die Kleine mit in ihre Welt, die mitten in unserer versteckt liegt, aber unsichtbar ist; nur die Elfen wissen, wie sie von einer Welt in die andere kommen. In der Wiege lassen sie eins ihrer Elfenkinder zurück, ein Wechselbalg.

Das Wechselbalg wird größer, gewinnt aber nicht an Kraft. Es ist seltsam behäbig, begriffsstutzig, ungeschickt. Es lernt singen, beherrscht aber keine richtige Sprache. Und damit nicht genug, ist das Wechselbalg auch noch über alle Maßen eigensinnig und boshaft.

Aber die Mutter weiß, dass die Elfen sie die ganze Zeit beobachten, um sicherzugehen, dass sie das Wechselbalg auch gut behandelt. Sie wagt es nicht, das Kind zu bestrafen, es auch nur scharf zurechtzuweisen, damit die Elfen nicht am Ende ihr Kind züchtigen. Das Wechselbalg ist ihre Prüfung, ein langwieriger Test der Liebe, die nicht erwidert werden kann, und doch schenkt sie ihm alles an Liebe, was sie aufbringt, im Vertrauen darauf, dass die Elfen ihr wahres Kind genauso behandeln.

Ein glückliches Ende blieb aus. Jedes Mal, wenn ich fragte: »Aber was ist dann passiert? Was ist aus dem wahren Kind geworden?«, zuckte meine Mutter mit den Schultern und sagte: »Niemand weiß es.«

»Und das Wechselbalg? Was ist am Ende aus dem geworden?«

»Ach, die gedeihen nie. Die Wechselbälger. Sie werden nie richtig erwachsen.« Die Geschichte vom Wechselbalg versetzte mich schon in Angst und Schrecken, noch bevor sie selbst verschwand.

Als sie fort war, überlegte ich, wer wohl weggeholt worden war: sie oder ich? Befand ich mich noch in der richtigen Welt oder war das alles hier eine schlechte Kopie? Was, wenn meine Mutter überall nach mir suchte, meinen Namen rief? Was, wenn ich mich einfach rücklings aus dieser armseligen, blassen Nachbildung der Wirklichkeit herausfallen lassen und mitten in einem Wolfsmilchbeet landen würde, meine Mutter unter dem Apfelbaum sitzen sähe, wo sie Schildchen mit meinem Namen in Schulkleidung nähte, die ich niemals tragen würde?

Als Susannah auf der Welt war, verstand ich die Geschichte vom Wechselbalg noch einmal ganz anders. Ich begriff das tägliche Wunder darin, wenn das eigene Kind wach wird und einem die Arme entgegenstreckt, noch ganz gegenwärtig, ganz es selbst. Das Fieber sinkt, der Trotzanfall flaut ab, die Sonne geht auf, die Medikamente wirken, und da ist sie wieder, zart und stark und wild entschlossen und kraftvoll.

Und da ist noch etwas. Wahrscheinlich ist es gar nicht der Rede wert, aber immer wenn ich etwas aufschreibe, woran meine Mutter geglaubt hat, zerstört es sich. Die Datei verschwindet in den Tiefen meines Rechners. Die Seiten fallen hinter die Heizung, und wenn ich sie dann aufhebe und zusammentackern will, fehlt die Hälfte. Ich weiß wirklich nicht, wie oft ich versucht habe, alles aufzulisten, was meine Mutter glaubte oder zumindest mir gegenüber zu glauben behauptete. Auch diese Liste hier ist unvollständig. Die Hälfte ist mir wieder abhandengekommen. Ich wollte von ihren Gespenstern erzählen, von ihren Zaubersprüchen und Gebeten, von den Flaschen, die über der Küchentür hingen, dass die Seele, wenn man stirbt, in ein anderes Lebewesen fahren kann, in ein Tier, einen Baum oder schließlich in ein Musikinstrument, das aus dem Baum geschnitzt wird. Aber sobald ich probiere, das alles niederzuschreiben, verschwindet es. Auch auf die Gefahr hin, wie meine Mutter zu klingen, werde ich doch das Gefühl nicht los, dass es ihr nicht gefällt, wenn ich das tue.

Von Zeit zu Zeit macht Edward den Versuch auszumisten, dann bringt er mir eine Kiste mit Sachen vorbei, von denen er glaubt, dass sie mir gehören. Inmitten einer Batterie Stofftiere, von denen ich schwören könnte, sie im Leben noch nie gesehen zu haben, steckte neulich auch eine gebundene Ausgabe von *Wilbur und Charlotte*. Er meinte, er wisse noch genau, wie viel mir das Buch bedeutet habe, erinnere sich, wie ich mir damit zum zweiten Mal selbst das Lesen beigebracht hätte, als ich mit Windpocken zu Hause bleiben musste, wie ich auf der Fensterbank gesessen und mich ganz auf das Buch konzentriert hätte, um nicht am Schorf herumzukratzen. Als alle Pusteln abgeheilt waren, hätte ich wieder lesen können. Langsam und nicht besonders gut. Aber ich konnte lesen.

Ich erinnere mich an die weichen Kanten meiner Taschenbuchausgabe, an den vom vielen Aufblättern gebrochenen Rücken, an die öligen Flecken der Zinktinktur auf den Seiten. Das Buch, das er mir mitgebracht hatte, war makellos. Mit einem festen Einband, der mir fremd war. Trotzdem sagte ich ihm nicht, dass er mir das falsche Buch gebracht hatte. Denn aus irgendeinem Grund stand in dieser Ausgabe mein Name, in einer Handschrift, die genau wie meine aussah, mit grüner Tinte geschrieben.

Ich erinnere mich an *Wilbur und Charlotte* auf der Fensterbank. Aber ich war dort nicht allein. Meine Mutter war bei mir, las es mir vor, kehrte immer wieder zu meinen Lieblingsstellen zurück, so, wie ich es auch jetzt noch gern tue, und es spielte keine Rolle, ob wir die Seite schon gelesen hatten. Immer wieder und wieder. Ich erinnere mich an ihre kühle Hand, die meine von den Pusteln am Handgelenk weghielt und von den besonders gemeinen in den weichen Fältchen der Armbeuge. Ihre Hand schob mir das Haar hinters Ohr, strich es weg von den Pusteln entlang meiner Augenbraue, die dort eine Linie aus winzigen Pünktchen hinterlassen haben. Sie dachte sich Stimmen für die verschiedenen Figuren im Buch aus, eine dünne, kratzige Stimme für die Ratte Templeton, eine weiche, bedächtige, teigige Stimme für Wilbur, eine Art altmodischen Lehrerinnenton für Charlotte.

Dabei weiß ich, dass sie längst fort war, als ich die Windpocken bekam. Und ich weigere mich, an Geister zu glauben. Eisern und allen Beweisen zum Trotz weigere ich mich, die Dinge zu glauben, an die sie glaubte. Obwohl darin ein gewisser Trost läge. Obwohl die Vergangenheit wie Blätterteig ineinandergefältelt ist und meine Mutter besser als jeder andere Mensch verstehen würde, wie ich von ihren vielen Schichten umschlossen bin und keinen Weg hinaus finden kann.

8

Was im hohen Gras verschwand

Green peas, mutton pies,
Tell me where my mother lies.
I'll be there before she dies,
Green peas, mutton pies.

In dem Jahr, als ich auf die weiterführende Schule kam, mussten wir alle lernen, wie man eine Nähmaschine bedient. Drei von den Jungs aus meiner Klasse konnten das besonders gut. Es waren dieselben Jungs, die grundsätzlich in der hintersten Reihe saßen und eingespeichelte Papierkügelchen nach den Lehrkräften schnippten. Ein Jahr später flogen sie von der Schule, weil sie sämtliche Fenster des Chemielabors eingeschmissen hatten. Aber für kurze Zeit, als wir auf der weiterführenden Schule anfingen, wurden ihre kunstvollen Näharbeiten in der Eingangshalle ausgestellt.

Ihre Geschicklichkeit mit der Nähmaschine speiste sich aus der Tatsache, dass sie alle Traktor fahren konnten. Wenn man einen Traktor gelenkt hat, seit man gerade mit den Füßen an die auf den Pedalen montierten Holzkisten kommt, dann ist so eine Nähmaschine letztlich auch bloß ein weiteres Pedal. Kinderleicht.

Ich empfand einen kurzen Moment der Verbundenheit mit den Traktorfahrern und ihren Näharbeiten. Ich wusste ja, dass einem nichts von dem, was man zu Hause lernt, in der Schule zugutekam. Allenfalls durch Zufall. Zu Hause konnte ich Brot backen, Lieder singen, auf Bäume klettern, meinen kleinen Bruder mit irgendwelchen Albernheiten zum Lachen bringen, wenn er weinte; ich konnte wichtige Mitteilungen am Telefon entgegennehmen, Gute-Nacht-Geschichten vorlesen und aus der Buttercreme auf Cupcakes Elfenflügel formen; ich konnte mir mit der Rückseite eines Kamms am Hinterkopf einen Scheitel ziehen und mir vor dem Zubettgehen Zöpfe flechten, ganz ohne Hilfe.

Aber in der Schule wusste ich nie, wann ich reden und wann ich still sein sollte, ich wusste nie, ob ich mich nun in Woche A oder Woche B des Stundenplans befand, was für Socken wir dieses Halbjahr für den Sportunterricht brauchten und warum es eigentlich nicht dieselben sein konnten wie im Halbjahr davor.

Ich kannte den Namen der ägyptischen Gottheit, die mit Geburten in Verbindung gebracht wird und den Schwanz eines Krokodils, den Körper eines Löwen und den Kopf eines Flusspferds hat. Ich konnte sämtliche Nebenarme des Nils aufzählen. Aber solche Sachen waren nicht wichtig. Wichtig war, was für Buntstifte man besaß und in welcher Tupperdose man sein Pausenbrot mitbrachte. Zu Hause ist man tüchtig, wenn man seine Socken selbst waschen kann. Aber wenn man sie dann nur einzeln wiederfindet und einer davon auch noch leicht grau verfärbt ist, wirkt das in der Schule gar nicht mehr tüchtig, obwohl beides nur jeweils eine Seite derselben Medaille ist.

Und in der Grundschule dumm zu sein ist schon schlimm genug, aber überhaupt kein Vergleich damit, was es auf der weiterführenden Schule bedeutet. Unter den Klassenschlechtesten sind praktisch keine Mädchen, und niemand will etwas mit ihnen zu tun haben. Wenn man nur langsam liest beziehungsweise alles zweimal lesen muss, um sicher zu sein, dass man es auch wirklich verstanden hat, schafft man es eben nicht, die Aufgaben zu lösen, die die adretten Mädchen mit ihren unzerkauten Buntstiften längst fertig haben. Wenn man langsam liest, heißt das, dass man seinen Auflauf nicht rechtzeitig in den Ofen bekommt und ihn später entsorgen muss, während die adretten Mädchen ihren in ihren extragroßen Tupperdosen verstauen und zum Abendessen mit nach Hause nehmen.

Mal abgesehen davon, dass ihn zu Hause sowieso niemand hätte essen können, selbst wenn ich ihn mitgenommen hätte, denn Joe hatte ja seine schlechte Haut, und Edward war seit dem Verschwinden meiner Mutter Diabetiker. Vielleicht hätte Joe sowieso Ekzeme bekommen. Das passiert bei Babys schon mal. Aber Edward musste eines Tages früher als sonst von der Arbeit kommen, weil seine Frau am Nachmittag einfach weggegangen war, ohne jemandem zu sagen, wohin sie wollte, und ehe er sich's versah, war er plötzlich Witwer und pinkelte puren Zucker.

Seitdem spritzt er sich jeden Tag seines Lebens die Realität ihrer Fahnenflucht, vermisst sie in Insulindosen und sticht sie sich tief in den Bauch. Eine konkrete chemische Tatsache, die sein Leben in ein Vorher und ein Nachher unterteilt. Irgendwann wird sie ihn erblinden lassen, ihn zum Invaliden machen, und ihn schließlich töten, und das alles erscheint nur adäquat, angemessen. Ich war voller Selbstmitleid, weil ich das Lesen verlernt hatte. Aber zu Hause darüber zu jammern hatte keinen Sinn. Ich war noch glimpflich davongekommen, das war mir klar.

Das Leben nach ihrem Verschwinden teilte sich in das, was man beheben konnte, und das, was nicht mehr zu beheben war. Das mit meinen Haaren zum Beispiel, das ließ sich beheben. Anfangs begriff ich nicht, warum sie so strohig und bräunlich waren und mir ständig im Gesicht klebten. Warum mit Bürsten nichts auszurichten war. Dann bekam ich Läuse, und Edward entdeckte Shampoo mit Teebaumöl und Zöpfe vor dem Schlafengehen, und wir stellten fest, dass Haarprobleme zu den behebbaren Dingen gehörten.

Anderes aber war nicht zu beheben oder zu ändern. Typ-2-Diabetes, ausgelöst durch einen schweren Schock. Chronische Ekzeme. Dass mir Teller aus der Hand fielen. Dass der zerkaute selbst gestrickte Pullover beim Waschen einlief. Der Gemüsegarten. Die Luft in der Küche: Wie sie eindickte, fast wie Gelee, und man eine Menge Mut aufbringen musste, um die Küche überhaupt noch zu betreten, das Radio laut aufdrehen oder die Tür zum Wohnzimmer offen und ununterbrochen Kindersendungen laufen lassen musste, um das Gelee in bewegliche Stückchen zu zerkleinern, zwischen denen man durchpasste. Dass sämtliche Konturen dumpf, durchweicht, unverständlich und fern wirkten. Diese Distanz verschwand im Grunde nie wieder.

Und es gibt kein Naturgesetz, keine einfache Formel, mit der sich bestimmen ließe, was man beheben kann und was nicht. Das ist ja das Schlimme. Um das herauszufinden, muss man immer erst alles zu beheben versuchen.

Obwohl ich so langsam war, las ich immer noch ununterbrochen. Ich brauchte nur länger und blieb deshalb länger auf. Die Nächte bei uns zu Hause waren ohnehin nicht mehr sonderlich ruhig. Nachts, wenn ihn sonst nichts ablenkte, litt Joe vermehrt unter Juckreiz, und Edward lief mit ihm herum, um ihn zu beruhigen, cremte die Ekzeme ein, las ihm vor. Oft hörte ich das Gemurmel der Vorlesestimme, das Weinen oder auch die Tür des Schranks auf dem Treppenabsatz, wenn Edward versuchte, Joe mit frischen kühlen Bettbezügen zur Ruhe zu bringen. Wenn ich dann auch aufstand, machten wir uns etwas Heißes zu trinken, ich legte mich auf die andere Seite von Edwards Bett, Joe lag zwischen uns, ich hielt ihm sanft die heißen, rauen Händchen und hörte mir die immer gleichen alten Geschichten an.

Morgens war Edward vom Schlafmangel dann durchsichtig wie Papier, und ich rührte mich gar nicht erst. Ich stand spät auf, verpasste den Schulbus, hatte mir die Haare noch nicht gebürstet und wusste sowieso nicht mehr, was an dem Tag anstand. Also blieb ich stattdessen zu Hause. Edward und Joe waren immer schon längst weg, in der Stadt, wo Joe in den Betriebskindergarten an Edwards College ging.

An manchen Tagen machte ich mich auf den Weg zum Schulbus, verlor aber in letzter Sekunde die Nerven, duckte mich hinter die Hecke, sah zu, wie er ohne mich abfuhr, und kletterte dann durch das Esszimmerfenster mit dem defekten Griff wieder ins Haus. Für den Fall, dass Edward doch mal daran gedacht hatte, es zu reparieren, hatte ich mir aus einem kaputten Kleiderbügel einen Dietrich gebastelt, den ich unter dem Öltank versteckt hielt.

Zurück im Haus machte ich mir Frühstück, wozu ich vorher nicht gekommen war, und legte mich wieder ins Bett, um die Heizung nicht aufdrehen zu müssen. Mein Bett war übersät von Toastkrümeln und den Büchern meiner Mutter mit ihren rissigen Schutzumschlägen und den verknickten Seiten, auf denen ich am Vorabend eingeschlafen war.

Gegen halb zehn klingelte das Telefon, und das Sekretariat der Schule erkundigte sich, warum ich nicht erschienen sei. Manchmal nahm ich ab und gab mich als das Kindermädchen oder die Putzfrau aus. Dafür hatte ich eine ganze Reihe lustiger Stimmen parat. Zumindest ich fand sie lustig.

Vor allem die schottischen. Ich legte mir ein rollendes R und rundere Vokale für den Namen Brown zu.

»Ich arbeite für die Familie Brrruun. Marianne Brrruun musste heute früh zum Röntgen, weil ihr das Bügeleisen auf den Fuß gefallen ist, und die Wartezeiten sind wie immer sehr lang. Alles unterfinanziert, es ist wirklich ein Skandal!« Wenn sie dann Edward sprechen wollten, bot ich jedes Mal an, ihm das auszurichten, und sagte, er sei nach sechs erreichbar. Ich wusste, da hatten sie längst Feierabend.

Dann wandte ich mich wieder den Büchern zu, die ich mit meiner Mutter gelesen hatte, immer und immer wieder, weil ich alle Wörter darin schon kannte. Später las ich ihre Koch- und Gartenbücher. Immer wieder fuhr ich ihren Namen nach, den sie in alles geschrieben hatte, was sie besaß, folgte der Spur, die sie hinterlassen hatte, wollte sie darin finden.

Damals versuchte ich mich auch das erste Mal an *Pearl*. Die Ausgabe, die meine Mutter besaß, hatte einen schlichten grünen Einband, verziert mit einem fünfzackigen Stern. So einen hatte ich schon anderswo gesehen. An irgendeinem wichtigen Ort. Ich wusste ganz instinktiv, wie man ihn zeichnete, ohne den Stift abzusetzen. Ich wusste, das musste etwas sein, was meine Mutter mir beigebracht hatte, aber ich kam nicht darauf, wo ich den Stern gesehen und warum sie mir beigebracht hatte, ihn zu zeichnen.

Im Buch kam zuerst *Sir Gawain und der Grüne Ritter* und danach *Pearl*. Der *Gawain*-Part war voll mit Vokabelangaben, aus dem hinteren Teil des Buches abgeschrieben, und an der Stelle, die in allen Einzelheiten schildert, wie Gawain seine Rüstung anlegt, um zu seiner Queste aufzubrechen, wurde besonders viel herumgekritzelt. Am Seitenrand war aufgelistet, wofür der Stern mit seinen fünf Zacken stehen konnte: die fünf Sinne des Ritters, seine fünf Tugenden, seine fünf

Finger sowie die fünf Freuden der Mutter Gottes an ihrem Kind. Worin diese fünf Freuden bestanden haben mochten, stand nicht dabei.

Ich wusste damals nicht, dass es sich um die fünf freudenreichen Geheimnisse des Rosenkranzes handelt. Ich glaubte, die Mutter Gottes sei tatsächlich auf fünf verschiedene Arten glücklich über ihr Kind gewesen, und versuchte zu ergründen, welche das sein konnten. Ich hatte meine Mutter ja mit Joe erlebt und dadurch eine recht genaue Vorstellung. Ich wusste, dass sie einen ganzen Winter über gespürt hatte, wie er in ihrem Bauch immer runder und knubbeliger wurde.

Ich wusste auch, wie sehr sie sich später daran freute, ihn mit den Beinen strampeln zu sehen, ihn zu stillen, zu baden, ihm den weichen Kopf zu küssen oder die Fußsohlen, Ringelpullis für ihn zu stricken, in die er noch hineinwachsen sollte, ihm vorzusingen, ihn zu wiegen, ihm auf den Rücken zu klopfen und ihn an der Schulter zu halten, während er Milch auf das Musselintuch spuckte. Der Stern besaß nicht genug Zacken für all die Freuden, die sie an ihrem Kind hatte. Aber vielleicht wurden der Heiligen Jungfrau ja nur fünf gewährt. Welche hatte sie sich dann wohl ausgesucht?

Nach *Gawain* nahmen die Anmerkungen ab. Auf den ersten paar Seiten von *Pearl* gab es noch etliche, aber dann schwanden sie. Der Grund, warum ich immer wieder versuchte, das Gedicht zu lesen, war eine einzelne Anmerkung im Register. Dort hatte sie das Wort *Pearl* umkringelt und einen Pfeil zum Seitenrand hingemalt, wo in großen Lettern CONSOLATIO stand. Ich wusste nicht, warum sie den letzten Buchstaben von *consolation* weggelassen hatte. Trost. Genau den wollte ich ja finden. Danach suchte ich in allen ihren Büchern.

Heimlich holte ich Kleidungsstücke aus den Schubfächern unter ihrem Bett, die ich mir dann unters Kopfkissen legte, immer nur eines, um mir den Duft der zimtgetränkten Kügelchen zu erhalten, die sie immer zwischen ihre Sachen legte. Im Garten zerrieb ich Blätter an der Handfläche, auf der Suche nach der perfekten Mixtur für den Duft aus Minze, jungen Erbsen und frischen Zwiebeln, und wenn ich mal eine Brennnessel erwischte, zog ich den kompletten Stiel mit den brennenden Härchen durch die Finger und wickelte mir Sauerampferblätter um die Hand, weil ich glaubte, das Brennen gehöre zum Zauber. Wenn ich nur genug litt, könnte ich sie wieder heraufbeschwören.

Pearl war viel zu schwierig für mich. Ich schaffte die ersten paar Seiten, auf denen sie Vokabeln an den Rand geschrieben und sogar ein paar Skizzen des Kräutergartens und des Grabs angefertigt hatte. Zumindest könnte es eine Zeichnung des Kräutergartens aus dem Gedicht gewesen sein, vielleicht hatte sie hier aber auch, viel später, den Plan für ihren eigenen Garten entworfen. Die Bleistiftstriche waren verblasst und abgenutzt, sie hatten auf die Seite gegenüber abgefärbt, und die Wörter wirkten wie heimliche Beschwörungsformeln in einem fremden Alphabet. Trotzdem blieb ich beharrlich, so beharrlich, wie ich es nur sein konnte. Ich schrieb einzelne Passagen in Schulhefte ab. Ich lernte, die merkwürdig ineinander verschlungenen Buchstaben nachzubilden, die längst aus der englischen Sprache verschwunden sind. Ich hatte keine Ahnung, was sie bedeuteten, welcher Laut sich dahinter verbarg.

Die Notiz meiner Mutter im Index versprach mir Trost. Sonst machte niemand auch nur die Andeutung, dass ich welchen finden könnte. Aber wie sollte ich dann wissen: Konnte man das alles beheben oder nicht? Ich glaubte fest daran, wenn ich es nur schaffte, das ganze Gedicht bis zum Schluss zu lesen, dann würde ich getröstet werden. Dabei kümmerte es mich nicht, dass meine Mutter es womöglich selbst nie zu Ende gelesen oder das Buch in den mehr als zehn Jahren, seit sie vom College abgegangen war, gar nicht mehr aufgeschlagen hatte.

Es kümmerte mich nicht einmal, dass das Buch schon gebraucht war, als sie es bekam, dass innen im Buchdeckel ein anderer Name in blauer Tinte stand, den sie durchgestrichen und durch ihren eigenen Namen vor der Hochzeit ersetzt hatte: Margaret Brooke. Ich kam gar nicht auf den Gedanken, dass die Notizen darin eventuell nicht von ihr stammen könnten. Ich wusste nicht einmal, ob es ihr gefallen hatte.

Sir Gawain und der grüne Ritter hatte ihr gefallen, das wusste ich. Diese Geschichte hatte sie mir so oft erzählt. Die Kapelle bei uns am Fluss hieß bei ihr immer nur die Grüne Kapelle, und ich erfuhr erst viele Jahre nach ihrem Tod, dass die echte Grüne Kapelle aus der Geschichte gut eine Autostunde entfernt lag und gar kein eigentliches Bauwerk war, sondern vielmehr ein grüner Grabhügel am Ende eines düsteren Pfads. Zumindest glaube ich, dass sie mir Sir Gawains Geschichte erzählt hat. Vielleicht verwechsele ich sie aber auch mit einer anderen ihrer Lieblingsgeschichten, der von den grünen Kindern.

Vor langer Zeit, als ein paar Leute aus dem Dorf im Steinbruch nach Baumaterial für ihre Häuser gruben, kamen zwei grüne Kinder aus der Erde. Bruder und Schwester. Ihre Kleider waren grün, ihre Haare waren grün, aber das war noch nicht alles. Auch ihre Haut war grün, und selbst das Weiße in ihren Augen war vom denkbar hellsten Grün.

Die Kinder fürchteten sich sehr, und sie redeten in einer Sprache, die niemand verstand. Sie deuteten auf ihren Mund, um zu zeigen, dass sie hungrig waren, doch als die Dorfbewohner ihnen Brot, Käse und Äpfel anboten, wollten sie nichts davon essen.

Da stellten die Leute aus dem Dorf das Graben ein und brachten die Kinder zu dem Mann, der in der Gegend alles Land besaß, ein weit gereister Mann, der viele Sprachen beherrschte. Der Landbesitzer probierte es mit allen Sprachen, die ihm einfielen, aber auch ihm gelang es nicht, mit den Kindern zu reden. Er war ein gütiger Mann und bot ihnen jede erdenkliche Speise an, und als ihnen schließlich jemand grüne Bohnen brachte, aßen sie diese.

Der Mann nahm die Kinder bei sich auf, und nach und nach fingen sie an, auch andere Dinge zu essen, ihre grüne Farbe verblasste, und schon bald beherrschten sie die Sprache der Menschen um sie herum. Doch auch, nachdem ihre Haut die Farbe gewechselt hatte, waren ihre Augen noch grün wie die von Katzen, und ihr Haar behielt die Farbe von feuchtem Stroh.

Die Kinder erzählten, sie hätten sich in eine Höhle verirrt, und als sie wieder nach draußen kamen, hätten sie den Weg zurück nicht mehr gefunden. Dort, wo sie herkamen, erzählten sie, sei alles grün. Die Leute aus dem Dorf halfen ihnen bei der Suche nach dem Heimweg, doch niemand fand ihn. Und so blieben die Kinder.

Der kleine Junge starb, und sie begruben ihn unweit der Stelle, an der er aufgetaucht war, in der Hoffnung, sein Geist möge den Weg nach Hause finden. Das Mädchen wuchs heran, heiratete und bekam ihre eigenen, halb-grünen Kinder, doch sie hörte niemals auf, nach dem Weg zurück zu ihrem ersten Zuhause zu suchen. Aber sie fand ihn nie.

So zumindest lautet die Geschichte, die ich nachgeschlagen habe. In der Version, die meine Mutter mir erzählt hat, war das Heimweh beider Kinder zu groß, und sie starben beide. Ich muss das wohl falsch in Erinnerung haben. Vielleicht war mir auch einfach der Gedanke lieber, dass die Kinder zusammenblieben. Mir gefiel die Vorstellung nicht, dass die Schwester ohne ihren Bruder im fremden Land weiterlebte. Womöglich habe ich meine Mutter um ein anderes Ende gebeten, oder ich habe es für mich selbst geändert, nachdem sie fort war.

9

Fragestellungen

Eaper Weeper Chimney Sweeper
Had a wife but couldn't keep her.
He put her in a pumpkin shell
And there he kept her very well.

Unter den Büchern meiner Mutter gab es auch ein kleines Wahrsage-Bändchen mit dem Titel *The Ladies' Oracle*. Man konnte ihm jede der mitgelieferten Fragen stellen, dann musste man die Augen schließen, sich fest auf die Frage konzentrieren und mit dem Finger auf eine Seite mit Symbolen zeigen. Anschließend blätterte man die Symbole durch, bis man die Seite mit der Antwort fand. Die Fragen drehten sich alle um Dinge wie: »Denkt der, an den ich denke, auch an mich?«, und die meisten Antworten waren Variationen von: »Möglich. Wart's ab.«

Etliche Fragen hatten die Gefahr eines Skandals zum Hintergrund. Viele von ihnen gingen in eine Richtung wie »Sollte mein Fehlverhalten entdeckt werden, wird man mir dann verzeihen?« oder »Was muss ich tun, damit niemand herausfindet, was ich zu verbergen habe?« oder auch, für diejenigen, die mit wenig tugendhaftem Verhalten liebäugelten: »Soll ich es beenden oder mich hingeben?« Auf konkretere Fragen wie »Werde ich Kinder haben?« erhielt ich einmal die Antwort: »Ein reizendes und mehrere unausstehliche.« Na, vielen Dank auch.

Trotz der albernen Fragen und der noch viel schlimmeren Antworten konsultierte ich das Orakel im Teenageralter regelmäßig und missachtete jeden seiner Ratschläge. Ich glaube, genau dazu diente es auch. Und obwohl ich der jungen viktorianischen Frau, die sich auf dem Einband hinter ihrem Fächer versteckte, kein bisschen ähnelte, waren meine Anliegen doch gar nicht so anders. Liebt sie mich? Werden wir glücklich sein? Kennt irgendwer mein Geheimnis? Wird sie mich auch noch lieben, wenn sie davon erfährt?

Früher glaubte ich immer, ich wäre nicht schlecht in Frage-Antwort-Spielen. Ich spielte sie häufig mit meiner Mutter, und sie hat mir beigebracht, dass es immer viele verschiedene Möglichkeiten gibt, eine Frage richtig zu beantworten. Als der erste Polizist zu mir sagte: »Ich muss dir jetzt ein paar Fragen stellen«, war ich kurz erleichtert. Wenn sich das Ganze mithilfe von Fragen und Antworten lösen, sortieren und in den Normalzustand zurückführen ließ, dann, da war ich mir sicher, hätten wir es in ein paar Stunden geklärt.

Dann stellte sich heraus, dass ich im Beantworten dieser Fragen gar nicht gut war. Mit meinen Antworten stimmte etwas nicht. Ich versuchte es erneut. Sagte etwas anderes. Immer wieder suchte ich in ihren Gesichtern nach einem Hinweis, dass ich es richtig machte: Ich wartete darauf, dass ihre Mienen von verblüfft und peinlich berührt zu beeindruckt und erfreut wechselten und alles wieder gut sein würde. Aber nichts von dem, was ich über Fragen und Antworten wusste, half mir jetzt. Denn hier gab es nur eine richtige Antwort, und die wusste ich nicht. Je mehr ich ausprobierte, um sie doch noch zu finden, desto mehr Ärger bekam ich.

Sie blätterten durch ihre kleinen Notizbücher, schlugen die Seiten vom Vortag und dem davor auf, überprüften, was ich beim letzten Mal gesagt hatte. Es passte nie zusammen. Die Antwort vom Vortag hatte nicht gewirkt. Meine Mutter war immer noch verschwunden. Also probierte ich es mit einer anderen. Ich schaute mich um, suchte mir wahllos Gegenstände aus und erläuterte mit immer fantasievolleren Ausschmückungen, weshalb sie als Hinweis gelten konnten. Schließlich gaben sie es auf, mir weiter Fragen zu stellen, und mir war klar, ich hatte versagt.

Sie wollten viel dazu wissen, ob sie wohl irgendwo einen Brief deponiert haben könnte. Wo hätte sie eine Nachricht hinterlassen? Manche Menschen schreiben Briefe, bevor sie ins Wasser gehen. Aber es hatte ja geregnet und keinen Ort gegeben, an dem ein Briefumschlag sicher gewesen wäre. Vielleicht in der alten Kapelle? Dort standen ein paar Marmeladengläser von uns, aber darin fanden wir nichts weiter als die verrottenden Schleifen von alten Blumensträußen, Kerzenstummel, Spinnen und Moos.

Vielleicht war der Brief ja auf dem Hochwasser führenden Fluss davongetrieben, hatte sich an einem entlegenen Ufer im Röhricht verfangen und war weggeschwemmt worden, ins Nichts. Vielleicht steckte er auch in ihrer Tasche. Höchstwahrscheinlich hatten wir aber nie eine Nachricht gefunden, weil sie keine für uns geschrieben hatte. Und ohne Nachricht konnten wir niemals beweisen, dass sie tatsächlich vorhatte zu verschwinden.

Es gab auch eine Menge Fragen dazu, was sie mitgenommen hatte, als sie fortging. Ein Mantel hätte bedeutet, dass sie vielleicht eine gewisse Strecke zurückzulegen plante. Gummistiefel, dass sie den überspülten Weg nehmen wollte oder die Abkürzung quer übers Feld. Geld hätte für den Plan gestanden, öffentliche Verkehrsmittel zu benutzen. Make-up heißen können, dass sie sich mit jemandem treffen wollte. Genau wie schicke Kleidung. Ein Koffer hätte nahegelegt, dass sie vorhatte, sich bei irgendwem einzuquartieren. Eine Landkarte belegen können, dass sie ein bestimmtes Ziel hatte.

Aber es ist ausgesprochen schwierig herauszufinden, was jemand mitgenommen haben könnte. Dafür müsste man ja genau wissen, wie viel von allem die Person überhaupt besaß, und dann prüfen, was davon fehlte. Wir wussten weder das eine, noch konnten wir das andere nachprüfen.

Edward versuchte, mich vor den Fragen abzuschirmen, aber das gelang ihm nicht. Ich war eine der Letzten gewesen, die meine Mutter gesehen hatten, deshalb mussten sie mich alles Mögliche fragen. Außerdem war ich die ganze Zeit dabei, versuchte, Joe zu beschäftigen, während sie Edward vernahmen, lauschte aufmerksam hinter der offenen Küchentür, lugte abends im Dunkeln schlaflos durchs Treppengeländer und bekam seine Antworten mit oder seine spätnächtlichen Telefonate mit Freunden, Kollegen. Was hatte sie vor ihm verborgen? Mit wem konnte sie sich bloß getroffen haben?

Letztere Frage war besonders beliebt. Jedes Mal, wenn wieder jemand Neues auftauchte, um den Fall zu lösen, tauchte auch sie erneut auf. Sie war der bevorzugte Ansatzpunkt. Ich persönlich hatte die Frage ja schon vor Jahren verworfen, aber die Polizei mochte sie so sehr, dass ich sie nicht auslassen kann. Ob es richtig war, sie so schnell zu verwerfen, müssen andere entscheiden.

In den Siebzigerjahren wimmelte es auf dem Land nur so von hochgebildeten Frauen aus den Großstädten, die fest an ein »Zurück zur Natur« glaubten. So wollten sie ihre Kinder aufwachsen lassen, sie sollten mit dem Fahrrad über morastige Wege kurven und unter den Hecken Höhlen bauen. Sie selbst wollten ihr eigenes Gemüse anbauen, ihr eigenes Obst einkochen, ihre Kleidung selbst nähen. Aber das barg ein Problem: Denn hieße das nicht, dass sie wieder am Herd stehen und keine Möglichkeit haben würden, sich ihren eigenen Lebensunterhalt zu verdienen? Fielen sie damit nicht einfach eine Generation zurück und händigten die Autoschlüssel und das Familien-Scheckheft freiwillig wieder den Männern aus?

Meine Mutter ist über einem Lebensmittelladen aufgewachsen, wo meine Großmutter Zwölf-Stunden-Tage an der Seite ihres Mannes absolvierte und über das gemeinsame Geld verfügen konnte wie er. Meine Mutter krabbelte im Laden auf dem Boden herum und wurde von meiner Großmutter hinter der Verkaufstheke gefüttert, bis sie alt genug war, Konserven einzuräumen und Kisten zu schleppen. Ihre Hausaufgaben machte sie an einem kleinen Ausklapptisch, den ihr Vater neben der Kasse angebracht hatte, damit sie, während sie für ihren Schulabschluss lernte, immer noch ein Auge auf den Laden haben konnte, und zum Studieren schrieb sie sich an der nächstgelegenen Universität ein, um an den Wochenenden weiter bei ihren Eltern auszuhelfen.

Als meine Großmutter starb, ging das Geschäft vor die Hunde und mein Großvater mit ihm: Beide hielten es nicht länger als ein Jahr ohne sie aus. Nachdem die Schulden und die Beisetzung bezahlt waren, wurde der Pachtvertrag für den Laden gekündigt. Meine Mutter studierte damals noch. Ihr Abschlussjahr verbrachte sie im Wohnheim auf dem Campus, und eine Woche nach ihrer letzten Prüfung heiratete sie Edward. Er war ihr Geschichtsdozent gewesen.

Sie entstammte einer langen Linie arbeitender Frauen, die das Recht, ihr eigenes Geld zu verdienen, nie infrage gestellt hatten. Es blieb ihnen schlichtweg nichts anderes übrig. Kinderbetreuung war ein Luxus für reiche Leute. Die Kinder hatten mitanzupacken, still zu sein und nicht im Weg herumzustehen. Meine Mutter konnte sich also auf kein Vorbild berufen, als sie in ein baufälliges altes Haus auf dem Land zog und versuchte, dort ihre eigene Nahrung anzubauen und ihre Kinder selbst zu unterrichten. Sie verlegte sich einfach aufs Improvisieren.

Es gab keine öffentlichen Verkehrsmittel. Kein Internet. Sie hatte kein eigenes Einkommen, kein Auto. Sie kannte niemanden dort, und weil ich nicht zur Schule ging, lernte sie auch keine anderen Eltern kennen.

Oft fingen gebildete und idealistische Frauen wie sie, die sich plötzlich so völlig von der Welt abgeschnitten fühlten, von Berufsleben, Geld und Macht, Affären an. Auf dem Land hieß das, sich heimlich in Heuschobern und den abgelegensten Winkeln der Felder zu treffen. Es hieß, dass andere es mitbekamen. Auf einem Dorf bleibt nichts geheim.

Ich glaube nicht, dass sie sich an dem Tag mit jemandem treffen wollte. Wenn sie auch nur vorgehabt hätte wegzugehen, hätte sie Mrs. Wynne gebeten, länger zu bleiben und auf uns aufzupassen. Sie hätte ein Fläschchen vorbereitet und eine Liste mit den Fütterungszeiten. Sie hätte ihre guten Schuhe mitgenommen, einen Mantel. Geld, eine Handtasche. Sie hätte sich vorn an der Straße abholen lassen und wäre in Gummistiefeln aufgebrochen, mit dem Schirm in der einen und dem Beutel mit den Schuhen zum Wechseln in der anderen Hand.

Wir wissen, dass sie das alles getan hätte, denn als sie sich Jahre zuvor tatsächlich mit jemandem treffen wollte, hat sie es genau so gemacht. Mit dem Erfolg, dass das ganze Dorf Bescheid wusste. Und mittlerweile auch ich. Der Mann, den sie treffen wollte, besaß ein paar Felder am anderen Ende des Dorfs. Als sie im Dorfladen nachfragte, ob ihr jemand mit dem Garten helfen, ihr Ratschläge geben, ihr vielleicht auch etwas Düngemist für die frisch angelegten Gemüsebeete verkaufen könne, sagte die Frau hinter der Theke, sie werde ihr Stan vorbeischicken.

Eines Morgens trat sie vor dem Frühstück im Bademantel hinaus in den Garten, um dort ihren Tee zu trinken und die Hühner rauszulassen, und da stand er, auf ihre Harke gestützt, und drehte sich eine Zigarette. Er teilte ihr mit, sie habe an den ganz falschen Stellen umgegraben, bei fast allen Apfelbäumen sei weiteres Beschneiden sinnlos, die Früchte taugten sowieso bloß zum Einkochen, und er nehme seinen Tee mit zwei Stück Zucker und viel Milch.

Drinnen wirkte Stan immer fehl am Platz. Er sprach gewohnheitsmäßig langsam, wie alle im Dorf, und beendete seine Sätze oft gar nicht, schloss sie mit einer Art Schulterzucken oder einem Blick in die Ferne ab, als wollte er sagen: »Weißt schon, was ich meine, ich fall dir damit jetzt nicht weiter lästig.« Ich kann nicht sagen, was an den Gerüchten um ihn und meine Mutter wirklich dran war. Ich habe von ihm immer nur Freundlichkeit erfahren.

Als meine Mutter verschwunden war, legte er uns ganze Berge Feuerholz in den Garten, unentgeltlich, behauptete, er habe sowieso ein paar Bäume fällen müssen, und so hätten wir es wenigstens warm. Er tauchte zu den unmöglichsten Uhrzeiten auf, um das Dach zu reparieren, oder sorgte dafür, dass die Scheune nicht einstürzte, wenn das Wetter zu schlecht wurde. Er hob Gräben rechts und links der Stichstraße aus, damit sie nicht mehr dauernd überflutet wurde. Als der Garten völlig verwildert war, kam er mit seinem Aufsitzrasenmäher und schnitt alles zu einer struppigen, schütteren

Rasenfläche zurück, mit der wir zumindest leben konnten. Vor dem Mähen umrundete er die knorrigen Kochapfelbäume und sammelte all die fauligen, wespenverseuchten Äpfel in Kartoffelsäcke.

Ins Haus kam er nie. Wenn wir ihn hereinbaten, zuckte er nur leicht mit den Schultern und deutete entschuldigend auf seine halb aufgerauchte Zigarette. Aber er klopfte oft ans Küchenfenster und sagte: »Zwei schöne Stückchen Zucker, ja? Und viel Milch.« Den leeren Becher ließ er dann irgendwo im Garten stehen.

Nie habe ich seine jahrelange Freundlichkeit als Beweis für ein schlechtes Gewissen abgetan. Er hatte beschlossen, unser Freund zu sein, zu einer Zeit, als die wenigsten noch etwas mit uns zu tun haben wollten. Und obwohl die Polizei immer wieder kam, um ihn zu vernehmen, über Jahre, und seine Frau jedes Mal zutiefst verstörte, alles von Neuem aufwühlte, immer und immer wieder dieselben Details durchkaute, nahm er uns das trotzdem nicht übel. Er ersetzte weiterhin die Schindeln an unserem Dach, entfernte die verrottenden Latten vom Scheunentor, schaufelte schwarzen Schlick aus unseren Gräben und schleppte Holz für unser Feuer heran.

Er war ein gemütlicher Mann, angenehm im Umgang. Er redete nicht viel. Wenn sie wirklich eine Affäre hatten, wie könnte ich mir anmaßen, sie dafür zu verurteilen? Mir ist es schließlich nicht gelungen, überhaupt zu heiraten, geschweigen denn, es zu bleiben, so wie die beiden. Wäre ich, haltlos und von allem abgeschnitten, immun gewesen gegen einen so freundlichen Mann, der noch dazu eine Schwäche für mich hatte? Wohl kaum.

Ich will hier gar nicht die ganze Geschichte erzählen. Sie haben ihre Tagebücher und Notizhefte mitgenommen. Sie haben alles gelesen. Die Seiten, auf denen es um die Affäre ging, haben sie abfotografiert. Sie hat Gedichte darüber geschrieben. Peinliche Liebesgedichte. Die haben sie meinem Vater gezeigt. Ganz gezielt, um zu sehen, wie er reagierte, um einzuschätzen, ob er zu einem Mord fähig wäre. War er ein betrogener Ehemann, der sich rächen wollte? Neigte er zu gefährlichem Jähzorn? Und falls er ruhig blieb und sich nichts anmerken ließ, war er dann herzlos? Hatte er sie dort, am Ende der Stichstraße, eingesperrt, ohne Geld und ohne Auto, um sie ganz in seiner Gewalt zu haben? Warum ging das Mädchen nicht zur Schule? Versteckte sie blaue Flecken? Was verbargen beide?

Die Tagebücher und Liebesgedichte stammen alle aus einer Zeit, als ich noch nicht auf der Welt war. Ich kann also nichts darüber sagen, wie mein Vater und der Rest des Dorfs davon erfahren haben, wie meine Eltern es geschafft haben, ihre Ehe zu kitten und, glücklich, wie mir schien, miteinander weiterzuleben. Ich weiß nicht, ob das Gerede sie verletzt hat, sie davon abgehalten hat, Freundschaften zu schließen. Solange ich sie kannte, waren meine Eltern so eng verbunden, dass sie anscheinend sonst niemanden brauchten. Sie deuteten Witze nur an und signalisierten sich mit hochgezogenen Augenbrauen alles Erdenkliche. Sie lasen dieselben Bücher.

Ich weiß schon, welche Frage jetzt kommt, darum will ich sie gleich entkräften. Das wird keine Geschichte, in der ich herausfinde, dass ich eigentlich gar nicht die Tochter meines Vaters bin, und mein schlechtes Benehmen oder mein schwieriges Verhältnis zu Männern darauf schiebe. Ja, meine Mutter hatte mit ziemlicher Sicherheit irgendwann vor meiner Geburt eine Affäre. Aber man wächst nicht mit solchen Sommersprossen heran und stellt dann seine Abstammung infrage. Ich sehe haargenau so aus wie Joe. Und mindestens zur

Hälfte wie mein Vater. Vor allem aber hat das für mich nie eine Rolle gespielt. Was sollte es mich kümmern? Es ist auch so schon schwer genug und schön genug, die Tochter meiner richtigen Eltern zu sein. Sie sind in jeder Hinsicht mehr als ausreichend.

Einmal habe ich zufällig mitbekommen, wie Edward einem Freund von dieser Zeit erzählt hat. Er war zum Telefonieren in den Garten gegangen, und als er am offenen Fenster vorbeiging, hörte ich ihn sagen: »Ich war ja damals auch nicht gerade der perfekte Ehemann. Du weißt schon.« Ich vermute also, dass er auch seine Affären hatte. Oder zumindest eine. Zumindest eine, von der dieser Freund wusste.

Ich weiß, auch dafür gibt es ein Wort. Bagatellisierung. Viel einfacher als völlige Verleugnung. Verleugnung erfordert die Fähigkeit, die selbst wahrgenommenen Primärdaten einfach wegzuschieben. Beim Bagatellisieren kann man sie sehen und hören und muss sie dann nur in eine weniger dramatische Kategorie einordnen. So mache ich es mit den Hinweisen auf die Affären meiner Eltern. Ich akzeptiere, dass es sie gab. Und entscheide mich aktiv, sie nicht für die Antwort auf alle Fragen zu halten.

Im Dorf bagatellisieren alle. Das ist eine Lebenseinstellung. Wenn jemand ein Verbrechen beging, dann sagten wir: »Ach, das war doch nur Jonesy, der meint das ja gar nicht so.« Und obwohl ich das Dorf längst weit hinter mir gelassen habe, ist mir diese Angewohnheit trotzdem geblieben. Ich bagatellisiere. Das ist gefährlich. Ich müsste es besser wissen. Eigentlich gehört das nämlich zum Verhalten der Generation meiner Eltern. Es ist überholt. Leute in ihrem Alter sagen immer: »Nun übertreib mal nicht.« Vor allem zu Kindern. Sei doch nicht gleich so dramatisch. Also wirklich, Marianne. Hass ist ein viel zu starkes Wort. Dabei stimmte das gar nicht.

Ich hasste die Schule. Ich hasste die Socken der Schuluniform. Ich hasste meine Lehrerinnen und Lehrer. Ich hasste die anderen Kinder in meiner Klasse. Ich hasste meine Haare. Ich hasste die Speziallehrerin, die jedes Schuljahr mit mir Lesen übte. Ich hasste die Briefe, die mir nach Hause mitgegeben wurden, mit ihrer besonders bagatellisierenden Ausdrucksweise. Marianne braucht ihre Zeit, um sich in den Schulalltag einzugliedern. Marianne zeigt einige Begabung, muss sich aber den guten Sitten der Schule anpassen, um sie auch gewinnbringend zu nutzen. Mitunter kann Marianne ein wenig schwierig sein.

Wenn Hass ein zu starkes Wort ist, was ist dann mit Liebe? Hat meine Mutter Stan geliebt? In ihren Gedichten sagt sie das. Hat mein Vater ihr vergeben? Oder ist auch Vergebung ein zu starkes Wort?

10

Ein Löffel namens Geoffrey

House to let, enquire within,
Men turned out for drinking gin,
Smoking tobacco, pinching stuff,
Don't you think that's quite enough?

Anfangs protestierte ich kaum gegen den Umzug. Edward hatte sich mit mir hingesetzt und mir im Wesentlichen erklärt, dass es im Leben so etwas wie Geld gab, ein völlig neues Konzept für mich. Ich sah zwar, dass das Haus, in dem wir wohnten, etwas Unterstützung gebrauchen konnte, damit es nicht mehr so viel reinregnete, damit nicht immer alles wackelte und man nicht mehr fror. Jetzt erfuhr ich von Kindergartenkosten, von Fahrtgeld und von etwas, das Schulden hieß. Ich erfuhr, dass die nervige Speziallehrerin, die ich mit Nichtachtung strafte und zu der ich frech war, eine ganze Menge von diesem sogenannten Geld kostete.

Ich war jetzt im Teenageralter, gerade so, und dachte mir, ein Umzug in die Stadt werde mehr Freiheit bedeuten, mehr mögliche Ziele. Bei dem Wort »Stadthaus« stellte ich mir ein hohes, elegantes Reihenhaus vor, mit Dachboden, Keller und einer geschwungenen Steintreppe hoch zur Haustür. Ich überlegte, ob ich wohl das oberste Stockwerk ganz für mich haben würde.

Unser Haus war ein so marodes, hoffnungsloses Labyrinth aus lauter schuldbeladenen Winkeln geworden, der Garten ein wirrer Wald aus Dornengestrüpp. Die Stichstraße war mit gefährlichen Schlaglöchern gespickt, sodass wir das Auto entweder im Tor zur Hauptstraße stehen lassen und den Rest des Wegs in Gummistiefeln zurücklegen oder stattdessen den Auspuff und diverse andere Elemente aufs Spiel setzen mussten, die unten am Auto ihr Dasein fristeten und die ich nicht einmal richtig benennen konnte. Geld würden sie allerdings ebenfalls kosten.

Joe würde bald die College-Kita verlassen, die von acht Uhr morgens bis achtzehn Uhr abends geöffnet war. Für die Schule galt das nicht. Wenn Joe auf die Dorfschule ginge, würden wir morgens und abends eine zusätzliche Betreuung brauchen. Damals hatte kaum eine Schule Zusatzangebote über die Unterrichtszeit hinaus. Wenn wir in die Stadt zögen und in der Nähe der Universität wohnten, könnte Joe zum Frühstück weiter in seine Kita gehen, von wo aus die älteren Kinder dann im Gänsemarsch zur Schule gebracht und wieder abgeholt wurden. Er könnte weiter mit den Kindern zusammen sein, die er seit jeher kannte.

Ich hatte nie darüber nachgedacht, dass Joe womöglich mit anderen Kindern befreundet war. Verbrachten die nicht den ganzen Tag damit, auf Knetmasse herumzukauen, auf den Boden zu pinkeln und sich gegenseitig zu beißen? Mir wurde klar, dass er in einer völlig anderen Welt lebte, einer Welt, die Edward und er auf ihren langen gemeinsamen Autofahrten morgens und abends teilten und von der ich nur die leeren Kekspackungen mitbekam, die Trinkbecher mit den angegammelten Milchresten, die Hörspielkassetten und die Berge schlecht gemalter Bilder und grottiger Basteleien, die Joe mit nach Hause brachte, die es aber nie über den Rücksitz des Autos hinaus schafften. Und diese andere Welt, die ich nie auch nur beachtet hatte, sollte jetzt Vorrang vor meiner bekommen.

Dann war da noch das Thema mit Joes Allergien. Auf der Schule in der Stadt gab es bereits ein Kind mit einer ähnlichen Bandbreite allergischer Reaktionen, und man war dort bereit, sich auf die vielen besonderen Vorkehrungen einzulassen. Und im Notfall wären Edward und das Krankenhaus nur fünf Minuten entfernt.

Edward redete mir zu, ich sei doch ohnehin so gut wie nie in der Schule gewesen, da spiele es auch keine Rolle, wenn ich auf eine andere ginge. Vielleicht würde es mir dort sogar besser gefallen. Die Schule hatte ihm eine Grafik geschickt, die meine Anwesenheit beziehungsweise mein Fehlen nachzeichnete. Die Tage oder Teile eines Tages, an denen ich im Unterricht gewesen war, waren grün unterlegt, die, an denen ich ohne sein Einverständnis gefehlt hatte, rot. Orange markierte die Teile eines Tages, an denen er Privatunterricht für mich organisiert hatte.

Die Grafik sah aus wie ein Feuerwerk. Dabei hätte sie eigentlich aussehen müssen wie ein Bauernhof. Ich staunte, dass sie in der Schule überhaupt solche Aufzeichnungen machten. Sie sprachen mich praktisch nie darauf an. Zum ersten Mal sah ich mich mit der viel zu späten Erkenntnis konfrontiert, dass Menschen, die den Auftrag haben, über etwas Buch zu führen, das in aller Regel auch tatsächlich tun.

Das alte Haus zu verkaufen erwies sich als Problem. Wir mussten es in Ordnung halten für die Leute, die es besichtigen kamen, und die kamen meistens an Schultagen, mit den Leuten vom Maklerbüro. Ich hätte nicht im Haus sein dürfen. Aber ich war da. Also versteckte ich mich in den hintersten Winkeln der Scheune oder im Garten und versuchte herauszufinden, ob den Leuten das Haus gefiel oder ob sie mir gut genug gefielen, um es ihnen zu überlassen. Es wurde August, und immer noch wollte es niemand kaufen. Joe hatte einen Platz an der Schule in der Stadt bekommen. Ich auch, obwohl ich mich geweigert hatte, hinzufahren und sie mir anzuschauen. Was also tun?

Edward setzte sich erneut mit mir hin und erklärte mir einen sogenannten Überbrückungskredit, der noch sehr viel mehr Schulden bedeutete, uns aber ermöglichte, in ein Haus zu ziehen, das er recht nah an seiner Arbeit gefunden hatte. Die bisherigen Besitzer waren ins Pflegeheim gekommen und brauchten ihre Möbel nicht mehr, wir konnten also direkt einziehen und das alte Haus belassen, wie es war, bis es jemand kaufte. Durch den Überbrückungskredit würde es allerdings dauern, bis wir etwas am neuen Haus verändern konnten, neue Teppichböden verlegen zum Beispiel oder ein schöneres Bad einbauen. Aber das konnte alles warten, anders als der Schulanfang.

Ich fragte: »Seit wann interessieren wir uns denn für den doofen Schulanfang?«, und er antwortete: »Seit wir die kostenlose Kinderbetreuung brauchen, die der Staat berufstätigen Eltern zur Verfügung stellt, denn nur darum geht es im Grunde.« Und ich hatte allen Ernstes die ganze Zeit geglaubt, es gehe um Bildung. Aber da wusste ich ja auch noch nichts von Geld.

Ich verlegte mich auf ein viel zu spätes und vollkommen sinnloses Schmollen und weigerte mich, irgendetwas zu packen, nicht einmal meine eigenen Sachen. Edward ließ das Makler-Exposé für das neue Haus auf dem Küchentisch liegen und beklebte es mit Post-its, auf denen beispielsweise »Mariannes Zimmer?« stand oder »Klavier hier?« oder »Gemeinsames Fernsehzimmer?«. Ich kleckerte stark gezuckerten

Tee darüber, bis die Hochglanzseiten des Ordners zusammenpappten und wir die Fotos der einzelnen Zimmer nicht mehr sehen konnten. Was letztlich auch egal war.

Etwa eine Woche vor dem Umzug ließ ich mich doch darauf ein, hinzufahren und das Haus selbst in Augenschein zu nehmen. Wir hielten in der gepflasterten Einfahrt vor einer klobigen roten Doppelhaushälfte mit einem hässlichen großen Erkerfenster im Erdgeschoss und scheckigen, matten Buntglaseinsätzen oben an den Fenstern. Ich weigerte mich, auch nur auszusteigen. Nach einiger Zeit musste ich aber so dringend aufs Klo, dass mir nichts anderes übrig blieb, als zur Tür zu gehen und zu klingeln, damit Edward mich hereinließ und ich auf die Toilette konnte.

Die geschwungene Einfahrt war von orangefarbenen Plastik-Blumenkübeln gesäumt, aus denen abgestorbene Stängel ragten. Die Vorbesitzer hatten ein Dach über der Haustür angebracht und ein Geländer zu beiden Seiten. Die Klingel spielte eine schrecklich traurige blecherne kleine Melodie. Der Teppichboden unter dem Vordach, in der Diele und auf der Treppe war aus dünnem Nylon, mit einem geometrischen Muster, das es tatsächlich fertigbrachte, auf jeder Stufe an einer etwas anderen Stelle zu enden, sodass es einem vor den Augen tanzte und leichte Übelkeit verursachte. Und überall roch es falsch. So, wie das Leitungswasser irgendwie nicht richtig schmeckt, wenn man nicht zu Hause ist. Nicht schlecht, aber einfach falsch.

Joe rannte zwischen den beiden Wohnzimmern hin und her, das eine vorn, das andere hinten im Haus, beide quadratisch, mit hohen Decken und ungefähr gleich groß und gleich hässlich. Er kam noch nicht an die Türgriffe, die weit oben angebracht und aus mattem, rissigem Kunststoff waren. Die Türen hatten Keramikeinsätze mit rosa und lila Blümchen.

Ich ging die Treppe hoch, auf der Suche nach der Toilette. Als ich sie schließlich fand, ganz allein in einem kleinen Raum, war sie mit einer Art Aufsatz verbaut, der alten Leuten das Hinsetzen und Aufstehen erleichtern sollte. Der Halter für das Toilettenpapier war aus rosa Kunststoff.

Ich sah mir mein Zimmer an, das nach vorn hinausging. Es hatte einen kleinen, hellbraun gekachelten Kamin mit großen weißen Schranktüren aus Kunststoff zu beiden Seiten. Außerdem standen zwei Einzelbetten mit gelben Steppdecken darin. In den Schränken lagen Bettbezüge in verschiedenen Farben, die einzelnen Fächer waren sorgfältig mit Kreppband beschriftet: Schlafzimmer vorn, Schlafzimmer hinten, Schlafzimmer neu.

Das neue Schlafzimmer lag in einem Anbau über der Küche und war für Joe gedacht. Wegen seiner Allergien war es als einziges Zimmer im Haus leer geräumt und mit neuem Laminat ausgelegt worden, um Staub und Stofffasern fernzuhalten. Edward hatte ein großes, aufwendig konstruiertes Hochbett für Joe bestellt, mit einer kleinen Leiter und einem Spielhaus darunter, und brachte den Rest des Tages damit zu, es aufzubauen, unter tätiger Mithilfe von Joe, der ihm immer das falsche Werkzeug anreichte oder mit wichtigen Bauteilen davonlief.

Ich zog währenddessen sämtliche Betten ab, holte die Bettwäsche aus den Schrankfächern in meinem Zimmer und warf sie auf einen großen Haufen in der Diele. Die Sachen waren mit Rüschen besetzt, die bis über die Beine der Betten herunterhingen. Jeder Arm voll Wäsche roch nach fremdem Haus. Ich nahm die geblümten Vorhänge ab, die winzigen Plastikhaken zerfielen mir in den Händen, und ihre Einzelteile verschwanden in dem gelben Flokati, der unter dem Fenster lag. Hinter den äußeren Vorhängen kamen ebenfalls geblümte Tüllgardinen zum Vorschein, mehrere Hektar Stoff, der beißend nach Zitrone roch.

Als ich schließlich auch die alle in der Diele aufgehäuft hatte, sagte Edward: »Ich könnte mir vorstellen, dass du die Gardinen am vorderen Fenster vielleicht noch brauchst. Wegen der Straßenlaternen und damit dir niemand reinschaut.« Ich hatte noch nie gehört, dass man Gardinen braucht, damit einem niemand hereinschaut. Vor unseren Fenstern im alten Haus waren nur Kühe und Hecken, und hin und wieder tauchte eine Eule oder eine Fledermaus auf. Gardinen waren vor allem dazu gedacht, die Wärme im Zimmer zu halten, wenn man gerade mal ein Feuer gemacht hatte, oder die Zugluft auszusperren, die unter der Küchentür hindurchdrang.

Als wir alle hungrig waren, gingen wir die Straße entlang, vorbei an zahllosen weiteren roten Backsteinhäusern mit Erkerfenstern, immer paarweise, mit identisch gepflasterten Einfahrten, bis wir schließlich auf eine Reihe kleiner Läden stießen, wo wir Fish and Chips und eine Flasche Milch kaufen konnten. Der Weg erschien mir ungeheuer weit, weil ich daran gewöhnt war, mich an Häusern zu orientieren, und hier gab es so viele davon.

Als wir in der Küche nach einem Gefäß suchten, aus dem Joe trinken konnte, fanden wir ein paar kleine Gläser mit altmodischen Comicfiguren. Edward meinte, das seien heute bestimmt Sammlerstücke. Wir vermuteten, dass sie den Kindern hier im Haus gehört hatten, vor langer Zeit, als es im Haus noch Kinder gab. Wir stießen auch noch auf weitere Schätze. Unter anderem entdeckten wir einen Kinderlöffel mit einem Elefanten oben am Stiel und dem eingravierten Namen Geoffrey darunter.

»Ein echtes Schnäppchen«, sagte ich. »Wir dürfen nicht

nur die lila-grün geblümte Bettwäsche behalten, sondern kriegen auch noch einen Löffel namens Geoffrey dazu.«

Und Edward sagte: »Red keinen Unsinn. Es liegt doch auf der Hand, dass der Elefant Geoffrey heißt.« Mir war klar, wenn wir schon anfingen, über das Besteck zu witzeln, gab es kein Zurück mehr. Ich musste mich also wohl damit ABFINDEN.

Wir sprechen immer nur vom neuen Haus. Seit siebenundzwanzig Jahren schon nennen wir es »das neue Haus«. Solange es das neue Haus bleibt, sind all unsere jämmerlichen Versuche, es zu zähmen, es für uns zu beanspruchen, es zu einem Zuhause zu machen, verzeihlich. Wäre es irgendwann nur noch »das Haus«, müssten wir womöglich richtig einziehen, die Ohrensessel der Vorbesitzer aus dem hinteren Wohnzimmer räumen und die scheußliche Tapete aus dem vorderen entfernen, anstatt immer nur noch mehr Bücherregale davorzubauen.

Ich war nicht die Einzige, der das Abfinden schwerfiel. Edward sagte nie ausdrücklich, dass ihm das alte Haus fehlte. Das musste er auch gar nicht. Wenn er von der Arbeit kam, fuhr er ständig versehentlich am neuen Haus vorbei und musste am Ende der Straße wenden und den Weg wieder zurückfahren. Aus dieser Richtung allerdings musste man in unsere Einfahrt scharf abbiegen, und er erwischte jedes Mal den falschen Winkel und schrammte den Lack auf der einen Seite des Wagens am Torpfosten ab. Er machte sich nicht einmal die Mühe, das ausbessern zu lassen.

Oft suchte er in einem Schrank nach etwas, das dort nicht war, und schlug die Tür danach ein bisschen fester zu als nötig. Oder ich fand ihn am Küchenfenster, wo er ins Leere starrte, als suchte er nach Spuren der Aussicht von früher. Ich sah, wie er hier und da Staubhäufchen auf den Fensterbänken zusammenwischte, abfällig und lustlos, als würde er ihnen vorwerfen, dass sie absolut nichts mit ihm zu tun hatten.

Am Wochenende sagte er häufig: »Ich finde, wir sollten mal bei der alten Dame vorbeifahren und uns vergewissern, dass sie ohne uns nicht auseinanderfällt«, und dabei klang er so betont gut gelaunt, dass es ihm kein Mensch abnahm. Bis dahin hatte ich nicht gewusst, dass das alte Haus für ihn eine »alte Dame« war.

Das neue Haus hingegen war eindeutig ein Er. Noch dazu einer, der spürte, dass wir ihn eigentlich nicht besonders mochten, und uns deswegen Streiche spielte, wenn wir übers Wochenende wegfuhren. Eines Sonntagabends sorgte er bei unserer Rückkehr dafür, dass wir das Schloss nicht aufbekamen, bis schließlich der Schlüssel abbrach und wir die Scheibe der Toilette im Erdgeschoss einschlagen mussten, damit ich hindurchgreifen, mich mit beiden Händen an der Toilettenschüssel festhalten und kopfüber hineinziehen konnte.

Das neue Haus lachte uns aus. Was wir auch in die Diele stellten, sie verlor nie ihren ursprünglichen Geruch nach Körperpuder und alten Regenmänteln. Ziegel fielen vom Dach und krachten in die Einfahrt hinunter, direkt neben das Auto, mit dem wir gerade dort gehalten hatten – ein Warnschuss. Die Türen quollen auf, klemmten und verwehrten uns den Zugang zu bestimmten Zimmern. Als wir die Elektroheizung im vorderen Wohnzimmer zum ersten Mal einschalteten, ging sie in Flammen auf. In den Rohren saß ein sogenannter Wasserschlag, der dazu führte, dass es jedes Mal, wenn man nachts die Toilette abzog, eine halbe Stunde lang laut hämmerte, wovon dann nicht nur wir aufwachten, sondern auch die Leute nebenan, die wiederum behaupteten, bei den Vorbesitzern sei so was nie passiert. Einmal kamen wir am Sonntagabend zurück und schalteten das Licht in der Diele an, ohne zu bemerken, dass wir im Wasser standen. Es gab einen Kurzschluss, die Sicherungen flogen raus. Der Wassertank war geplatzt und hatte seinen Inhalt über die Lampenfassung in die Diele ergossen.

Uns fehlte das Geld, um all das zu reparieren. Der abgebrochene Schlüssel steckte fast ein Jahr lang in der Haustür. Wir nahmen einfach die Hintertür. Die Dielendecke trocknete und hatte fortan einen dunkel orangefarbenen Fleck, und die Lampe funktionierte nicht mehr. Wir benutzten stattdessen das Treppenlicht. Den Wassertank koppelten wir ab und verwendeten nur noch die Dusche mit dem Elektroboiler, mit dem Ergebnis, dass wir zum Geschirrspülen jedes Mal eine große Schüssel Wasser die Treppe hinunterschleppen mussten. Von dem vielen verschütteten Wasser wurde der Teppichboden auf den Stufen bald fleckig und quoll auf. Macht nichts, sagte Edward, wir tauschen den Teppich aus, sobald wir wieder Geld haben.

Die kaputte Scheibe in der Toilette unten ersetzten wir mit einer Spanplatte, ich kam also problemlos rein und raus, wenn ich wieder einmal beschloss, meinen Schultag früher zu beenden. Meist schon gegen halb zehn am Morgen. Ich gewöhnte mich an die Rutschpartie durch die obere Fensterhälfte, den Griff um die stinkende Toilettenschüssel, den schlitternden Schlag, mit dem ich auf dem Boden aufkam und dabei Joes Kindertoilettensitz und den Tritthocker aus Plastik verrutschte.

Schnell stellten wir auch fest, dass uns vieles, was uns am Leben im alten Haus so deprimiert hatte, in das neue gefolgt war. Die Dinge bedrängten uns in ihrer Dinghaftigkeit. Taschen mit den Schwimmsachen der Woche zuvor, die unter den Garderobenhaken zu stinken anfingen. Verlorene Briefe aus der Schule. Verschwundene Brettspielfiguren, scheußliches Gratisspielzeug in Plastikpackungen, die ungeöffneten Schreiben, die auf der Anrichte lagen, zwischen irgendwelchen halb fertig gemalten Bildern und alten Einkaufszetteln, die wir natürlich vergessen hatten, als wir zum Einkaufen aufbrachen, Legosteine, Schulhemden, an denen ein Knopf fehlte, vertrocknete Pflanzen, einarmige Kleiderbügel, Tütchen mit Samen, die wir niemals aussäen würden, und Plastikbecher mit Erde darin, in die Joe in der Schule etwas gepflanzt hatte, was wir dann zu gießen vergaßen. Die Dinge ergaben keinen Sinn mehr für uns. Ihre Sinnlosigkeit schränkte uns ein, trieb uns auf der Suche nach Zuflucht von einem Zimmer ins nächste.

Diese Flutwelle neuer Dinge, die wir in unserem Kielwasser mit uns schleppten, türmte sich auf die angesammelten Habseligkeiten einer längst verblichenen Familie. Ganz hinten im Schrank, wo die Deckel der Schnabeltassen nicht zu den Unterteilen passten und sämtliche Becher einen Sprung oder keinen Henkel hatten, lauerten Erinnerungsstücke an Orte, an denen wir nie gewesen waren, kleine Keramikschüsseln mit schimmernden Deckeln, in denen man irgendwelche Seltsamkeiten aus Eiern machen sollte, spezielle Marmeladenlöffel mit emaillierten Orangen am Griff und dilettantisch mit Marienkäfertupfen bemalte Aschenbecher aus einer Zeit, als Kinder im Kunstunterricht noch Aschenbecher töpferten.

Unter der Spüle fanden wir halb leere Einmachgläser mit der Aufschrift SCHILDKRÖTENFUTTER und schimmligen Hundekuchen darin. Wir entdeckten orangefarbene Glasvasen und Vogelfutter, das nass geworden war und aus dem rund um das Abflussrohr ein kleiner Wald spross. In der Besteckschublade fanden sich etliche Gerätschaften, die gealterten Händen, die nicht mehr richtig zugreifen konnten, das

Aufschrauben von Deckeln ermöglichen sollten, und diverse angebrochene Packungen mit Papierservietten, die nach fremder Leute Weihnachtsfeiern und fremder Leute Kindergeburtstagen rochen.

Ein paarmal machte ich den Versuch, zum alten Haus auszureißen, anstatt zur Schule zu gehen. Ich ließ den Schulbus fahren, kehrte zum neuen Haus zurück, kletterte hinein und dachte mir, das ist doch alles Quatsch: Ich fahre jetzt nach Hause. Ich wusste, dass das alte Haus leer stand. Und wenn ich es besetzen und mich schlichtweg weigern würde, es wieder zu verlassen, dachte ich mir, dann müsste Edward das blöde neue Haus aufgeben und mit Joe zurückkommen.

Mit nichts als dem Geld fürs Schulmittagessen zum alten Haus zu kommen war allerdings gar nicht so leicht. Ich konnte mich zwar in den Bummelzug durch Shropshire schmuggeln und dem Schaffner ausweichen, indem ich immer wieder aus- und einstieg und auf lauter leeren Bahnsteigen am Rand winziger Ortschaften wartete, aber an der Endhaltestelle war ich immer noch eine endlos langsame Busfahrt von unserem Dorf entfernt, und der Bus fuhr nur selten.

Zweimal schaffte ich die ganze Strecke, und als Edward mich das zweite Mal holen kam, teilte er mir mit, er werde die Benzinkosten mit meinem Geld fürs Schulessen für die kommenden zwei Wochen verrechnen und mir stattdessen Pausenbrote mitgeben. Außerdem meinte er, es störe Joes Tagesablauf erheblich, wenn er abends ständig den ganzen Weg zum alten Haus hin und zurück fahren musste, anstatt in Ruhe Fischstäbchen zu essen und seine Leseübungen zu machen. Beim nächsten Mal müsse er mich deshalb von der Polizei abholen lassen. Falls die sich überhaupt für so was hergebe.

Auf der Rückfahrt erzählte er mir dann, er sei in meinem Alter selbst öfter hierhin ausgerissen. Er war auf einem Internat, wo er es schrecklich fand, und weil er wusste, dass seine Eltern ihn sofort zurückschicken würden, wenn er zu Hause auftauchte, versuchte er stattdessen, es zu Großonkel Matthew zu schaffen. Damals fuhren noch gar keine Busse, also legte er den Großteil des Wegs zu Fuß zurück. Manchmal brauchte er mehrere Tage dafür. Den Proviant für die Reise sparte er sich in der Schule von seiner Portion beim Abendessen ab und brach mit ein paar Scheiben altbackenem Brot mit Margarine auf, die er in Packpapier gewickelt hatte.

Meistens ließ ihn Onkel Matthew dann zumindest ein paar Tage bleiben, bevor er ihn wieder zurückschickte. Alles in allem schlug Edward jedes Mal, wenn er das machte, ungefähr eine freie Woche heraus, wenn man den Fußmarsch und alle Verzögerungen durch den Postweg miteinrechnete, und das, sagte er, sei die Blasen, die er sich unterwegs lief, den Hunger, den er litt, und die Prügel, die er nach seiner Rückkehr bezog, durchaus wert gewesen. Das war mit ein Grund, warum er das alte Haus so liebte. Es war für ihn immer ein Zufluchtsort gewesen.

Ich weiß nicht, wie wir beide es überhaupt ertragen konnten, das Haus zu verlassen. Wahrscheinlich glaubten wir, unser Herz sei ohnehin schon gebrochen. Da könne das kaum größeren Schaden anrichten. Aber das tat es doch. Der Verlust des Orts, an dem meine Mutter gelebt hatte und glücklich gewesen war, das war, als würden wir sie noch einmal verlieren. Und der schrittweise Verfall, dem das alte Haus ohne uns unterworfen war, sein fortschreitendes Versinken in Kälte und Chaos, das war wie ein körperlicher Verlust, der Edward und mich in die Knie zwang.

Für ihn war es vermutlich noch schlimmer, weil er auch noch seine Kindheit dort verlor, und alles wegen des Geldes. Zwei Häuser, die ihm unter den Händen zerfielen, während zugleich die Zinssätze durch die Decke gingen und der Überbrückungskredit auf ihm lastete, das ließ auch noch die letzten seiner Haare grau werden, ließ seine Schultern hängen, machte ihn zum alten Mann. Jedes Mal, wenn Joe eine neue Lehrerin hatte, glaubte die, sein Großvater käme zum Elternsprechtag.

Auch Joe spricht immer nur vom neuen Haus, behauptet aber, sich nicht mehr zu erinnern, dass er je anderswo gelebt hat. Mit einigen der Kinder aus der Kita, Kindern von Edwards Kolleginnen und Kollegen, ist er bis heute befreundet. Ihm und seiner langen Liste von Allergien ist es zu verdanken, dass wir den grauenhaften Teppichboden schließlich doch entfernten und darunter im ganzen Erdgeschoss gänzlich unversehrte Holzbohlen zum Vorschein brachten, die unter Schichten von gemustertem Nylonstoff erhalten geblieben waren.

Nur die Küche konnten wir uns nie erobern. Wie schafft es eine Küche, Kälte auszustrahlen? Was wir darin auch kochten, der Raum blieb doch höhlenhaft und feucht, und seltsamerweise roch es dort auch nie nach Essbarem, Zitronen einmal ausgenommen. Nach Zitronen roch es schon. Wenn wir das Essen endlich fertig hatten, waren wir zu durchgefroren, um uns noch an den Tisch zu setzen, und am Ende trugen wir es dann doch wieder auf Tabletts ins hintere Wohnzimmer hinüber, zu unseren bestgehassten Sesseln und dem kantigen braunen Kasten von Gasofen.

Jetzt, wo wir beide älter sind, können Edward und ich endlich ganz unbelastet über das alte Haus sprechen, darüber, was es uns bedeutet hat, und darüber, was es bedeutete, es zu verlieren. Wir können uns stundenlang darüber austauschen. Über die Fledermäuse aus der Scheune, die wir immer beobachtet haben. Über den langen, ramponierten Küchentisch mit den darauf verstreuten Puzzleteilen und der alten braunen Teekanne in der Mitte. Den warmen Farbton, den die Gartenmauer spätnachmittags annahm. Die knorrigen alten Apfelbäume, deren Äste, schwer von riesigen Früchten, fast bis auf den Boden hingen. Die Steinböden und die ausgetretenen Treppenstufen. Das hohe Bogenfenster auf dem Treppenabsatz.

Dann sind da noch die Dinge, über die wir nicht reden können. Meine Mutter, wie sie morgens zum Radio sang. Den Duft des Brots im Gärkorb. Die Ernte aus dem Kräutergarten, zu großen Sträußen zusammengefasst und in Krüge gesteckt, den ersten Rauch des Feuers, wenn es abends frisch angezündet war, den süßen Zederndufts ihres Strickkorbs, der bis ins Gewebe all unserer Pullover kroch. Den Geruch reiner Erde an ihren Händen, den Duft von Minze und Lavendel. Ihr leises, heiseres, keuchendes Lachen, ihre Vorliebe für die schlechtesten Klopf-Klopf-Witze, ihr Haar, zurückgekämmt und oben am Hinterkopf festgesteckt, die zarten hellbraunen Strähnen, die ihr ins Gesicht fielen und die sie sich dann hinters Ohr schob.

Jetzt können wir sogar zugeben, dass es ein Fehler war, es uns an Fantasie mangelte und wir es zutiefst bereuen, das Haus nicht behalten zu haben. Damals war es schicksalsergebener Realismus. Es ist eben unmöglich, als Familie mitten in der Pampa, weit weg von der Arbeit, in einem betreuungsintensiven alten Haus zu wohnen, wenn man keine zweite erwachsene Person an der Seite hat, die mit den Kindern zu Hause bleibt.

Jetzt fallen uns auch Dinge ein, die wir hätten tun können, jetzt, wo wir nicht mehr zu erschöpft und unglücklich sind, um auf Lösungen zu kommen. Wir hätten in der Stadt eine Zeit lang zur Miete wohnen können, eine Vollzeit-Kinderbetreuung oder ein Au-Pair einstellen, die Scheune und den Garten verkaufen oder auch das ganze Grundstück und ein Stück des Gartens zurückbehalten und darauf ein neues Haus für uns bauen können. Aber das haben wir nicht getan. Es ist wirklich schwierig, auf gute Ideen zu kommen, wenn man traurig ist. Später dann, wenn man nicht mehr so traurig ist, liegen die Ideen scheinbar auf der Hand, aber man braucht dafür einfach Fantasie oder was auch immer. Man muss daran glauben können, dass das, was man tut, Bedeutung hat.

Jeder Schritt, den wir machten, schien uns zu signalisieren: Kehrt um. Jeder unbelebte Gegenstand machte uns klar, dass wir vom Weg abgekommen waren, und setzte uns wieder auf die Fährte zurück nach Hause, aber wie die störrischen Pferde aus dem Sprichwort wurden wir zwar zur Tränke geführt, wollten aber nicht saufen, erlaubten unserem Instinkt nicht, uns auf den Weg zu leiten, den er so gern gehen wollte. Das alte und das neue Haus verschworen sich gegen uns, versuchten, uns dorthin zurückzudrängen, wo wir hingehörten, zerrten uns zu sich, sperrten uns aus, aber wir ließen uns nicht bewegen.

Wenn wir diese Gespräche führen, sitzen wir meistens im hinteren Wohnzimmer des neuen Hauses. Wir sitzen in den Sesseln mit den hölzernen Armlehnen, die bereits bei unserem Einzug dort standen. Anfangs hatten sie beigefarbene Stretchbezüge aus Nylon, und als die irgendwann abgenutzt waren, fanden wir darunter die Originalbezüge, stachlig, kratzig und gestreift wie die Sitzpolster im Zug. Wir legen Decken darüber, damit sie uns nicht an den Beinen pieksen, aber die Decken fallen dauernd herunter. Als wir sie entdeckten, sagten wir uns, jetzt schmeißen wir den ganzen Mist raus. Aber wir taten es nie.

Hin und wieder nehme ich mir vor, ein paar neue Überwürfe zu nähen, die nicht herunterfallen, aber bislang bin ich nicht dazu gekommen, und manchmal hören wir von Gästen, diese Sessel seien ein Vermögen wert, kaum jemand habe solche Sechzigerjahre-Möbel aufgehoben, als sie aus der Mode kamen, und mein Gott, sind das wirklich die Originalpolster? Was für ein Schatz! Dann zucken wir mit den Schultern, benutzen sie weiterhin, beklagen uns, dass sie pieksen, und benehmen uns auch nach siebenundzwanzig Jahren noch, als hätten sie überhaupt nichts mit uns zu tun.

11

Twiglets

Made ya look
Made ya stare
Made the barber
Cut ya hair

Cut it long
Cut it short
Cut it with
A knife and fork

Von dem Stein habe ich bisher nichts erzählt. Das schiebe ich noch vor mir her. Denn wenn ich von dem Gedenkstein erzähle, muss ich auch von Emily erzählen. Und dann muss ich zwangsläufig von Emilys Mutter erzählen. Und von dem Baby. Und dem Feuer. Das ist alles so verklebt von Scham. Meiner Scham, aber auch der von Edward. Scham ist wie das zähe schwarze Zeug, das im Abflussrohr unter der Spüle steckt. Es schwemmt den schlimmsten Dreck wieder nach oben, und der pappt dann im Spülbecken, wo alle Welt ihn sehen kann. Es führt kein Weg daran vorbei. Das Wasser wird erst wieder richtig klar, wenn man auch noch das letzte Restchen rausgeschabt hat. Und ich will klares Wasser. Ich will durchsehen können, bis auf den Grund.

Emily war meine Freundin, als ich fünfzehn war. Sie war älter als ich, achtzehn, und mir schien das damals wie ein gewaltiger Unterschied. Emily ging nicht mehr in die Schule, sondern aufs College, und durfte anziehen, was sie wollte. Sie trug stets eine Mischung aus extrem teuren und extrem verratzten Stoffschichten aus Schwarz und Grau, wie Spinnweben. Und, das war aus meiner Sicht entscheidend: Sie war von zu Hause ausgezogen und wollte nichts mehr mit ihren Eltern zu tun haben. Wenn ich nach ihnen fragte, sagte sie immer nur: »Ach, die!«

Edward ließ sich davon nicht täuschen. Er sagte: »Was glaubst du wohl, wer ihr die Wohnung zahlt?« In gewisser Hinsicht wusste Edward mehr über Emily als ich, denn ihre Mutter war seine Institutsleiterin, aber irgendwie schaffte ich es die ganze Zeit, die ich mit ihr zusammen war, diesen Gedanken zu verdrängen. Ich hatte sie bei einem Gartenfest im Haus ihrer Eltern kennengelernt. Es fing an zu regnen, und das komplette Geschichtsinstitut samt Partnerinnen, Partnern und Kindern stürmte die drei riesigen Wohnzimmer und drängte sich in der gigantischen Küche, um sich an der marmornen Kücheninsel mitten im Raum mit Essen und Getränken zu versorgen. Alle, bis auf mich.

Ich war in eins der hölzernen Gartenhäuser geflüchtet und amüsierte mich dort mit dem Laufband. Emily saß im Schneidersitz auf einer leuchtend gelben Yogamatte und rauchte einen gewaltigen Joint. Sie hielt ihn mir hin und sagte: »Ich weiß, wer du bist. Die mit dem ungeklärten Todesfall. Das Mädchen, das vergessen hat, wie man liest.« Ich schaltete das Laufband auf starke Steigung und behielt ihren Joint. Sie sagte: »Eins würd ich ja schon gern wissen, wenn du das Lesen vergessen hast, was hast du sonst noch alles vergessen?«

Eine gute Frage. Die ich damals allerdings unmöglich

beantworten konnte. Also sagte ich: »Wenn man nicht gut lesen kann, braucht man ein hervorragendes Gedächtnis. Denk mal drüber nach.« Da zog sie den Stecker des Laufbands aus der Wand, ich kam stolpernd zum Stehen, und sie küsste mich. Ich wollte sie noch fragen, woher sie das mit dem Lesen überhaupt wusste, eigentlich hatte ich nämlich immer geglaubt, davon wüssten nur Edward und ich, aber als ich den Mund öffnete, um die Frage zu stellen, küsste sie mich wieder. Und ich fragte mich, ob ich vielleicht genau dafür den Mund geöffnet hatte. Oder ob es so gewirkt hatte.

Sie schmeckte nach dem Joint, nach Rotwein und nach Twiglets. Ich dachte mir, sie hätte sich vielleicht etwas vom Knabberzeug aus der Küche geholt. Aber später, als ich sie mehr oder weniger jeden Tag küsste, wurde mir klar, dass diese leicht pfeffrige Twiglets-Note einfach ihre ganz eigene Geschmacksrichtung war. Ich sagte: »Du schmeckst nach Twiglets«, und sie sagte: »Spitze! Du schmeckst nach Jelly Babies.« Wahrscheinlich lag es am Joint, aber wir fanden das beide richtig komisch.

Sie zog sich das löchrige, ärmellose Top über den Kopf und sagte: »Wie ist es da? Nach welchem Snack schmecke ich da?« Und ich probierte die Stelle gleich unter den knochigen Flügeln ihres Schlüsselbeins, erst links, dann rechts. Salzige Chips. Dann streifte ich ihr die nächste Schicht ab und dann die nächste und schmeckte Orangenschale und Vanilletorte an ihrem Bauch, Vollkornkekse an der Innenseite ihrer Schenkel und Twiglets und Rotwein zwischen ihren Beinen. Ich schmeckte nach Zitronenschale und Weißwein. Angeblich.

Sie fragte mich, ob ich Lipgloss dabeihätte, ihre Sachen seien alle drüben im Haus. Ich gab ihr ein Döschen Kakaobutter, und wir rieben uns den reinen Duft über die Finger und zwischen die Beine. Emily schaute gern zu. Sie hatte sehr große grüne Augen, die hinter ihrer runden Brille mit dem schwarzen Rand noch größer wirkten. Alles andere an ihr war winzig.

Sie war nur knapp einen Meter zweiundfünfzig groß und trug Schuhgröße 35. Ihre Haut war zartbraun, im Winter fast gelblich, und ihre Augenbrauen waren dunkelbraun. Welche Farbe ihr Haar ursprünglich hatte, konnte man nicht mehr erkennen, weil sie es in mindestens sechs verschiedenen Farben getönt hatte. Wenn man ihr die vielen Schichten auszog, wurde sie immer weniger und weniger, bis nur noch ein kleines dunkles Geschöpf in einem Nest aus abgeschälter Kleidung vor mir lag. Ich kam mir neben ihr vor wie ein riesiger fahler Klops, als würde ich mit dem Ausziehen immer breiter und breiter, weil all die Schichten wegfielen, die mich eindämmten.

Wir rauchten noch einen Joint und zogen uns wieder an, der Knopf meiner Jeans klebte von Kakaobutter und salzigen Fingern, all unsere Kleider waren an den Rändern vom Sex verfleckt und glänzend. Es hatte längst aufgehört zu regnen, und wir hatten fast das ganze Essen verpasst. Die Gäste strömten wieder in den Garten, um auf dem Rasen Federball zu spielen. Emily meinte, ich solle lieber ins Haus zurückgehen, damit niemand Verdacht schöpfte. Sie selbst kam nicht mit. Verdacht war ihr Lieblingswort. Und am allerliebsten richtete sie diesen Verdacht auf Edward.

Jetzt kann ich erkennen, dass alles an ihr zeigte, wie reich sie war. Reich genug, um für ein zweijähriges College-Studium vier Jahre zu brauchen, wenn ihr danach war. Reich genug, um eine eigene Wohnung zu haben und ihr Geld für alles auszugeben, was ihr gefiel. Reich genug, um über ein komplettes Fitnessstudio im Gartenhaus ihrer Mutter zu verfügen. Reich genug, um immer Gras in der Tasche zu haben. Reich genug, um nichts davon irgendwie bemerkenswert zu finden.

An den Wochenenden jobbte sie in einem Café oder behauptete das zumindest. Es gehörte einer Freundin ihrer Mutter, und ich weiß nicht recht, wie oft sie sich da wirklich blicken ließ. Sie meinte, wenn ich Lust hätte, könne ich hinkommen und sie dort treffen. Also setzte ich mich wieder und wieder in das Café und streckte ein Getränk über eine Stunde, in der Hoffnung, dass sie zur Arbeit käme, in der Hoffnung, dass sie Zeit genug hätte, sich ein Weilchen zu mir zu setzen. Gelegentlich geschah das auch.

Ich merkte Edward an, dass er mich eigentlich von ihr fernhalten wollte, und das machte mich neugierig. Er sagte gar nicht viel. Aber als ich ihm erzählte, dass ich sie im Gartenhaus getroffen hätte, wirkte er regelrecht panisch. Warum sie denn nicht mit mir zurück ins Haus gekommen sei? Was sie gesagt habe? Er meinte, er habe sie ein paarmal erlebt, vor Jahren, als ihre Mutter neu am Institut war, und sie sei immer schwierig gewesen. Inwiefern schwierig, wollte ich wissen. Bei mir war sie alles andere als das.

Nun ja, sagte er, vermutlich habe sie nur ihre Mutter beschützen, sie für sich allein haben wollen. Aber vor wem musste ihre Mutter denn beschützt werden? Ich begriff es nicht. Ich sagte, na, vielleicht hat sie sich ja verändert. Ist erwachsen geworden. Jaja, pflichtete er mir bei, sie müsse ja jetzt auch schon achtzehn sein, und sie hätten alle sehr viel ausgeglichener gewirkt. Alle? Wen meinte er damit? Von außen betrachtet wirkte die ganze Familie tatsächlich sehr ausgeglichen, mit ihrem federballtauglichen Rasen, der Marmorküche, dem Fitnessstudio und den ach so tollen Twiglets. Twiglets?, sagte Edward. Gab's Twiglets? Die habe ich schon seit Jahren nicht mehr gesehen. Worüber genau redeten wir hier eigentlich?

Emily hörte bald auf, angeblich im Café der Freundin ihrer Mutter zu arbeiten, und setzte sich stattdessen an die Garderobe eines Clubs. Sie ließ mich durch die Feuerschutztür herein, und wir blieben die ganze Nacht wach, knutschten, durchwühlten die Taschen aller Mäntel und teilten das, was wir fanden, unter uns auf. Ausziehen konnten wir uns nicht, falls plötzlich jemand auftauchte und etwas wollte, und ich musste mich dauernd zwischen den Mantelständern verstecken, wenn die Besitzer des Clubs vorbeischauten, und so verbrachten wir die ganze Nacht in einem Zustand äußerster Erregung, schoben uns fettige Finger in viel zu enge Jeans, hinterließen Bissspuren gleich unterhalb des Kragens unserer T-Shirts. An verregneten Abenden küssten wir uns im Dunst dampfenden Wollstoffs, dem Aroma von Aftershave, das von feuchten Jeansjacken aufstieg, und dem leicht modrigen Geruch von Gras aus den nass geregneten Parkas.

Edward versuchte wiederholt, mich vor ihr zu warnen. Er sagte, ihr Interesse an mir habe vielfältige Gründe. Die alle nichts mit mir zu tun hätten. Oder mit ihr. Ich vermutete, er mache sich Sorgen wegen ihres Gras-Konsums.

Im Übrigen war ich sowieso nicht bereit, auf irgendwas zu hören, was er über sie sagte. Ich liebte ihre seltsamen Kleiderschichten in unterschiedlichen Schwarztönen, ihre Haare, die sie auf der einen Seite des Kopfes abrasiert trug und kunterbunt gefärbt auf der anderen. Es gefiel mir, ihr über die rasierte Kopfhälfte zu streichen und das weiche Fleisch mit den winzigen Stacheln daran zu spüren. Es gefiel mir, ihr dabei zu helfen, sich weitere Ohrlöcher zu stechen. Ich liebte ihre langen, dünnen Mentholzigaretten, die kuriosen Cocktails aus Wodka und was immer sie sonst noch auftreiben konnte. Ich liebte ihre Sammlung alter Hüte, die, an Nägeln aufgehängt, eine ganze Wand ihrer Einzimmerwohnung einnahmen.

Ich liebte ihren rauchigen Geruch, dieses Zimmer, das sie ganz allein bewohnte, und die Bücherstapel, die sie von ihrem Vormieter geerbt hatte und dazu verwendete, die Tür zur Dusche offen zu halten, oder sie, zum ungefähren Rechteck arrangiert, als Couchtisch benutzte. Ich liebte die Wand hinter ihrem Bett, an die sie mit Edding alle möglichen Zitate schrieb, die ihr gefielen, von den Beatles oder deutlich öfter von den Doors, von Gandhi oder sonst wem, den sie gerade dazuschreiben wollte.

Auch ich durfte Zitate hinzufügen, wenn ich mit ihr im Bett lag. Ich schrieb das komplette Gedicht »This Be the Verse« von Philip Larkin hin, aber das fand sie zu lang. Ich würde zu viel Wand einnehmen. Ich fand, als ihre Freundin stünde mir jede Menge Wand zu. Also schrieb ich »Perlen vor die Säue« – einen der kürzesten Verse aus der Bibel. Sie sagte: »Okay, das reicht jetzt.« Sie hatte schon wieder das Interesse verloren. Das passierte ständig.

Es gefiel ihr, wenn ich in meiner Schuluniform bei ihr auftauchte, frisch aus dem falschen Bus, und sie sie mir dann ausziehen konnte. Einmal schnitt sie mir, nachdem sie mich bereits ganz ausgezogen hatte, auch noch die Haare ab. Und rasierte mir den Kopf, bis er glatt war wie ein Ei.

»Jetzt bist du richtig nackt«, sagte sie. »Bin gespannt, was dein ach so freigeistiger Daddy zu deinem neuen Look sagt!« Es war eine Art Mutprobe. Eine bewusste Provokation. Edward lachte nur und sagte: »Ach, Süße, Haare wachsen wieder.« Wenn die Familie bereits einen richtig schweren Schlag erlitten hat, lernt man, sich nicht über Kinkerlitzchen wie die Haarlänge der Tochter aufzuregen.

In der Schule allerdings reagierten sie auf den Haarverlust reichlich überspannt. Auf so eine Gelegenheit, mich abzustrafen, hatten sie nur gewartet. Ich hatte das Schwänzen längst zur Kunstform erhoben. Die Tage, die ich damit verbrachte, nackt auf Emilys Mietbett mit verbotener Tinte Gedichte an die Mietwand zu schreiben, hatten sich auf meine Anwesenheitsquote ausgewirkt. Und jetzt auch noch eine Glatze. Es gab keine konkrete Schulvorschrift, die einen kahl geschorenen Kopf verbot. Also erfanden sie eine. Extra für mich. Es hieß, ich müsse eine Kopfbedeckung tragen, bis die Haare wieder eine »annehmbare Länge« hätten. Edward erkundigte sich, ab wie viel Millimetern es denn annehmbar sei. Er schlug vor, die Mindestlänge für Mädchen auch den Jungen vorzuschreiben, wenn man schon unbedingt eine Mindestlänge verhängen musste. Aber sie beharrten auf ihrem Standpunkt.

Zur Kopfbedeckung verpflichtet, bediente ich mich aus Emilys Sammlung, griff zu einem der schrilleren Stücke – einem altmodischen amerikanischen Pillbox-Hut aus Samt mit einem kleinen Schleier – und wurde suspendiert, Kopfbedeckung hin oder her. Dass ich erst um viertel vor zwölf aufgetaucht war, nachdem ich den ganzen Vormittag mit Nacktsein und Kiffen verbracht hatte, während ich mir den ungeheuerlichen Hut aussuchte, erwies sich dabei nicht als hilfreich.

So begann meine zweite Phase des Heimunterrichts. Nur dass ich praktisch nie daheim war. Und Unterricht fand auch keiner statt. Edward investierte viel Zeit, um mit der Schule auszuhandeln, dass ich als externe Kandidatin meine Prüfungen dort ablegen dürfe, aber da ich nichts vom erforderlichen Stoff durchgenommen hatte, wurde mir das verweigert. Es hieß, ich würde die anderen Prüflinge stören. Zu diesem Zeitpunkt hatte ich sicher schon an die vier Jahre damit zugebracht, die anderen Prüflinge zu stören. Andere Prüflinge zu stören war mein Spezialgebiet.

Ohne die Teilnahme an den Prüfungen sah ich natürlich auch keinen Sinn darin, zu Hause zu sein, wenn die Mathenachhilfe kam, die Edward für mich organisiert hatte. Oder auch mal eine Nacht zu Hause zu verbringen, um am nächsten Morgen bereitzustehen. Stattdessen verbrachte ich meine Tage damit, Studentin zu spielen und Emilys Zugangskarte aus dem letzten Studienjahr zu verwenden, wenn ich mich auf dem Campus herumtrieb. Die Bibliothek dort erwies sich als hervorragendes Versteck, und ich baute mir eine Mauer aus den größten Büchern, die ich nur finden konnte.

Kunstbände eigneten sich besonders gut. Sie waren groß, schwer, und ich konnte darin blättern und hatte immer etwas zum Anschauen, ohne mich groß mit Texten abmühen zu müssen. Hinzu kam, dass mein kahler Kopf und meine merkwürdige Aufmachung in der Kunstabteilung der Bibliothek kaum auffiel. Dort gab es genügend andere kahle Köpfe und seltsame handgemachte Outfits. Als ich schließlich mein echtes Kunststudium am College begann, kannten mich alle Bibliotheksangestellten schon. Und es zeigte sich, dass ich ganz nebenbei doch einiges an Wissen aus den Büchern gezogen hatte, mit denen ich mich abschirmte.

Ich sah den anderen Studierenden dabei zu, wie sie in die Campus-Cafeteria gingen, um dort Käse-Pommes oder das ganztägige Frühstück zu verzehren, und fühlte mich ihnen weit überlegen. Wenn ich Hunger bekam, klaute ich ein paar Süßigkeiten im Supermarkt, und wenn ich mich doch einmal zu Hause blicken ließ, sagte ich, ich hätte schon gegessen. Bei Emily stand immer etwas im Kühlschrank. Seltsame Sachen, die ich noch nie probiert hatte. Feta mit Oliven in kleinen Schälchen. Verschiedenste Nusssorten. Ich dachte gar nicht darüber nach, wie die Sachen dorthin kamen. Solange es nicht wie eine richtige Mahlzeit aussah, aß ich es. Ich stellte die heimliche Regel auf, niemals Messer und Gabel zu benutzen.

In einem Sandwichladen gab es kurz vor Geschäftsschluss Pastetchen für 50 Pence, die futterte ich manchmal direkt aus der Packung, ohne mir auch nur anzusehen, was ich da aß. Wenn ich nicht hinsah, zählte es nicht. Zu Hause schnitt ich Äpfel in winzige Schnitze, die ich mir dann in den Mund schmuggelte. Wenn ich davon möglichst viele aß, musste ich mich übergeben, sie zählten also auch nicht. Emily wollte ständig von mir wissen, ob Edward mir etwas zu essen vorgesetzt und ich das zugelassen hätte. Verneinte ich, war sie zufrieden mit mir.

Anfangs hatte sie mich gern ständig bei sich. So brauchte sie nicht zu warten, bis ich mit dem Schulbus eintraf, und mir die Uniform auszuziehen. Ich konnte einfach den ganzen Nachmittag dort verbringen, bei voll aufgedrehter Heizung und ohne etwas an, ihre Zigaretten rauchen und ihre Oliven essen. Irgendwann aber wurde ihr das langweilig. Immer wieder fragte sie: »Wann kommt dein Dad dich endlich abholen? Interessiert's ihn denn gar nicht, wo du bist? Weiß er das überhaupt?«

Sie stellte mir immer mehr Fragen über Edward. Und über meine Mutter. Sie wollte mich loswerden, aber nicht, dass ich nach Hause ging. Ich begriff, dass sie Edward irgendwie als Feind betrachtete und dass ich, obwohl sie mich nicht bei sich behalten wollte, doch auch nicht wieder zu ihm zurückkehren sollte.

Ich merkte, dass Edward meine Beziehung zu ihr nicht guthieß, wusste aber nicht, warum. Er fragte mich merkwürdige

Dinge, über ihre Mutter, über ihre Wohnung. Emily verkündete, er sei garantiert homophob. Ich erwiderte, er frage mich ja nicht, warum ich mit einem Mädchen zusammen sei. Er stelle mir nur alle möglichen anderen Fragen. Über ihre Mutter. Darüber lachte sie. Sie sagte, was interessiert er sich denn plötzlich so sehr für meine Gefühle? Nach allem, was er getan hat. Aber was hatte er bloß getan?

Häufig war Emily jetzt nicht da, wenn ich zu ihr kam. Ich ging trotzdem in ihre Wohnung und versuchte, ein paar der Türstopper-Bücher zu lesen, oder ich nahm mir eine Packung Nüsse aus dem Kühlschrank, lutschte das Salz davon ab und spuckte sie wieder aus. Die Oliven viertelte ich und aß jedes Stückchen einzeln.

Manchmal war die Tür auch von innen verriegelt, und sie hatte jemand anders da. Einen Jungen. Er sah viel zu normal aus, um mir als ernsthafter Rivale zu gelten. Er trug immer T-Shirts mit Kragen. Seine Wangen waren voller kleiner Pickel. Und er war unfassbar groß. Neben Emily wirkte er fast wie ein Riese. Wie hielt sie das nur aus? Er musste sie doch erdrücken, würde sie irgendwann vielleicht versehentlich zerquetschen. Wie konnte sie mit so jemandem Sex haben?

Einmal setzte ich mich auf die Treppe vor ihrer Wohnungstür und lauschte den Geräuschen. Dann lauschte ich, wie sie aufhörten. Und dann wartete ich noch ein Weilchen, bis ich hörte, wie er sich wieder anzog. Ich hörte, wie seine Gürtelschnalle am Boden klapperte, hörte, wie er wieder in seine Schuhe stieg. Erst dann klopfte ich. Sie machte sich nicht die Mühe, mir selbst zu öffnen. Das ließ sie den Jungen tun.

Um zu beweisen, wie egal mir das alles war, machte ich mir als Erstes einen schwarzen Tee. Der Junge fragte: »Was hat die denn für'n Problem? Warum ist sie so komisch?« Emily wirkte stolz auf mich.

»Ihre Mutter ist unter mysteriösen Umständen verschwunden. Darum will sie nicht nach Hause.«

Mysteriöse Umstände. Das war mal eine neue Bezeichnung. Es klang, als wäre ich eine Figur aus einem Kriminalroman. Keine Außenseiterin mehr. Kein bibbernder kleiner komischer Vogel mit schuppiger Haut, praktisch keinen Haaren und verschorften, halb zugewachsenen Löchern rund um die Ohren. Ich war ein Mysterium.

Wenn der Junge da war, erzählte Emily mit Vorliebe skandalöse Dinge über mich, über meine Mutter und Edward. Sie genoss es, den Jungen zu schocken. Ich war Teil ihrer Sammlung spannender Kuriositäten.

»Ihre Mutter ist einfach so verschwunden. Ohne jede Spur. Und ihr Vater hat das Haus wie ein Museum hinterlassen. Völlig unberührt. Niemand darf da einziehen. Niemand darf irgendwas anfassen, das erlaubt er nicht.« Das entsprach zwar nicht ganz dem, was ich ihr erzählt hatte, aber ich berichtigte sie nicht. Ich genoss es, das mysteriöse Mädchen zu sein, im Mittelpunkt eines unaufgeklärten Verbrechens zu stehen.

12

Gothic

The man in the moon
Came down too soon
And asked his way to Norwich

He went by the south
And burned his mouth
By eating cold pease porridge

Meine mysteriösen Umstände waren inzwischen alles, was Emily noch an mir gefiel. Sie wollte nur noch Geschichten von mir hören, die Edward wie den Bösewicht aus einem Schauerroman hinstellten. Wenn ich sie dazu bringen wollte, den Jungen wegzuschicken, blieb mir nichts anderes übrig, als ihr Geschichten über unser verlassenes Haus zu versprechen. Über die Gespenster auf der Treppe. Die Engel vor den Fenstern. Und die Geschichten von den Ertrunkenen, die mir meine Mutter erzählt hatte. Von jener ermordeten jungen Frau im dunklen Tümpel, dessen Wasser seit jener Nacht nie wieder klar geworden war, was immer man auch unternahm. Und die andere Geschichte, die mit dem Hut.

In dieser Geschichte hinterließ eine junge Frau ihren Hut am Ufer eines Wasserlochs, in dem sie sich dann selbst ertränkte. Sie war schwanger, und als sie ihrem jungen Mann von dem Kind erzählt hatte, sagte er ihr, er habe schon einer anderen aus dem Dorf die Ehe versprochen, und auch sie sei schwanger. Einer von den Männern, die zum Arbeiten aufs Feld gingen, sah den Hut, erwähnte ihn aber erst, als der Tag schon weit fortgeschritten war, und als eine Abordnung zum Wasserloch ging, um nachzusehen, da war die junge Frau längst tot. Genauso wie ihr Kind.

Weil Emily solche Dinge hören wollte, erzählte ich ihr von den seltsamen Geräuschen, die das Haus von sich gab, wenn das Regenwasser über die Stichstraße floss und sich blubbernd in den Abflussrohren staute. Ich erzählte ihr von den Dachsen, die im Gemüsegarten ihre Höhlen gruben, von ihrem grunzenden, bärenhaften Schnobern und Knabbern, von der Spur aus rotem Backsteinstaub, die sie hinterließen, wenn sie ihren Bau wieder räumten. Ich erzählte ihr von den Fledermäusen, die in der alten Scheune wohnten, wie sie fellig flatternd vor der Hintertür ihre Kreise durch den Garten zogen.

Warum wir fortgegangen seien, wollte sie wissen. Ob es in dem Haus gespukt habe? Ich antwortete, meine Mutter habe das geglaubt. Das sei mit ein Grund gewesen, warum sie sich dort so wohl gefühlt habe. Ob ich auch schon Gespenster gesehen hätte? Ich wollte sie nicht enttäuschen. Aber wenn ich mir besonders ungeheuerliche Geschichten ausdachte, wandte ich den Blick von ihr ab.

Während ich auf dem Bauch lag und Gespenster, Dämonen und böse Schemen erfand, die aus dem Keller aufstiegen – wir hatten nie einen Keller im alten Haus –, ließ Emily die Finger über meine Schulterblätter wandern und küsste mich unten am Rücken. Sie sagte, sie habe gelesen, die Nervenenden am Rücken lägen so weit auseinander, dass ich nicht wissen könne, ob sie mich gerade mit einem, zwei oder drei Fingern berühre. Mir war egal, wie viele Finger sie mir an den Rücken drückte. Ich wollte bloß, dass sie dort blieben.

Am liebsten war ihr eine der Geschichten, die ich mir selbst ausgedacht hatte, über das Gespenst eines kleinen Jungen, der auf der untersten Treppenstufe erschien, so vollständig und klar, dass alle, die im Haus zu Gast waren, wissen wollten, wer denn der kleine Junge im Nachthemd gewesen sei, der da unten an der Treppe gestanden habe? Ich behauptete, kein Hund habe je nach Einbruch der Dunkelheit noch durch den Flur laufen wollen.

Die Gespenster, erzählte ich ihr, hätten bestimmte Bilder nicht gemocht, und manchmal, wenn man eins aufgehängt habe, seien sie in der Nacht gekommen und hätten es heruntergeworfen. Man hörte es dann zu Boden krachen und wusste, es hatte ihnen nicht gefallen.

Ich erzählte, gleich bei der Kellertür habe es eine kalte Stelle gegeben, die man immer zitternd durchschritt, egal, wie warm es sonst im Haus war. Diese Geschichten hatte ich, glaube ich, von Lindsey, und sie stammten ziemlich sicher ursprünglich aus dem Dorf-Pub. Aber kaum hatte ich angefangen, sie zu erzählen, verbanden sie sich auch in meinem Kopf mit unserem alten Haus. Nach einiger Zeit wusste ich gar nicht mehr, woher sie eigentlich kamen. Ich konnte mich nicht einmal erinnern, ob meine Eltern je darüber gesprochen hatten, dass es bei uns im Haus spuke.

Emily wollte alles Erdenkliche über das alte Haus wissen und über das Verschwinden meiner Mutter. Wann genau, an welchem Tag, war sie verschwunden? Was hatten wir im Haus zurückgelassen, was hatten wir mitgenommen?

Die Entscheidungen darüber, was wir mitnahmen und was wir dort ließen, waren planlos gefallen: Es gab Kisten mit Spielzeug und Küchengeräten, die wir erst gepackt und dann vergessen hatten, Taschen mit Bettwäsche und Handtüchern, die im falschen Schrank stehen geblieben waren oder hinten auf der Terrasse verschimmelten. In beiden Häusern stapelten sich einzelne Gummi- oder Wanderstiefel vor der Eingangstür – nie fand jemand im richtigen Moment ein vollständiges Paar.

Anfangs hatten wir noch vorgehabt, das alte Haus möbliert abzugeben, um seinen Verkaufswert zu steigern, aber mit der Zeit wirkten die Dinge, die wir dort gelassen hatten, nur noch trostlos und verfielen, wir hätten es eigentlich ausräumen müssen, waren damit aber nie richtig fertig geworden. Die Bücher, die Edward für die Arbeit brauchte, waren alle mitgekommen, viele andere waren zurückgeblieben. Romane, Gartenbücher, Bilderbücher, die Joe vollgekritzelt oder zerfetzt hatte, alte Landkarten, die Überreste von Großonkel Matthews *National-Geographic*-Heften, die unter den Fensterbänken vergilbten und aneinanderklebten.

Edward nahm Kontakt mit einer Entrümpelungsfirma auf, und als sie ihm die Summe von zweihundert Pfund nannten, glaubte er, das sei ihr Angebot für die verbliebenen Bücher, dabei war es der Preis, den er zahlen sollte, damit sie alles abtransportierten. Er sagte nein, vielen Dank, er mache das selbst. Aber dann stand am Wochenende immer so viel anderes an: die Wäsche, die Einkäufe, Joes Kinderturnen, Hausaufgaben, Korrigieren, Spieltreffen und Staubsaugen.

Wenn wir uns doch einmal zum alten Haus aufmachten, samt Picknick, einer Schachtel Kaminanzünder und einer ordentlichen Ladung Entschlossenheit, waren wir angesichts von haufenweise Babykleidung, sprossenden Tulpenzwiebeln und Mäusenestern zwischen unseren alten Decken mittags schon wieder am Ende. Wir nahmen halbherzig gepackte Kisten mit, um sie durchzusehen, die dann so lange auf der

Terrasse gestapelt standen, bis wir es leid waren, ständig darüber zu stolpern, und sie zum Sperrmüll brachten, ohne noch einmal hineinzuschauen.

Aber wenn das Haus immer noch voller Sachen war, sagte Emily, was lag dann womöglich dort verborgen? Wie konnten wir sicher sein, dass wir auch wirklich jeden Millimeter abgesucht hatten? Warum hatte Edward bestimmte Sachen dort zurückgelassen, warum wollte er sie nicht mehr haben? Als ich ihr erzählte, ich dürfe nicht mehr allein dorthin, seit ich das letzte Mal von der Schule ausgerissen sei, spitzte sie sofort die Ohren. Hatte ich denn kein Recht hinzufahren? War es nicht ebenso mein Zuhause wie seins? Was wollte er wohl vor mir verbergen? Ob ich denn nie versucht hätte, wieder hinzukommen? Ob mir denn gar nicht auffiele, wie verdächtig das alles sei? Eigentlich nicht, nein.

Und jetzt, wo ich sowieso nicht mehr zur Schule ging, warum kehrten wir dann nicht in das Haus zurück, um wieder dort zu wohnen? Das war schwer zu erklären. Das Haus stand offiziell weiterhin zum Verkauf, aber es verfiel immer mehr und mehr, und jetzt, wo wir auch noch das neue Haus abbezahlen mussten, war nicht genug Geld da, um es in Ordnung zu bringen. Die Scheune stand unter Denkmalschutz, wir durften also nichts daran verändern, aber ihre Deckenbalken waren längst baufällig.

Vielleicht hätten wir auch nur die Scheune verkaufen können, aber dann hätten wir auch die Stichstraße mit verkaufen müssen, um den Zugang zu ermöglichen. Einmal hatte es Mietinteressenten für das Haus gegeben, die dann aber feststellten, dass die Heizung nicht ging und die Hintertür nicht richtig schloss, und wenn wir uns Geld geliehen hätten, um das alles zu beheben, hätten wir es im Grunde doch verkaufen müssen, und so stand das Haus weiter leer. Aber das war alles nichts, was man erzählen konnte. Zumindest nichts, was ich erzählen konnte. Also redete ich weiter vom knarrenden Treppenhaus und den Rufen der Fuchsfähen im Garten, die einem schier die Seele zerrissen.

Emily kniff die Augen zusammen und schob sich die Brille auf der Nase zurecht, ein Hinweis, dass sie gleich etwas Wichtiges verkünden würde. Dann sagte sie: »Ich glaube ja, er hat seine Gründe. Also, Gründe, es zu behalten.« Sie sagte, sie habe da jemanden kennengelernt, einen Jemand, der mit den Toten sprechen könne. Ein Medium. Eine Person, die ihr Geld damit verdiene, Auren zu malen. Diese Person schaue sich die Luft rings um dich an und male dann die Geister und Farben deiner Träume und deiner Vergangenheit. Emily meinte, sie sei sich sicher, diese Aura-Malerin könne das Geheimnis des Hauses enträtseln, wenn wir zusammen hinführen. Ich sagte: »Das erlaubt Edward doch nie.« In ihren Augen blitzte der Zorn.

»Ist es nicht genauso gut dein Geheimnis wie seins? Hast du kein Recht darauf, es zu kennen?« Ich wusste nicht, was ich darauf sagen sollte.

Und so fing Emily auf der Stelle an, alles zusammenzupacken, was wir für die Reise brauchen würden: ein Kartenspiel, eine halb volle Flasche Whisky, die sie in der Club-Garderobe aus irgendeiner Manteltasche geklaut hatte, Papers, Gras, eine Kreditkarte, ein Feuerzeug, eine Kerze und ein bemaltes Stück Pappe, das sie von der Aura-Malerin bekommen hatte und auf dessen Rückseite mit rotem Filzstift eine Art Beschwörungsformel geschrieben stand. Ich versuchte gar nicht erst, sie davon abzubringen. Ich dachte mir, wenn wir zu dieser Reise aufbrachen, dann konnte der Junge uns wenigstens nicht folgen. Es war ewig her, seit wir das letzte Mal etwas unternommen hatten, ohne dass er dabei war.

Ich hätte sie warnen sollen, dass es praktisch keine öffentliche Verkehrsverbindung ins Dorf gab. Als der Zug in Whitchurch eintraf, hatten wir den letzten Bus, der an diesem Tag noch bis ins Dorf fuhr, längst verpasst und mussten stattdessen den nehmen, der über die Umgehungsstraße fuhr, und den Fahrer bitten, an der Parkbucht zu halten, die der Dorfstraße am nächsten lag. Von dort waren es noch etwa anderthalb Kilometer bis zur Dorfmitte, die wir im Stockdunkeln zurücklegen mussten. Etwa auf der Hälfte des Weges verlor unser Handy den Empfang, und weil wir es als Taschenlampe verwendeten, war noch dazu der Akku bald leer.

Kaum war die Taschenlampe aus, irrte Emily kreuz und quer über die Fahrbahn, klammerte sich entweder an mich oder blieb stocksteif stehen, herrschte mich an, ich solle herkommen, wo ich denn sei? Dabei war ich direkt neben ihr. Ich verstand nicht, wo das Problem lag. Solange man immer einen Fuß auf dem Asphalt hatte, hörte und spürte man doch, wo die Straße endete. Und da, wo die Hecken nicht so hoch waren, sah man im Mondlicht genug, um sich an dem leichten Widerschein auf der Oberfläche der Straße zu orientieren. Selbst auf den dunkelsten Abschnitten spürte man die leichte Wölbung und konnte sich mittig darauf halten. Erst dort mit Emily auf der Duckington Lane erkannte ich, dass die Fähigkeit, im Dunkeln sicher eine unbeleuchtete Straße entlangzugehen, eine Lebenskompetenz war. Ich hatte das immer für selbstverständlich gehalten.

Zum ersten Mal in unserer Beziehung hatte ich die Oberhand. Wir befanden uns auf meinem Territorium, wo ich die gruseligen Geschichten kannte, und nur ich wusste, welche davon ich erfunden hatte. Und ich wusste auch, wie ich es anstellen konnte, reglos und schweigend neben ihr auf der Straße zu stehen, sodass sie keine Ahnung mehr hatte, wo ich war.

Den Großteil des Wegs erbarmte ich mich aber, nahm sie an der Hand und redete ruhig und freundlich auf sie ein. Als wir an der alten Mühle vorbeikamen, konnte ich dann aber doch nicht widerstehen und erzählte ihr, dass hier die junge Frau ertrunken sei, die mit dem am Ufer festgesteckten Hut, obwohl ich gar nicht genau wusste, an welchem der Wasserlöcher das passiert war. Sie drängte sich dichter an mich, und ihre spitzen, kleinen Finger gruben sich in meinen Arm und kratzten mich durch die löchrigen Maschen meines Pullovers.

Im Dorf gibt es eine Straßenlaterne, gleich neben der alten Telefonzelle, aber sie funktioniert nicht mehr. Dafür war im Pub Festbeleuchtung, und der Anblick der hellen Fenster munterte Emily derart auf, dass sie fast in Laufschritt verfiel. Kaum hatten wir aber die schwere Tür aufgeschoben und die Kneipe betreten, merkte ich schon, dass es ein Fehler gewesen war.

Emily wollte nicht einsehen, dass es klare Regeln dafür gab, wer an welcher Seite des Tresens zu stehen hatte, wo die Männer sein durften und wo die Frauen. Sie ging schnurstracks auf die Männerseite und fragte, ob ihr jemand ein Ladekabel leihen könne. Ich sah mir an, wie die Männer ihr Platz machten, ihre matschverklebten spitzen Samtschuhe beäugten und sich dann ohne Antwort wegdrehten.

Emily begriff offenbar nicht, was das bedeutete. Sie war hier drinnen ebenso verloren wie auf dem Weg über die unbeleuchtete Landstraße. Sie wiederholte die Frage noch einmal, lauter jetzt, und schwenkte wie als Beleg ihr totes Telefon. Die Männer wichen vor ihr zurück, verständigten sich mit einem Nicken, schlurften dann geschlossen zur Dartscheibe hinüber und ließen sie allein an der Theke stehen.

Emily hievte sich auf einen Barhocker, um sich über den Tresen beugen und die Bedienung heranwinken zu können.

Ich kannte die junge Frau hinter der Theke noch aus der Grundschule, eine von drei Schwestern, die alle sehr sportlich gewesen waren, auch wenn ich nicht sagen konnte, welche von ihnen es war. Vermutlich die mittlere. Stephanie. Sie waren alle über eins achtzig groß und hatten lange blonde Haare. Ihr Blick wanderte von mir zu Emily und wieder zurück zu mir, dann bedachte sie mich mit einem kaum wahrnehmbaren Nicken, um mir zu zeigen, dass auch sie wusste, wer ich war.

Ich blieb auf der korrekten Seite der Theke, der Frauenseite, stehen und winkte Emily herüber. Sie starrte mich nur an und sagte sehr laut: »Komm doch hier rüber, du Schwachkopf, hier sind jede Menge Plätze frei.« Ich konnte ihr ja schlecht erklären, dass die Plätze deswegen frei waren, weil die Männer, denen sie gehörten, nicht neben ihr stehen wollten und darauf warteten, dass sie jemand wegschickte. Sie wedelte weiter mit ihrem Telefon und rief nach der Bedienung, also ging ich zu ihr und bat sie, mit mir auf die andere Thekenseite zu kommen.

»Wieso? Was ist denn falsch an diesen Plätzen? Das ist ja wie in diesem Film, *American Werewolf in London*, wo sie in diesen Dorf-Pub gehen, der irgendwas mit totem Schaf heißt, *Dead Sheep* oder so. Nein, *Slaughtered Sheep*.« Vermutlich-Stephanie stand jetzt neben uns.

»*Slaughtered Lamb* meinst du«, sagte sie, die Hände in die Hüften gestemmt. Dann griff sie sich das Telefon und stöpselte es hinter dem Tresen ein.

Emily sagte: »Ich kriege einen doppelten Wodka Orange. Und zwei Päckchen gesalzene Erdnüsse.« Vermutlich-Stephanie legte zwei Tütchen Nüsse auf die Theke.

»Eins sechzig. Die da kenn ich, die ist höchstens sechzehn. Und du siehst auch nicht viel älter aus.«

Emily kniff die Augen zusammen und erwog, ihren üblichen Aufstand zu machen, sie sei schon fast NEUNZEHN, bitte schön, und Diskriminierung aufgrund von Körpergröße sei SEHR REAL, entschied sich dann aber dagegen und bezahlte schweigend die Erdnüsse. Sie musste regelrecht vom Barhocker springen, weil sie so klein war, und währenddessen schaute Vermutlich-Stephanie kopfschüttelnd auf mich herunter. Das mit dem Wodka störte uns nicht weiter, wir hatten ja noch die halbe Flasche Whisky im Rucksack, die steckten wir uns jetzt abwechselnd unter den Pullover und tranken kleine Schlucke daraus. Wir glaubten, es falle gar nicht auf, aber dann holte Vermutlich-Stephanie den Geschäftsführer aus dem Nebenraum, und so böse, wie der uns anfunkelte, konnte es nicht allzu unauffällig gewesen sein.

In einem Dorf ist man nie einfach nur man selbst, sondern immer die Tochter von XY. Das ist umso schwieriger, wenn die eigene Mutter dafür berühmt ist, einfach abgehauen zu sein, und man aus einem verfallenen Haus stammt. Ich sah, wie die Männer an der Dartscheibe immer wieder zu mir herüberschauten, debattierten, sich vergewisserten, ob ich es wirklich war, na, ihr wisst schon, diese schlimme Geschichte drüben am Kap. Kap, so nannten die Leute hier die Kurve kurz vor dem Tor zu unserer Stichstraße.

Ich teilte jede Erdnuss sorgfältig in zwei Hälften, lutschte das Salz ab, spuckte sie dann wieder aus und reihte sie nebeneinander auf der Tischplatte auf. Emily hatte keine Ahnung von Dörfern. In wenigen Minuten würden hier alle wissen, dass ich im Pub gewesen war, mit abrasierten Haaren und einem merkwürdigen Mädchen im Schlepptau, das Regenbogenhaare auf dem halben Kopf und jede Menge Metall im Gesicht hatte. Auch der Cannabisgeruch, der uns in den Kleidern hing, war garantiert längst Thema.

Vermutlich tuschelten bereits die Ersten, wir seien ja immer schon ein komischer Haufen gewesen, das sind doch die, ihr wisst schon, die Richards-Töchter haben immer auf die Kinder aufgepasst, nachdem, na, ihr wisst schon. Der Kleine muss jetzt auch schon wie alt sein? Sieben? Sind dann ja weggezogen. Wer will's ihnen verdenken. Nach allem, was da passiert ist. Aber mit dem Mädchen ist wohl was richtig schiefgelaufen. Diese Haare!

Vom Pub aus waren es noch gut achthundert Meter bis zum Haus, ohne jede Lichtquelle. Die Straße führte im rechten Winkel um die Felder. An einer Seite, kurz vor unserer Stichstraße, stand eine riesige Scheune und schluckte alles Licht vom Himmel. Ich hatte mich immer daran gefreut. Man hörte die heimeligen Laute, roch die Rinder auf der anderen Seite der Holzwand. Dieser Duft nach feuchtem Heu, Gärfutter und Kuhatem signalisierte mir, dass ich nur noch ein Feld von unserem Haus entfernt war. Meistens war die Straße hier leicht grün-glitschig, aber auch das fand ich nie unangenehm.

Jetzt, wo wir fast da waren, freute ich mich darauf, Emily unser Haus zu zeigen. Morgen früh würde sie den ummauerten Garten sehen, die Obstbäume und den Hof mit dem Kopfsteinpflaster. Vielleicht würde sie ja auch schon im Dunkeln die leisen Geräusche bestaunen, die schönen Fenster mit den Holzläden, den Duft nach altem Holz wahrnehmen und etwas, das an Zimt erinnerte, den Duft von Zuhause. Ich würde Feuer machen. Es wäre romantisch. Sie sagte es zwar nie, aber sie musste mich doch bestimmt lieben? Wie sollte sie dann nicht auch mein Haus lieben?

Sie hielt meinen Arm so fest umklammert, dass sich ihre Fingernägel tief in den Ellbogen gruben. Inzwischen kreischte sie nicht mehr wegen jeder Kleinigkeit und ließ stattdessen einen nicht endenwollenden Strom wimmernder Klagelaute hören. Als sie mit ihren teuren Samtsohlen über den grünlichen Schleim schlitterte, schrie sie auf: »Was ist das für ein abscheulicher Gestank?«

»Die Kühe, du Trottel! So riechen Kühe.«

»Was müssen die denn so eklig sein? Ich hab was an den Schuhen!« Ich ging ein Stück auf Abstand zu ihr. Ich fühlte mich stellvertretend für die Kühe gekränkt. Und für die Straße. Und für mein Zuhause. Aber ich konnte sie ja nicht einfach allein dort im Dunkeln lassen. Ich musste ihr wieder die Hand hinstrecken und sie an der Scheune vorbeiführen, bis zum Hoftor und um die Kurve zwischen den Hecken hindurch, wo unsere Stichstraße begann.

»Wir sind da. Du kannst jetzt aufhören rumzuschreien.«

»Wo? Wo sind wir? Ich seh nichts. Und dieses Zeug klebt mir immer noch an den Schuhen!«

»Um diese Jahreszeit ist es halt glitschig hier. Wenn die Kühe nicht nach draußen kommen.«

»Ist mir egal! Du bringst mich jetzt auf der Stelle zurück nach Hause. Ich halte das keine Sekunde mehr aus, diesen Gestank und diesen Scheiß und diesen, diesen SCHEISS!«

»Aber wir sind praktisch schon da. Und vor morgen früh kriegen wir eh keinen Bus mehr. Es ist alles gut.«

»Ich geh nicht in dein blödes Spukhaus!«

»Da spukt es doch gar nicht. Also, nicht in echt. Es ist bloß kalt da.«

Emily weinte jetzt richtig. »Aber du hast doch … du hast doch gesagt …«

Ich steuerte sie an den Schultern um die Kurve, zwischen den Hecken hindurch auf unsere Stichstraße. Der Weg war schmal, von hohen Hecken gesäumt und mit tiefen Furchen rechts und links, und selbst in mondhellen Nächten gab es

Stellen, an die gar kein Licht fiel. Jetzt hatte sich schon lange niemand mehr darum gekümmert, ein paar Hecken waren unter ihrem eigenen Gewicht zusammengebrochen und nahmen den halben Weg ein, und anderswo streckten die Brombeeren lange Ranken aus, die sich in unseren Haaren verfingen, unsere Gesichter streiften und uns unverhofft trafen.

Auch der Untergrund war hier noch schlechter, der Matsch tiefer. Der Kies war längst weggeschwemmt, das Gras wuchs wieder in den Pfad hinein. Ich weiß gar nicht, was es war, aber etwas an der Stichstraße, am Licht, das den Matsch beschien, oder am unwegsamen Untergrund rief mir die Jahreszeit in Erinnerung. Vielleicht war es das Mondlicht, das durch einen Spalt in der Hecke fiel. Oder die Kälte. Oder der Geruch dieses Wegs im Winter, dieses ganz bestimmte Aroma von kaltem Matsch. Irgendetwas jedenfalls ließ mich wie angewurzelt stehen bleiben, meinen leeren Magen zu Eis gefrieren. Ich machte einen Schritt von ihr weg.

»Emily! Der Wievielte ist heute?« Sie rührte sich nicht. »Welches Datum? Es ist doch Februar, oder? Aber der Wievielte?«

Sie löste die knochigen Arme von mir und schlang sie um ihren zierlichen Körper, und mit einem Mal erkannte ich, wie tief ihre Feindseligkeit reichte, wie echt die Gefahr war, die von ihr ausging. Wie hatte ich sie bisher bloß so unterschätzen können? Sie hatte mich genau heute hierhergelockt, an diesem Jahrestag, weil sie wusste, dass Edward kommen und mich hier suchen würde. Seit ich nicht mehr zur Schule ging, hatte ich nie das aktuelle Datum im Kopf. Ich hatte jedes Zeitgefühl verloren. Im Unterschied zu Emily.

13

Mit den Toten reden

Have you got a sister?
The beggarman kissed her.

Have you got a brother?
He's made of India rubber.

Have you got a baby?
He's made of bread and gravy

Da bekam ich es mit der Angst. Angst davor, wie sehr Edward sich aufregen würde. Angst vor dem, was wir da angefangen hatten. Ich überlegte, zum Pub zurückzugehen und zu Hause anzurufen, aber bis ich dort wäre, hätten sie sicher längst geschlossen. Und was sollte ich solange mit Emily machen? Ich konnte sie ja schlecht hier stehen lassen, mitten auf der Stichstraße. Der Akku ihres Telefons war schon wieder fast leer. Das Haus war so nah. Ich hatte kalte, nasse Füße, also ging ich einfach weiter und hielt Emily ganz fest, damit sie nicht herumschrie oder in der Hecke landete. Ich schob das hintere Gartentor auf, zog sie über die glitschigen Pflastersteine, wuchtete die regenverzogene Hintertür auf und atmete tief den Geruch nach Zuhause ein: Zimt, Brot, Schafwolle, frischer Sand.

Ich drückte den Lichtschalter. Nichts. Kein Wunder. Eigentlich hatte ich auch nicht damit gerechnet, dass Edward Strom für ein leer stehendes Haus zahlen würde. Aber das hieß auch, dass Emily ihr Telefon nicht aufladen konnte. Und das wiederum hieß, dass wir vor morgen früh nicht zu Hause anrufen und hier wegkommen würden. Ich zündete unsere mitgebrachte Kerze an und kramte in ihrem Licht ein großes Einmachglas und das Körbchen mit Teelichtern und Tellern unter der Spüle hervor, das wir dort immer stehen hatten. Dann ließ ich Wachs auf den Boden des Glases tropfen und befestigte damit Emilys Kerze.

»Woher kannst du so was?«, fragte Emily. Ich zuckte mit den Schultern. Konnten das nicht alle? Was machte man denn sonst, wenn mal der Strom ausfiel?

Jetzt hatten wir zumindest Licht. Ich führte Emily ins Wohnzimmer, aber sie wimmerte immer noch, krallte sich in meinen Ärmel, zuckte jedes Mal zusammen, wenn wir mit den Füßen irgendwo entlangschrammten, und rief etwas: »War das eine Maus?«, »Wo ist denn diese Kellertür?« oder »Warum ist es eigentlich so kalt hier drinnen?« Zumindest das konnte ich leicht beantworten.

»Weil die Heizung nicht geht. Wir machen gleich Feuer.«

»Wie denn? Wie macht man Feuer?«

»Wie kannst du bloß nicht wissen, wie man Feuer macht?«

Sie starrte mich an, die Augen riesig hinter den Brillengläsern, in denen sich die flackernde Kerzenflamme spiegelte wie ein billiger Special-Effect. Ich hatte kein Mitgefühl. Sie hatte mich als Köder hierhergelockt. Mir war schleierhaft, wofür sie Edward bestrafen wollte, aber unsere ganze Beziehung kam mir jetzt vor wie eine Farce, wie eine ausgeklügelte Falle. Sie hatte mich nie um meiner selbst willen gewollt. Sie wollte mich, um meinen Vater zu quälen. Ich verstand das alles nicht, aber nachdem es ihr nun schon gelungen war, mich herzuschaffen, würde ich ihr diese Nacht im Spukhaus keinesfalls leicht machen.

Ich stellte die Kerze vor den Kamin, um nachzusehen, ob genug Scheite vorhanden waren, um damit Feuer zu machen. Wenn ich ein ordentliches Feuer entfachen konnte, wäre es auch gleich heller im Zimmer. Wir hatten die Fensterläden nicht geöffnet, es war hier drinnen also noch dunkler als die Nacht da draußen. Brauchbare Holzscheite gab es nicht mehr viele, aber der zerzauste Weidenkorb, in dem sie gestapelt waren, eignete sich gut zum Nachlegen, sofern ich genügend trockenes Papier zum Anfeuern fand. In dem Regal neben dem Kamin standen ein paar ausgemusterte Bilderbücher, so bekritzelt, dass wir sie gar nicht erst eingepackt hatten, die Überreste eines Puzzles in einer kaputten Pappschachtel und ein paar hölzerne Bauklötze, von denen die Bildchen abgeblättert waren. Ich riss die Seiten aus *Wohin fliegst du, Peter Bär?* und zwirbelte sie zu Anzündern zusammen.

Emily hampelte die ganze Zeit neben mir herum, wich mir nicht von der Seite. Ich gab ihr ein paar Buchseiten zum Verzwirbeln, aber sie legte sie einfach platt in den Kamin. Also übernahm ich das, dann zündete ich ein Stück Weidenkorb an und suchte im Licht nach weiteren Dingen, die wir verfeuern konnten. Ein paar rissige Holzkochlöffel. Diverse Kinderpinsel. Ein Tablett. Einen Stapel leerer Bilderrahmen aus Holz.

Als das Feuer an Kraft gewann, entfernte sich Emily ein Stück vom Kamin, auf der Suche nach einer Sitzgelegenheit. Sie raffte ein paar schwere Abdecktücher und eine eklige alte Wolldecke zusammen, die wir immer verwendet hatten, wenn Hunde zu Besuch waren, und baute sich daraus dicht am Feuer eine Art Nest.

Ich ließ sie dort zurück und ging nach oben, um Bettzeug zu suchen. Alles fühlte sich leicht feucht an, war aber meistens nur klamm von der Kälte. Ich fand einen Schlafsack und ein paar Decken. Das musste reichen. Emily stapelte alles um sich auf. Sie sah sehr klein und sehr jung aus, wie sie da mitten in ihrem Nest hockte, die Knie fast bis zu den Ohren gezogen, und mit großen Augen ins Zimmer starrte, als rechnete sie jederzeit damit, dass sich irgendetwas auf sie stürzte. Bevor ich nach oben zurückkehrte, um zu sehen, was ich sonst noch finden würde, konnte ich der Versuchung nicht widerstehen und sagte: »Du hast ja hoffentlich keine Angst vor Mäusen?« Dann lief ich ein bisschen auf dem Treppenabsatz herum und ließ ihn knarren, einfach so zum Spaß. Es kam nicht oft vor, dass ich die Oberhand hatte.

Als ich wieder nach unten kam, hatte Emily ihre Spielkarten im Kreis vor dem Feuer ausgelegt, mehr oder weniger entlang der Grenze, bis zu der man noch Wärme abbekam. Die Kerze im Glas stellte sie vorsichtig in die Mitte, dann las sie die Worte vor, die auf ihrem kleinen Stück Pappe standen. Ich weiß nicht, was sie sich erwartete. Irgendwas Dramatisches. Mein Magen knurrte. Emily verzog angewidert das Gesicht.

»Hast du noch so ein Einmachdings oder ein Trinkglas? Man soll nämlich den Finger auf den Rand eines Glases legen.«

»Wir brauchen auch Gläser, um den Scheiß-Whisky zu teilen.« Ich nahm die Kerze, marschierte in die Küche, schaute noch einmal unter die Spüle und brachte einen Plastikbecher mit einem Bild von Thomas, der kleinen Lokomotive zum Vorschein sowie ein leeres Erdnussbutterglas, in dem eine tote Spinne lag. Ich verteilte den letzten Rest Whisky auf die beiden Gefäße, möglichst weit weg von der Kerze, damit Emily nicht sah, dass sie eine tote Spinne trank. Nachdem ich den Thomas-Becher geleert hatte, stellte ich ihn umgedreht mitten in den Kreis, als eine Art Mutprobe. Ich rechnete nicht damit, dass etwas passieren würde. Unterdessen erschrak Emily jedes Mal zu Tode, wenn draußen ein Ast an die Hintertür schlug. Rund um die Hintertür gab es eine Menge Äste.

Emily drehte auf dem Boden einen Joint, aber weil er zu feucht geriet, fing sie noch mal von vorn an, diesmal auf ihrem Rucksack. Ich streckte die Hand aus, weil ich auch daran ziehen wollte, aber sie schaute einfach an mir vorbei und rauchte entschlossen weiter, stieß jeden Atemzug in einem regelrecht aggressiven Rhythmus aus. Ich streifte meine nassen Socken ab und hängte sie zum Trocknen über einen der kaputten Bilderrahmen vor dem Kamin. Ich genoss es, sie auszuwringen und lang zu ziehen, genoss das Grausen, mit dem Emily ihre eigenen Füße nur noch weiter unter die Decke zog.

Als sie mit ihrem Joint fertig war, lehnte sie das bemalte Stück Pappe an ihren Rucksack, legte die Finger auf den Thomas-Becher und schloss die Augen. Keine Ahnung, was da auf der Pappkarte stand, ob es überhaupt eine echte Sprache war oder nur irgendwelches erfundenes Zeug, das ihr jemand, der sie für blöd genug hielt, angedreht hatte, aber teilweise klang es fast wie mein Name. Wahrscheinlich waren es Variationen von »Om«. So oder so gefiel es mir kein bisschen.

Ich griff nach ihrem Erdnussbutterglas mit dem Whisky darin, um ihn, Spinne hin oder her, als Rache für den vorenthaltenen Joint auszutrinken, ich hatte es gar nicht besonders fest gegriffen, geschweige denn zerbrechen wollen, trotzdem zersplitterte es theatralisch in meiner Hand, die Scherben flogen kreuz und quer, weit über den erleuchteten Bereich rund um das Feuer hinaus in den dunklen Raum, ich spürte, dass meine Handfläche nass war und brannte, und dachte mir noch, das ist Blut, da hörten wir es oben krachen.

Wann immer ich jemandem davon erzähle, sagt die betreffende Person, na, wahrscheinlich hast du das Glas unbewusst zerbrochen, weil du sauer warst, oder du bist durch das Krachen so erschrocken, dass du es zerdrückt hast, vielleicht war es auch schon kaputt, und du hast es im Dunkeln nur nicht bemerkt. Ich kann nur sagen, ich erinnere mich anders daran. Ich erinnere mich an die Beschwörung, an Glasscherben, die nach allen Seiten flogen, an eine Mischung aus Blut und Whisky an meiner Handfläche, dann kam das Krachen und dann Emilys Schrei.

Irgendwie ging mitten in alldem die Kerze aus. Wahrscheinlich habe ich sie umgestoßen, als ich aufsprang. Ich rannte zur Treppe, hin zu dem Lärm, dann noch einmal zurück, um die Kerze wieder anzuzünden, und merkte, dass meine nackten Füße genauso nass waren wie meine Hand. Weiteres Blut. Was immer da oben herumlärmte, war noch da, stieß Gegenstände um oder knallte dagegen. Ich glaubte nicht eine Sekunde lang, dass es ein Gespenst war. Dafür klang es viel zu schwer und echt und unberechenbar. Aber es befand sich in meinem Haus, und ich wollte doch wissen, was es war.

Oben auf dem Treppenabsatz saß ein großer schwarzer Vogel. Es muss wohl eine Krähe gewesen sein. Sie zog einen Flügel nach, hob immer wieder halb ab, landete schwankend und warf sich dann ungelenk gegen das hohe Fenster am Ende des Treppenabsatzes. Das Krachen kam von der Tür zum hintersten Schlafzimmer, die in dem hindurchrauschenden kalten Luftzug immer wieder zuschlug.

Der Vogel musste wohl dort im Zimmer gewesen sein. Vielleicht war die Tür ja aufgesprungen, als wir unten die Haustür geöffnet hatten, jedenfalls war der Vogel jetzt auf dem Treppenabsatz, die dauerknallende Tür machte ihm eine Heidenangst, und er fand nicht mehr nach draußen. Womöglich saß er schon tagelang halb verhungert in dem Zimmer fest, und wir hatten ihn aufgestört.

Ich rannte an ihm vorbei zum Fenster und schob die untere Scheibe in der Halterung nach oben. Ich wusste noch, dass an diesem Fenster irgendeine Besonderheit war, weil ich es, aus welchem Grund auch immer, nie allein öffnen und schließen durfte. Irgendwas mit einem Stock. Aber mir fehlte die Zeit, im Dunkeln auf dem Boden nach einem Stock zu tasten, darum schob ich das Fenster so hoch, wie ich nur konnte, und trat zurück. Es krachte schief herunter, die Scheibe splitterte. Stimmt, das war's. Man musste dieses Fenster mit einem Stock stützen, weil auf der einen Seite das Scharnier kaputt war. Zu spät. Wie sollte der Vogel jetzt nach draußen kommen?

Die Tür, die da ständig auf- und zuschwang, führte ins Schlafzimmer meiner Eltern, und jetzt, da der Wind auch noch durch das Fenster auf dem Treppenabsatz hereinkam, knallte sie nur umso lauter. Ich rannte dem Vogel nach, scheuchte ihn kreuz und quer durch den Flur, versuchte, ihn wieder zurück ins Schlafzimmer zu kriegen. Darauf war er offensichtlich nicht erpicht, und ich konnte es verstehen. Ich betrat dieses Zimmer nur ungern, seit meine Mutter fort war. Das ging uns allen so. Edward war sofort in Joes Zimmer gezogen, um sich nachts besser um ihn kümmern zu können, wie er sagte, und dabei war es geblieben.

Irgendwer musste wohl dort hineingegangen sein, ihren Schrank und die Kommode geleert, die Bücher vom Nachttisch geräumt, die Bettwäsche gewaschen und gefaltet in den Trockenschrank gelegt haben, von uns allerdings war es niemand gewesen. Wahrscheinlich Mrs. Wynne. Ich habe nichts davon mitbekommen. Es muss passiert sein, während ich in der Schule war. Ich erinnere mich, das Zimmer ausgeräumt und leer gesehen zu haben, mit heruntergelassenen Jalousien, an den Wänden die Abdrücke, wo früher Bilder gehangen hatten, eine schlichte Bettdecke auf der nackten Matratze, aber ich könnte nicht sagen, wann das gewesen ist. Vielleicht erst Jahre danach.

Jetzt aber musste ich hinein, die Tür hinter mir zumachen, das Fenster aufschieben und sanft und geduldig den Vogel nach draußen scheuchen, der schließlich mit einem Flügel unsicher auf den Birnbaum vor dem Fenster flatterte. Mir war klar, dass ich blutige Fußspuren hinterließ, mit der Handfläche Blut an Fenster, Tür und Wände schmierte. Nachdem der traurige Vogel halb hüpfend, halb fliegend zum Fenster hinaus verschwunden war, zog ich die Läden vor, tauchte mich selbst in völlige Dunkelheit und schob mich mit blutigen Fingertapsern an den Wänden entlang, durch Blut und Federn, Ruß und Staub hindurch zur Tür.

Emily wartete auf dem Treppenabsatz, sie saß über die Kerze im Einmachglas gebeugt und bibberte unter der dicksten Decke, die ich gefunden hatte.

»Ist er weg?«

»Ja.«

»Hier ist es eiskalt, weil du das große Fenster kaputt gemacht hast.«

»Wegen dem Scharnier. Es ist hinüber. Man muss es mit einem Stock fixieren. Das hatte ich vergessen.«

»Was redest du denn da? Was für ein Scheiß-Scharnier? Du bist so was von komisch! Und was hast du da überhaupt an den Füßen?«

»Blut. Von den Glasscherben.«

»Ich hab dir doch gesagt, sie sind noch hier.«

»Wer, sie?«

»Ist er in dem Zimmer da gestorben?«

Er? Wen meinte sie denn bloß?

»Mein Großonkel Matthew? Der meinem Vater das Haus geschenkt hat? Der ist im Pflegeheim gestorben.«

»Nein, nicht der. Dein Bruder. Der gestorben ist.«

Was redete sie da? Mein Bruder war gesund und munter, im neuen Haus in den West Midlands.

»Also, ein Familienmitglied verlieren ist ja schon schlimm genug. Aber gleich zwei am selben Ort? Glaubst du echt, das ist Zufall?«

Ich starrte sie an. Ihr Gesicht wirkte im Kerzenschein wie gemeißelt, wächsern und ungesund.

»Glaubst du, sie war das?«

»Was?«

»Deine Mutter! Ich habe sie mit der Beschwörung hergerufen. Ich wollte von ihr wissen, wo er sie versteckt hat. Dann kam dieser Vogel reingeflogen. Glaubst du, sie ist da im Schlafzimmer?«

»Das war nur ein Vogel. Die verirren sich manchmal. Er war vielleicht schon tagelang da drin und hat einen Weg nach draußen gesucht.«

»Vielleicht war es auch dein Bruder.«

»Unwahrscheinlich. Vor allem, weil er gerade in der Nähe von Wolverhampton im Bett liegt. Und als ich ihn zuletzt gesehen habe, war er ein dürrer kleiner blonder Junge und keine verdammte riesengroße Krähe.«

»Nicht der Bruder. Der tote. Den hab ich nämlich auch hergerufen.«

»Dann hör jetzt gefälligst mal auf, alles Mögliche herzurufen! Vor allem nichts, was uns die Scheiben zerdeppert und auf den Boden kackt. Oder ruf zur Abwechselung mal was Sinnvolles her. Den Pizzaservice zum Beispiel. Oder jemanden, der uns eine heiße Schokolade bringt. Und hör endlich auf, mir was von meinem toten Bruder zu erzählen. Das ist nicht witzig. Halt Joe da raus.«

»Ich sag doch. Nicht Joe. Der andere.«

»Ich habe keinen anderen.«

»Klar, jetzt nicht mehr, weil er eben tot ist.«

»Was redest du denn da für einen Scheiß?« Ich stürmte die Treppe hinunter, meine nasse Hand glitschte über das Geländer, die Glasscherben piecksten heftig an meinen Fußsohlen. Aber ich spürte keinen Schmerz. Ich brannte vor Zorn und Empörung, darunter aber saß, heißer noch, die Angst. Ich erkannte sie und wies sie im selben Moment von mir. Auch das war mir wohlvertraut: wie sich das Wissen und das Nicht-wissen-Wollen im Bruchteil einer Sekunde überlappten und wie viel Mühe das kostete, wie ein doppelt langer Atemzug, ein Stolperschlag des Herzens.

Unten hielt Emily wieder den warmen Platz in ihrem Nest am Feuer besetzt, und ich ging an der Grenzlinie entlang, zertrat Glas unter den Fußsohlen und griff mir immer absonderlichere Dinge, die ich im Kamin verfeuern konnte. Ich zitterte ununterbrochen. Ich nahm einen der zurückgelassenen durchgesessenen Esszimmerstühle und schlug ihn wiederholt gegen die Steinumrandung des Kamins, so fest, wie ich nur konnte. Emily kauerte sich noch tiefer in ihre Decken und schlang schützend die Arme um den Kopf.

Als die Stuhlbeine locker waren, stopfte ich sie ins Feuer, ließ sie bis weit über den Kaminvorleger hinausragen. Dann den Rest. Ein paar Minuten lang flackerten die Flammen um den Flechtsitz des Stuhls herum, dann erstarben sie wieder. Ich trank den letzten Whisky aus der Flasche.

»Also dann«, sagte ich, »aber schnell, bevor ich hier vor Kälte oder Hunger sterbe. Was hast du da eben gemeint?«

Und sie erzählte es mir. Die Geschichte, die mir meine Eltern vorenthalten hatten. Wie sie in dem Jahr, als sie hierher ins Haus gezogen waren, einen kleinen Jungen bekommen hatten, geboren in dem großen Zimmer ganz hinten am Treppenabsatz. Wie er nicht einmal geatmet hatte. Sie begruben ihn bei der leer stehenden alten Kapelle am Uferweg. Und später bekamen sie mich. Das war die ganze Geschichte. Emily wusste das alles von ihrer Mutter. Dass Edward eine ehemalige Studentin geheiratet hatte und mit ihr in ein altes Haus auf dem Land gezogen war, wo sie dann ihr Baby verloren hatten.

Mein erster Impuls war, es zu leugnen. Sie anzubrüllen: »Lügnerin!«

Das tat ich auch. Ich brüllte. Ziemlich lange sogar. Eine ganze Zeit lang wollte mir kein besseres Wort als Lügnerin einfallen, und so machte ich damit weiter, auch als ich bereits spürte, wie meine Welt sich um mich herum zu einer neuen, entsetzlichen Version ordnete.

In diesem Moment hasste ich Emily. Weil sie es gewusst hatte. Weil sie es war, die es mir erzählt hatte. Weil ich mich, noch während ich »Lügnerin! Ich hasse dich! Lügnerin!« brüllte, daran erinnerte, wie meine Mutter mir immer dieses eine Lied vorsang, *»Green gravel, green gravel, your grass is so green«*. Und weil ich jetzt wusste, für wen sie es gesungen hatte. Ein Grablied für ein Neugeborenes, mit frischer Milch gewaschen und in Seide gehüllt, sein Name ein Geheimnis, das niemand je wieder laut aussprechen würde, niedergeschrieben mit goldener Tinte und mit ihm in der Grünen Kapelle begraben, zu der wir regelmäßig gingen, um dort eine Kerze anzuzünden. Jeden Winter. Irgendwann nach Weihnachten.

Ich erinnerte mich, wie wir den ganzen Weg am Fluss entlang das eine Lied sangen:

I'll wash you in new milk
and wrap you in silk,
And write down your name
in a gold pen and ink.

Das Lied war eindeutig. Mein ganzes Leben lang wusste ich schon, wenn ich meine Mutter einmal wieder treffen und keine von uns noch zu erkennen sein sollte, dann musste ich nur dieses eine Lied singen, um ihr zu zeigen, dass ich es war. Es war das Lied, das es an einem ganz bestimmten Tag in der Grünen Kapelle zu singen galt, um die Toten zu besänftigen.

In der Grünen Kapelle. Unweit der Brücke, die im Winter überschwemmt wurde. Wo sie ins Wasser gegangen war. Wo man ihre Fußabdrücke gefunden hatte. Unverkennbar, denn sie hatte ja weder ihre Gummistiefel noch ihre guten Schuhe getragen, und was immer sie an den Füßen hatte, als sie aufbrach, musste sie unterwegs verloren haben, und da waren die Abdrücke, die Zehen im Schlamm klar zu erkennen, zumindest als die Polizei beim ersten Mal dort war und Fotos machte, aber als sie wiederkamen, hatten die Kühe am Fluss die schlammige Uferböschung mit ihren Hufen zertrampelt, und nichts war mehr übrig.

Und als die Fotos dann geprüft wurden, waren sie nicht besonders deutlich, und die Beweisaufnahme war zudem nachlässig erfolgt, weil alle davon ausgingen, dass die richtigen Leute am nächsten Tag noch einmal mit der richtigen Kameraausrüstung zurückkehren und ordentliche Bilder machen würden. So wurden ihre Fußabdrücke als Beweis schließlich nicht zugelassen. Offiziell gibt es also keine Aufzeichnungen darüber, wo sie womöglich ins Wasser gegangen ist und was sie dabei an den Füßen trug.

Jetzt aber brüllte ich: »Lügnerin! Lügnerin! Ich hasse dich!«, und Emily verkroch sich tiefer in ihr Nest aus Decken, sie hatte die Schultern hochgezogen wie spitze Flügel, um den Angriff abzuwehren, und mit jedem Wort, das ich brüllte, spürte ich deutlicher, dass sie im Recht war und ich im Unrecht. Und mir war klar, es musste einen Grund geben, dass Emilys Mutter davon wusste, einen Grund, der mit Edward zusammenhing.

Ich spürte einen Anflug von etwas Wohlbekanntem, etwas, das uns daran hindert zu erkennen, was klar vor uns liegt: Scham. Ich erkannte den schamerfüllten Zorn, der aus dem Wissen entsteht, dass man selbst zutiefst und unwiderruflich falsch liegt. Also brüllte ich weiter und zerschmiss Gegenstände, so lange ich nur konnte, denn ich wusste ja, wenn es wieder still wurde, würde ich mich in einer schlimmeren Welt wiederfinden als der, die ich bisher bewohnt hatte.

Vielleicht hätte ich noch die ganze Nacht weitergebrüllt, aber ich hatte das Dorf unterschätzt. Das gemeinschaftliche Gedächtnis des Dorfs. Die Gespräche am Tresen, nachdem wir gegangen waren. Hatte das Datum auf dem Kalender an der Wand nicht im Blick. Nicht vorhergesehen, wie das Gespräch immer weiter kreiste und schließlich damit endete, dass der Inhaber Lindseys Eltern anrief. Die Nummer kannten alle im Dorf auswendig, weil Lindseys Eltern das örtliche Taxi stellten, und sie hatten Edwards Nummer, und Edward rief Emilys Eltern an, die dann die Polizei verständigten.

Aber die Polizei hatte natürlich anderes zu tun, als umgehend zu dem verlassenen Haus zu fahren und nachzusehen, ob dort zwei seltsam gekleidete Teenager Dope rauchten oder sonst etwas trieben, was sie besser lassen sollten, und Emilys Eltern wohnten unweit der Autobahn und brauchten nicht erst einen Siebenjährigen zu wecken und ihn im Schlafsack in den Kindersitz zu verfrachten, sie besaßen einen dicken Jeep, der unsere Stichstraße ohne viel Federlesens bewältigte, und so trafen sie ganze vierzig Minuten vor allen anderen ein.

Emily erkannte das Geräusch des Motors, und als die Scheinwerfer hinter der letzten Biegung der Stichstraße sichtbar wurden, war sie längst aus ihrem Nest und zur Hintertür hinaus, flüchtete aus dem Spukhaus, fort von der elenden kreischenden Hexe und den schwarz geflügelten Gespenstern, direkt in die Arme ihrer Mutter. Die Schuldfrage stand nie zur Debatte. Es war mein Haus. Ich hatte sie dorthin geschleppt. Außerdem war ich offensichtlich sturzbetrunken, brüllte Beschimpfungen und blutete aus sämtlichen Gliedmaßen.

Ich glaube, ich warf Emily nicht nur Beschimpfungen, sondern auch diverse Gegenstände hinterher, als sie aus dem Haus rannte. Unter anderem ein halb verbranntes Stuhlbein, das schmauchend auf dem Kopfsteinpflaster lag, während Emilys Mutter ihr armes Töchterchen in einen warmen Mantel hüllte, sie auf den Rücksitz des Range Rovers setzte und die Heizung voll aufdrehte.

Und anschließend ging sie auf mich los. Ich erinnere mich noch, dass sie zur Vorbereitung der kompletten Verurteilung meines Charakters und meines Verhaltens die Spange am Hinterkopf löste, ihre Haare ausschüttelte und sie wieder ordentlich feststeckte. Ich wollte zurückweichen, ihr die Tür vor der Nase zuschlagen, aber die war von der Feuchtigkeit so verquollen, dass sie immer wieder aufsprang und die gesamte Verunglimpfung meiner Person von Türenknallen und meinem Geschrei durchsetzt war sowie, gegen Ende, von einem leisen Murmeln seitens des Ehemanns, der sich in ruhigerem Ton einschaltete.

Ich registrierte nichts von dem, was sie mir sagte. Aber es war eine ganze Menge. Allein das Ausmaß war eindrucksvoll. Es ging endlos weiter, woraus ich schloss, dass ich wirklich ein besonders schlechter Mensch sein musste. Noch viel schlimmer als gedacht. Dabei war das doch bei Weitem schlimm genug.

Aus irgendeinem Grund hielt ich eine leere Whisky-Flasche in der Hand, und während einer kurzen Unterbrechung der Aufzählung meiner Schandtaten schleuderte ich sie auf den Hof hinaus, wo sie auf den Steinen zerschellte, den Strom der Schmähungen aber kaum aufhielt. Das imponierte mir.

Ich glaube, sie endete ungefähr mit dem Satz: »Du kannst dein Verhalten dann ja der Polizei erklären, wenn sie eintrifft.« Darüber musste ich schallend lachen. Zu diesem Zeitpunkt erklärte ich der Polizei bereits seit gut acht Jahren regelmäßig, wie nichtswürdig ich war. Aber da sie jetzt endlich schwieg, brüllte ich: »Und Sie erklären mir jetzt, warum Edward Ihnen von seinem toten Kind erzählt hat, wo sonst kein Mensch auf Erden davon weiß, nicht mal Joe und ich. Und warum Sie es eine gute Idee fanden, es Ihrer blöden Tochter zu sagen, damit sie es mir erzählt.«

Es blieb lange still. Die Scheinwerfer zeigten zur Stichstraße hin, ich konnte weder die Miene von Emilys Mutter noch die ihres Vaters erkennen. Der Vater sagte: »Was für ein Kind?« Da wusste ich, dass es etwas zwischen Edward und Emilys Mutter sein musste. Etwas, wovon ihr Mann nichts wusste. Dann entfernten sich die beiden Schatten noch weiter vom Licht, und ich hörte Autotüren schlagen.

Ich glaubte, sie würden mich die Nacht über allein hier lassen. Ich wusste ja nicht, dass auch Edward unterwegs war, bis ich sein Auto hinter ihrem halten und sie zuparken sah. Den Motor ließ er laufen, weil Joe im Auto nur schlief, wenn der Motor an war. Dann bahnte er sich einen Weg um den anderen Wagen herum, verfing sich dabei mehrmals in vorstehenden Heckenranken und stapfte knirschend über die zerbrochene Flasche im Hof hinweg zur Tür. Er drückte mich so fest an sich, dass er mich vom Boden hob, und vielleicht bemerkte er da zum ersten Mal, wie dünn ich geworden war. Er weinte und ich ebenfalls. Beide beteuerten wir sehr oft und fast gleichzeitig, wie leid es uns tat.

»Es tut mir so leid. Mir ist erst aufgefallen, welcher Tag heute ist, als wir schon hier waren.«

»Du kannst nichts dafür. Das hat überhaupt nichts mit dir zu tun. Es ist meine Schuld.«

»Sie hat mir von dem Baby erzählt, das gestorben ist. Sie hat's mir erzählt, da waren wir schon hier.«

»Jonathan? Sie hat dir von Jonathan erzählt?«

»Heißt er so?«

»Jonathan. Ja. Aber davon weiß niemand. Ich meine, es war doch nie, woher hat sie das?«

»Du hast es mir nie erzählt.«

»Deine Mutter wollte es dir erst sagen, wenn du größer bist. Aber dann hat es sich nie ergeben. Es war nie der richtige Moment.«

»Aber alle wissen davon!«

»Nein. Nein, das stimmt so nicht. Es war nie. Also, warte mal, hast du denn gar nichts an den Füßen? Auf den Steinen da liegen irgendwelche fiesen Scherben.« Er trug mich bis zum Tor, dann musste er mich wieder absetzen. Auf dieser Stichstraße war kein Platz, um jemanden um ein parkendes Auto herumzutragen, erst recht nicht um ein so großes wie das von Emilys Eltern.

Also schob ich mich seitlich auf dem Gras daran vorbei, brachte Schlamm in meine Schnittwunden, schmierte ihnen im Vorbeigehen blutige Handabdrücke an die Fenster und setzte mich auf den Rücksitz zu Joe, der mit offenem Mund in seinem Kindersitz saß, die Luft feucht vom Schnarchen, dem voll aufgedrehten Heizgebläse und dem Geruch nach Toastrinde und Orangensaft-Trinkpäckchen. Ich löste ein Stück seiner Decke, zog sie mir über die nackten Füße und rollte mich fest auf dem freien Sitz zusammen.

Draußen hörte ich die Melodie ihrer Streitereien, aber keins ihrer Worte. Drei Erwachsenenstimmen, hin und wieder eine Autotür. Vom Whisky und vom Hunger drehte sich mir alles. Ich kniff die Augen fest zu und hielt die Sitzränder umklammert, als könnte ich den Lärm damit aussperren.

Und dann kam die Polizei. Das Licht ihrer Scheinwerfer fiel auf den Rücksitz, als sie sich näherten und hinter uns hielten, drei Wagen, einer nach dem anderen, und alle standen sie mit der Schnauze zu unserem alten Haus hin und würden später im Rückwärtsgang aus der schlammigen Straße hinaussetzen müssen.

Die Polizisten erkundigten sich, ob es mir gut ging. Ich sagte Ja, aber als sie die Autotür öffneten, sahen sie natürlich meine blutigen Hände und Füße und holten ihren Erste-Hilfe-Koffer. Und während sie meine Hände und Füße verarzteten, fiel ihnen notgedrungen auf, wie malträtiert und vernarbt, trocken, schuppig und gelblich meine Haut war und dass mir überall die Knochen vorstanden. Sie erkundigten sich nach meinem Drogenkonsum, meinen Ritz- und meinen Essgewohnheiten und schärften Edward ein, mich gleich am nächsten Morgen zum Arzt zu bringen.

Nachdem sie sich überzeugt hatten, dass sowohl Emily als auch ich in Sicherheit waren, lenkten sie ihre Streifenwagen rückwärts bis vor zur Straße, danach kamen wir und dann Emilys Eltern. Alle zusammen wühlten wir einiges an Schlamm und Kies auf, beschädigten die grasbewachsene Böschung. Zweimal würgte es uns den Motor ab, Joe wachte auf, ich musste ihn beruhigen und wieder zum Schlafen bringen und war folglich abgelenkt, als wir unser Haus ein letztes Mal hinter uns ließen.

Aber selbst wenn ich noch einmal zurückgeschaut und das Dach und die Reihe von Schornsteinen im Mondlicht gesehen hätte, wäre es vermutlich zu früh gewesen, um zu erkennen, dass die halb erloschenen Glutreste unseres Feuers sich bis zu dem Krähennest im Schornstein vorgearbeitet hatten und die Flammen die ganze Nacht durch die zerbrochenen Fensterscheiben und die halb offenen Türen genährt werden, vom Schornstein auf die Dachbalken übergreifen würden, bis das ganze obere Stockwerk von schleichendem, zielstrebigem und unaufhaltsamem Rauch erfüllt wäre, dass sie sich nach und nach durch jedes Zimmer wühlen und dem alten Haus von innen heraus das Leben aussaugen würden, bis das ganze Gebäude schließlich in sich zusammenstürzte.

Unmöglich hätten wir in der Dunkelheit erkennen können, was der Zusammenbruch unseres Zuhauses für uns bedeuten würde, dass wir nie wieder das Geld hätten, um dorthin zurückzukehren, und die Leute, die es noch im selben Jahr bei einer Auktion ersteigern sollten, es so komplett neu aufbauen würden, dass wir es nicht mehr wiedererkannten. Einmal fragte ich, ob wir nicht noch einmal hinfahren und uns verabschieden sollten, aber Edward befand, das wäre zu traurig für mich, außerdem war ich nach dieser Nacht eine ganze Weile gesundheitlich gar nicht in der Lage, überhaupt irgendwo hinzufahren oder sonst etwas zu unternehmen. Unsere Welt beschränkte sich jetzt auf die Grenzen des neuen Hauses, und ich verkroch mich unter die Bettdecke in meinem falsch riechenden Zimmer, versteckte die falsche Aussicht vor dem Fenster hinter Vorhängen und bemühte mich, das Essen und das Schlafen und das Gesundsein neu zu lernen. Von allem, was ich nach dem Verschwinden meiner Mutter neu zu lernen hatte, waren diese Dinge sicherlich die schwierigsten.

Denn auch das habe ich aus der Nacht damals in Erinnerung behalten: Hunger. Während ich innerhalb von Sekunden einen Bruder gewann und wieder verlor, rumorte im Hintergrund ständig der Hunger. Sobald wir das Haus betraten, spürte ich ihn. Ich kann den Moment, in dem er einsetzte, präzise benennen. Nicht im Pub, wo ich das Salz von den Erdnusshälften lutschte und sie mir anschließend wieder in die Hand spuckte. Auch nicht auf dem Weg zum Haus.

Es war in dem Moment, als ich die Tür aufschob. Ich suchte nach einem Glas für die Kerze, nach Dingen, die ich verfeuern konnte, und die ganze Zeit, während ich die Restbestände in den Küchenschränken durchsah, überlegte ich, ob es hier im Haus nicht auch etwas Essbares gab. Eine Dose Thunfisch vielleicht. Ich hoffte auf eine Dose Thunfisch.

Und während ich Emily zusah, wie sie ihren Kartenkreis legte und die Worte von ihrem ollen Stück Pappe intonierte, knurrte und kollerte und blubberte mein Magen vor sich hin und sehnte sich nach Essen. Je tiefer ich den Geruch der Bodendielen und den sandigen Duft des Steinbodens einsog, je deutlicher ich die Flammen an den ersten Stückchen Anfeuerholz knistern und die hölzernen Puzzleteile im Kamin knirschen hörte, während sich die uralten Papierschichten von ihnen lösten, desto lauter rief mein Magen nach Nahrung.

Kein Ob-ich-mich-wohl-traue-eine-Packung-Smarties-zu-klauen-Hunger. Kein Hunger, den ein Schälchen Oliven hätte stillen können. Ich wollte eine Ofenkartoffel mit Butter und Käse. Ich wollte Vollkorntoast mit Marmite. Ich wollte ein Brathähnchen mit Soße.

Es ist gar nicht leicht, wieder mit Essen anzufangen. Man begegnet nicht einfach nur der eigenen toten Mutter in Gestalt einer Krähe im alten Haus, die einem in die Nasenlöcher pustet, bis man auf einmal wieder Essensdüfte wahrnimmt und etwas zu sich nehmen will, und damit hat sich's. Es braucht viel Zeit, alles wieder in Ordnung zu bringen, und bedeutet Essenspläne, Sitzungen in immer leicht feuchtkalten Nebengebäuden der Abteilung für Jugendpsychiatrie und Hassanfälle gegen den Elternteil, der das Essen zubereitet und sich bei der Arbeit freinimmt, um einen zu den Terminen zu fahren, nur damit man dann dort nicht aus dem Auto steigt, sich weigert, überhaupt mit irgendwem zu reden und einmal sogar hochtheatralisch den Essensplan zerreißt und vor seinen Augen die Papierstreifen verspeist.

Trotzdem kann ich mich ganz genau an den ersten Moment erinnern, in dem ich wieder Hunger verspürte, und es war der Geruch der alten Küche, der mich veranlasste, nach etwas Essbarem zu suchen. Mir ist egal, wie die Ärzte es nennen. Für mich heißt das Heimweh.

Ich verzieh Edward, dass er mir nichts von meinem Bruder erzählt hatte. Aber es dauerte. Er sagte, sie hätten es mir immer erzählen wollen, wenn ich alt genug wäre. Aber dann kamen all die Verluste, und er wusste nicht, wie er da noch einen weiteren Tod unterbringen sollte. Und eigentlich wäre meine Mutter dafür zuständig gewesen, sie hätte darüber entscheiden sollen, wann sie es mir erzählte. Ohne sie war er sich nie sicher genug. Er wünschte sich immer noch, dass sie für ihn entschied. Auch wenn sie das schon längst nicht mehr konnte.

Nur ein einziges Mal machte er eine Andeutung darüber, warum Emilys Mutter seine Geheimnisse kannte, als ich nach dem Studium in einer Buchhandlung jobbte und etwas zu oft von einem der Inhaber redete. »Was die Arbeit betrifft, gebe ich dir nur einen Rat, Marianne: Geh nie mit deinen Vorgesetzten ins Bett. Vertrau mir.«

Ich fragte, ob wir nicht einen kleinen Grabstein für meinen verschwundenen Bruder aufstellen könnten, damit wir einen Gedenkort hätten, den wir während der *Wakes* schmücken könnten, damit er niemals vergessen würde. Nicht versteckt bei der alten Grünen Kapelle am Fluss, wo ihn nie jemand sehen würde, sondern mitten auf dem Friedhof, damit ich Binsen pflücken und Blumen bringen konnte. Ich dachte mir, wenn meine Mutter zurückkehrte, würde sie sich sicher darüber freuen, dass wir das Andenken meines verlorenen Bruders in Ehren hielten.

Ich wollte den ganzen Text von *»Green Gravel«* auf dem Stein haben, aber Edward sagte: »Hast du irgendeine Vorstellung, wie viel das pro Buchstabe kostet?«, und so einigten wir uns auf seinen Namen und einen kleinen eingravierten Engel darüber. Und falls sie doch nie mehr zurückkehrte, hatten zumindest wir jetzt einen Ort, an den wir gehen und ihrer gedenken konnten, und einen Ort, um sie zu begraben, gleich neben seinem Namen.

14

Die Eule war eines Bäckers Tochter

Lady, baby, gypsy, queen,
Elephant, monkey, tangerine.

Die Jungs nannten ihn AJ, aber die Mädchen mussten ihn mit vollem Namen ansprechen, Arthur Jack. Ich kostete seinen Namen aus. Zu gern verfolgte ich, wie er meinen Mund durchlief, vom Anfang in der Tiefe meiner Kehle bis zu dem halben Lächeln, in dem er endete. Arthur Jack trug sein schwarzes Haar so, dass es sein halbes Gesicht verdeckte, wenn er uns von der Seite ansah, unter seinen Ponyfransen hervor.

Das Tattoo an seiner Schulter wucherte fast wöchentlich weiter den Arm hinunter, ein Gewirr aus Drachen, Schlangen, Ranken und bösen Schemen, die zwischen den Zweigen hervorspähten. Er war viel zu jung für ein Tattoo, aber das hielt ihn von nichts ab.

Wenn er morgens in die Außenklasse kam, schälte er sich als Erstes aus seinem Sweatshirt und schob dann das T-Shirt über die Schulter, um den jeweils neuesten Teil des Tattoos von seinem antiseptischen Klebeverband zu befreien und mit Salben und Ölen einzureiben. Saß man auf dem Platz neben ihm, durfte man ihm dabei helfen.

Wenn er seinen unfassbar schönen Arm dann hinreichend eingeölt und gestreichelt, den Verband neu angelegt und quälend langsam seine Kleider wieder darüber gezogen hatte, legte er den Arm desjenigen von uns Mädchen frei, das gerade neben ihm saß, und verrieb sanft etwas Mandelöl dort auf der weichen weißen Innenseite.

Wir setzten uns reihum neben ihn. Das wurde nie besprochen. Wir machten es einfach. Und er zeigte nie irgendeine Reaktion, auf keine von uns, kein Anzeichen für eine Vorliebe, kein Versuch, mit einer von uns im Speziellen zu kommunizieren. Es gab keine Konkurrenz um ihn. Er war unerreichbar.

Er war längst an Josie versprochen, die wie er in der Traveller-Siedlung lebte, und sobald beide sechzehn waren, würden sie heiraten.

Josie war damals erst vierzehn, ein Mädchen mit rundem Gesicht, hellroten Zöpfen und unsichtbaren Wimpern, in strassbestickten Jeans und Crop-Tops, unter denen ihr kleiner, runder Kinderbauch hervorschaute.

Josie ging nicht in die Schule, manchmal trafen wir uns aber mittags mit ihr im Park oder im Einkaufszentrum. Sie zeigte mir Fotos von den Kleidern, die sie bei einem riesigen Hochzeitsfest getragen hatte, und bot mir an, sich mal an meinen Haaren zu versuchen. Sie war überzeugt, meine kurzen Haare seien einem schrecklichen Unfall geschuldet.

Ich fragte sie, warum sie nicht zur Schule gehe, und sie antwortete, das sei einfach überflüssig. Außerdem gebe es zu Hause immer so viel zu tun, sie habe gar nicht die Zeit. Seltsam, wie sehr mich das empörte. Ich hatte meine komplette bisherige Schulzeit damit zugebracht, nicht hinzugehen und mich darüber lustig zu machen, wie sinnlos diese Veranstaltung war, aber jetzt, als ich eine Gleichaltrige vor mir hatte, die überhaupt nicht hinging, wurde ich plötzlich zur leidenschaftlichen Verfechterin ihres Rechts darauf.

Josie erklärte mir, dass die Mädchen auf der weiterführenden Schule mit Jungs gehen würden, das habe sie zumindest gehört, und manchmal sogar Sex hätten, und falls sie sich auf so was einließ, würde das ihrem Vater das Herz brechen. Dem hatte ich wenig entgegenzusetzen. Ich hatte es ja selbst in etwa so gemacht. Die Mädchen auf der weiterführenden Schule, hatte Josie gehört, hätten keine Moral. Sie glaubten nicht einmal an Gott.

Reinheit bedeutete alles. Zu Weihnachten, erzählte sie, bekämen sie und ihre Geschwister immer eine Garnitur nagelneuer Kleidung, und kein Fitzelchen davon durfte jemals von einem anderen Menschen getragen worden sein. Nicht eins. Das war bei allen Kindern so, bis hin zu Schuhen und Strümpfen. Unberührt. Makellos. Rein.

Einmal kam Arthur Jack zu spät und erzählte, die Hündin seiner Tante habe wieder geworfen. Mitten auf der gottverdammten frischen Wäsche. Nur drei Welpen diesmal, und einer sei ein Kümmerling und schon halb tot. Er habe also warten müssen, bis eins der Mädchen ein sauberes Hemd für ihn gefunden und aufgebügelt hatte. Da könne er ja nun wirklich nichts dafür!

Ich witterte meine Chance. Beiläufig, damit es nicht wie ein allzu großes Ding klang, erwähnte ich mittags auf der Parkbank, während ich ihm eine Zigarette anbot, dass sich mein Vater einen Hund anschaffen wolle. Nicht ich. Das wäre viel zu persönlich gewesen, hätte zu bedürftig geklungen. Es hätte niemals funktioniert. Er wandte den Blick ab und blies einen Rauchring in die Luft. Ich war klug genug, meine Aussage nicht zu wiederholen. Nachdem er den letzten Zug genommen und den Stummel an der Banklehne ausgedrückt hatte, warf er den Kopf zurück und streckte die Arme in die Luft.

»Also, wenn ihr Vollpfosten wirklich eins von den Viechern wollt, sag ich besser mal daheim Bescheid, dass sie nicht alle ertränken. Potthässliche kleine Scheißer sind das. Könnt gern auch alle haben.«

Ich lachte mit den anderen mit, nicht zu laut und nicht als Erste, nur gerade ausreichend. Keine abrupte Bewegung, damit bloß nichts den Bann brach. Ich wusste, wenn die Welpen noch ein paar Wochen am Leben blieben, konnte ich bald die nächste Frage ins Gespräch streuen.

»Wann kann ich denn mal vorbeikommen und mir einen von den Welpen für meinen Vater aussuchen?«

Und dann würde ich mit ihm in den Bus steigen und allen Ernstes mit Arthur Jack nach Hause gehen, die Straße entlang, ein kleines Lebewesen aus seinen Armen entgegennehmen und es für immer bei mir haben.

Ich war darauf gefasst zu warten, nicht hinzuschauen, dann noch ein wenig länger zu warten, zu schweigen und die Tage zu zählen, bis die Welpen genau acht Wochen alt waren, dann würde ich einen von ihnen in ein altes Handtuch wickeln und ihn oder sie mit nach Hause nehmen. Das wäre dann auch der Moment, Edward zu beichten, dass wir jetzt einen Hund hätten. Aber so weit dachte ich vorläufig nicht.

Ich dachte nur bis zu dem Augenblick, an dem ich durch das Tor der Siedlung treten würde, an der Seite von Arthur Jack. Als es so weit war, spürte ich die merkwürdige Benommenheit, die man empfindet, wenn ein Plan aufgeht. Ich folgte ihm den ganzen Weg von der Bushaltestelle bis zur Siedlung der Traveller, immer ein paar Schritte hinter ihm, während er lässig Rauch in den Himmel blies und manchmal etwas Abfall vom Straßenrand wegkickte. Ich genoss jede

Minute. Ich wendete einen meiner Tricks an, kniff mir selbst so fest ins Handgelenk, dass ein Blutbläschen entstand, um etwas zu haben, das mich später an jede einzelne Sekunde erinnern würde.

Ich folgte Arthur Jack durch die beiden metallenen Torflügel und über einen riesigen Vorplatz. Unterwegs heftete sich ein kleines Rudel Hunde an meine Fersen. Ich sah mir die Hunde an und überlegte, ob unter ihnen vielleicht die Mutter meines Welpen war. Vielen fehlte mindestens ein Körperteil – ein Ohr, ein Auge, ein Bein, der Schwanz. Ich fragte mich, ob mein Welpe wohl unversehrt überlebt hatte. Bislang hatte ich mich nicht damit aufgehalten, groß Fragen zu stellen. Arthur Jack hatte mir ein Foto gezeigt, auf dem die Kleinen alle durcheinanderwuselten, sodass man unmöglich erkennen konnte, welches schwarz, braun, gescheckt oder gesprenkelt war oder wie man das bei Hunden korrekt nannte, und ich hatte auch keine weiteren Bilder verlangt. Ich traute mich nicht, zu viel zu fragen oder zu großes Interesse zu zeigen, damit sich mein schöner Plan nicht in Luft auflöste.

Rund um den Platz waren feststehende Wohnwagen aufgestellt und gewaltige Wohnanhänger aufgebockt, die nur ein Laster oder ein großes Auto ziehen konnte, dazwischen hier und da kleinere Holzhütten. Und in der Mitte Autos. Sehr viele Autos. Manche waren ohne Räder. Manche ohne Türen. Ein paar glänzten nagelneu. Sie standen kreuz und quer geparkt und bildeten ein wildes Muster. Und unter ihnen und ringsherum krabbelten Kinder herum. Unmengen Kinder. Wahrscheinlich hatte nur ich den Eindruck, dass es unfassbar viele waren, weil sie mit einem Mal alle innehielten und mich anstarrten. Zwei Jungs in Joes Alter hörten auf, einen ziemlich platten Fußball gegen einen Stapel Backsteine zu kicken, auf dem ein Auto aufgebockt war, um mir nachzuschauen. Dabei war das Auto viel sehenswerter. Ein hellrosa Cadillac mit silbernen Details. Ich schloss rasch zu Arthur Jack auf.

»Passiert denen auch nichts?«, fragte ich. »Den Jungs da? Sollten wir ihnen nicht sagen, dass sie das lieber lassen sollen?« Er schüttelte nur traurig den Kopf und hob nicht mal den Blick von seinem Telefon.

»Hab mitgestoppt. Fünfundfünfzig Sekunden, seit wir durchs Tor sind, und schon redest du wie ne beschissene Sozialarbeiterin.« Er deutete auf ein kleines Holzhaus und bog selbst in die Gegenrichtung ab, um sich zu einem Grüppchen junger Männer zu gesellen, die auf Kisten neben einem Wohnwagen hockten.

Ich klopfte an die Tür und wartete, bis mir ein etwa zwölfjähriges Mädchen aufmachte und mich mit offenem Mund anstarrte. Hinter ihr rief eine ältere Frau etwas, aber das Mädchen rührte sich nicht.

»Ich heiße Marianne. Ich kenne Arthur Jack aus der Schule und wollte mir einen von den Welpen holen.« Jetzt kam die ältere Frau an die Tür, schob das Mädchen an den Schultern beiseite und zog mich zu sich herein.

Auf einem hölzernen Küchenstuhl hockte, zum Halbmond verkrümmt, eine sehr alte Frau und redete mit lauter Stimme auf eine andere Frau ein, die eine riesige Pfanne Hackfleisch an einem auf die Arbeitsplatte montierten Gaskocher mit zwei Flammen briet. Rechts und links neben ihr standen zwei Mädchen im Teenageralter und schnippelten Karotten, und hinter ihnen waren drei Säuglinge in Autokindersitzen festgeschnallt, zwei davon in Aston-Villa-Fußballtrikots – ich hatte nicht gewusst, dass es die auch in so klein gab –, das dritte in einem rosa Strampelanzug, die dünnen goldblonden Härchen mit einem silbernen Haargummi oben auf dem Kopf zum Schwänzchen gebunden.

Die uralte krumme Frau auf dem Küchenstuhl redete ununterbrochen weiter, so schnell und melodisch und gleichförmig, dass ich ein Weilchen brauchte, um zu erkennen, dass sie Englisch sprach.

Ich fragte mich, ob sie mich überhaupt bemerkt hatten. Aber dann verstand ich allmählich, was sie sagte, und mir wurde klar, worüber sie sprachen, Arthur Jack hätte ihnen doch früher Bescheid geben müssen, jetzt hatten sie gar nichts Anständiges zum Essen, was sollte das Mädchen bloß von ihnen denken, und macht dem Mädchen jetzt vielleicht mal jemand einen Tee? Eine der Teenagerinnen unterbrach das Karottenschnippeln, drehte sich zu mir um und lächelte mich an. Es war Josie. Aber ihr Lächeln war nur kurz und heimlich, darum sprach ich sie nicht mit Namen an, für den Fall, dass sie aus irgendeinem Grund nicht bereits mit mir befreundet sein durfte. Sie setzte den Wasserkessel auf. Am Fenster entstand ein kleiner Tumult, und ein anderes Mädchen zog eine Kiste unter der Arbeitsfläche hervor und holte Becher heraus.

Männerarme reckten sich zum Fenster herein. Schwere braune, sommersprossige Arme, auf die die Jungfrau Maria oder ein paar Namen tätowiert waren. Aus einer anderen Kiste kam eine Tüte mit Zucker zum Vorschein, der mit einem Teelöffel auf die Becher verteilt wurde, und dann waren alle Teebecher auch schon wieder aus dem Fenster verschwunden.

Die alte Frau lächelte mich an. Ich trank meinen Tee im Stehen, mitten im Raum und lächelte allen zu, auch den Babys in ihren Kindersitzen, ich ging in die Hocke und spielte »Kuckuck« mit ihnen hinter meiner Teetasse. Eigentlich gehörte Zucker zu den Lebensmitteln, die ich damals ablehnte, aber ich weiß noch genau, wie ich jeden Schluck aus diesem Becher mit süßem Tee genoss. Die alte Frau streckte mir ihre schönen, länglichen, knorrigen braunen Hände entgegen, und ich ergriff sie. Die Ringe und die silbernen Armreifen hingen locker an den knotigen Fingern und um die sehnigen Handgelenke.

Sie sagte: »Seht ihr, der Junge hat dieses süße Mädchen für uns gefunden, damit sie einen von den Welpen mitnimmt. Dieses nette Mädchen. Seht ihr, was für ein liebes Mädchen er uns geschickt hat. Ein herzensgutes Mädchen, seht ihr, wie sie mich an den Händen hält und mit den Babys scherzt. Gott segne sie.«

Als süß, lieb und gut hatte mich schon ewig niemand mehr bezeichnet. Womöglich war es meine Mutter gewesen, die all diese Dinge zuletzt über mich gesagt hatte, in einem anderen Leben, einer anderen Welt, einem anderen Universum. Vielleicht sind das ja Wörter, die nur Mütter verwenden. Vielleicht sahen diese Frauen aber auch etwas in mir, was alle anderen längst vergessen hatten. Weil sie nichts als Mütter und Großmütter waren, sahen sie in mir nichts als ein Mädchen. Ganz unkompliziert.

Die alte Frau hielt weiter meine Hände fest und streichelte die rauen Stellen an meinen Knöcheln. Sie streckte sich und strich mir über das kurze, schüttere Haar. Manchmal verstand ich, was sie sagte, manchmal erklärte mir die Frau am Herd, was sie meinte, und ich erfuhr, dass die alte Frau ihre Großmutter war und stocktaub, ich solle einfach weiter lächeln. Und das tat ich.

Als das Hackfleisch fertig gebraten und die Karotten fertig gekocht waren, verteilten die Mädchen beides auf mehr als ein Dutzend Müslischalen, öffneten die andere Tür, die in ein Schlafzimmer führte, und riefen eine Reihe von Namen in das Zimmer, an dessen einer Wand ein riesiger Fernseher hing. Eine ganze Horde Jungs, so sah es für mich aus, tauchte aus dem Schlafzimmer auf, am Fenster und an der Tür, und jeder Einzelne nahm eine Schüssel Hackfleisch, einen Löffel und eine Scheibe gebuttertes Brot in Empfang. Fleisch lehnte ich eigentlich auch ab, tunkte dann aber ganz zufrieden mein Brot in die Fleischsoße und ließ mir die Butter über die Hand laufen, während ich mit den anderen zulangte.

Die jüngeren Kinder mussten sich vor einem Becken mit heißem Wasser aufstellen und bekamen mit Waschlappen Gesicht und Hände gereinigt. Erst dann durften sie sich zum Essen setzen. An zwei Wänden des Küchenraums lagen schmale Matratzen auf dem Boden, mit bunt gemusterten Decken darüber, dorthin setzten sich die Kinder in zwei langen Reihen, die Beine vor sich ausgestreckt.

Ich setzte mich zu ihnen und stellte ihnen Fragen: Wie alt bist du? Isst du gern Karotten? Findest du nicht auch, dass sie geschnippelt wie Pennymünzen aussehen? Wir könnten spielen, dass wir Geld essen! Malst du gern? Soll ich was für dich malen? Ich kann Hunde, Pferde und Katzen. Was davon hättest du gern? Was ist deine Lieblingsfarbe? Magst du die Welpen? Welcher ist der lustigste? Und welcher der schönste?

Sie antworteten nicht, stießen sich nur gegenseitig an und kicherten, als hätte Arthur Jack eine Giraffe oder einen sprechenden Papagei mit nach Hause gebracht. Aber jedes Mal, wenn ich lächelte und einen neuen Versuch machte, nickte mir die alte Frau zu, lächelte und sagte: »Seht ihr, sie ist doch ein süßes Mädchen, wir müssen den besten Welpen für sie finden. Den allerbesten. Sie ist ein gutes Mädchen, das merkt man gleich, ein liebes Mädchen, eines Tages wird sie ein wunderschönes Baby bekommen, seht doch nur, wie hübsch sie ist.«

Ich hatte kaum Haare, spröde Haut von der schlechten Ernährung und verschmierten schwarzen Kajal, trug löchrige Jeans und einen schwarzen Pulli, den ich mochte, weil er mir so viel zu groß war, dass ich mich darin verstecken und die Knie darunter bis zur Brust ziehen konnte, und trotzdem saß ich da und glaubte, dass ich hübsch, lieb und süß war, ein gutes Mädchen, das einmal niedliche Babys bekommen würde, so wie diese goldblonden da. Und so lächelte ich, aß mein Hackfleisch und wartete, dass Arthur Jack kommen und die Kiste mit den Welpen bringen würde.

Die Mutter setzte sich zum Essen nicht hin. Es gab keinen Platz für sie, und sie hatte auch keine Zeit. Während sie die Schüsseln einsammelte, die Kinder ermahnte, ihr Brot aufzuessen, die Kleckse vom Boden wischte, die Decken ausschüttelte und sie wieder ordentlich zusammenlegte, ging sie gelegentlich zu der großen Pfanne und aß einen Löffel. Am Ende kratzte sie die Pfanne aus, aß, was übrig geblieben war, und machte sich an den Abwasch.

Die Mädchen schleppten Spülschüsseln mit Wasser von irgendwo heran. Ich bot an, ihnen zu helfen, aber sie sagten Nein, sie hätten da so ihre Methode, und ich sah gleich, dass die sehr viel gründlicher war als unsere zu Hause. Es war ein richtiges System, die Schalen wurden gewaschen, erneut gewaschen, klargespült, getrocknet und gestapelt. Danach wuschen sie die Küchentücher in der Klarspülschüssel aus und hängten sie auf eine quer zum Fenster gespannte Leine. Ein Mädchen ging nach draußen, um die Becher einzusammeln, die die Männer mitgenommen hatten, spülte sie und setzte dann gleich die nächste Runde Tee auf.

Die Großmutter ließ mich nie weit von sich weg, ich durfte auch nicht helfen. Sie hielt meine Hand, strich mir übers Haar oder redete in ihrem wirren Singsang auf mich ein. Sie erzählte mir, ihre Schwester Margaret sei auch so geworden, nachdem ihre Mutter gestorben war, sie habe Schwarz getragen, so wie ich, und sich die Haare abgeschnitten, schrecklich sei das gewesen. Schrecklich. Sie habe sich selbst verletzt, nicht mehr ordentlich gegessen. So ein weichherziges Mädchen. Die nehmen es immer am schwersten, und sie sei ja auch noch so jung gewesen. Sie selbst hingegen, sie habe Glück gehabt, ein langes Leben zu leben, das alles hier seien ihre Urenkelkinder, eins erwarte jetzt selbst schon das erste eigene, gebe Gott, dass es ein weichherziges Mädchen wird, lass bloß die Männer nicht hören, dass ich so was sage, die wollen alle nur Jungs, aber eine Frau braucht doch ein Mädchen, das sie immer bei sich haben kann. Die Weichherzigen trifft es immer am schwersten. Ich versuchte, ihr zu sagen, dass meine Mutter auch Margaret geheißen habe, und als die anderen sagten: »Sie hört doch nichts mehr«, wollte ich es buchstabieren, für sie aufschreiben, aber die Mutter meinte, mit Lesen und Schreiben und solchem Kram hätte sie nichts zu schaffen.

Ich versuchte gar nicht erst, ihr zu sagen, dass meine Mutter schon neun Jahre fort war, dass ich nicht die ganze Zeit Schwarz getragen und mir auch nicht ständig die Haare abrasiert oder mir die Kleider und die Haut zerschnitten hatte, und dass löchrige Jeans dieses Jahr überall in Mode waren. Ich nahm ihre Version dankbar entgegen. Ich war in Trauer um meine Mutter. Ich war ein weichherziges Mädchen, wie jede Mutter eins brauchte, und die traf es immer am schwersten. Sie sagte, sie wolle für mich beten. Sie ermahnte mich, ich solle gut essen und beten und Gott vertrauen, dass unter meinen Kindern, wenn sie dann kamen, auch ein Mädchen für mich sein würde, und dann würde ich mein Leid ablegen, so wie ihre Schwester es getan hatte, als ihre Kinder kamen. Gott segne sie, sie war ihr Leben lang weichherzig, bis Gott sie wieder zu sich nahm, und alle hier vermissten sie bis heute.

Ein weiterer, bereits erwachsener Junge kam aus dem dunklen Schlafzimmer, und die Frauen schimpften los, weil er das Essen verpasst hatte. Er lehnte sich an die Anrichte, drehte sich eine Zigarette und bat um einen Becher Tee und etwas Brot mit Zucker, wenn sonst nichts mehr da sei.

Dann kam ein älterer Mann und blieb in der Tür stehen. Er sagte, er sei hier, um mit mir zu reden.

»Also«, sagte er, »Arthur Jack erzählt, du sollst gar nicht schlecht im Lesen und dem ganzen Kram sein. Gar nicht schlecht in solchen Dingen.« Das bestritt ich nicht. Er lehnte sich bequem an den Türrahmen und blies den Rauch seiner Zigarette wohlbedacht nach draußen, weg von den Babys. Er füllte ohne Mühe den ganzen Durchgang aus, stützte einen mächtigen Arm an den Türsturz.

»Tja, siehst du, wenn du die ganzen Zeitungen lesen kannst, weißt du vielleicht Bescheid. Da gibt es was, das geht mir im Kopf rum, ich komm damit nicht weiter. Nicht ohne Lesen. Es geht um diesen Kerl, dem die ganzen Flugzeuge und Eisenbahnen gehören, diesen Mr. Branson. Jetzt hab ich neulich gehört, er will ein Stück Land kaufen, da, wo früher mal diese Startbahn war, die jetzt nicht mehr genutzt wird, dabei kann man dort für kein Geld der Welt ein Grundstück kriegen. Das weiß ich genau, hab's nämlich selbst probiert. Ihm geht's darum, einen neuen Flugplatz zu bauen, irgendwo, wo man den Lärm nicht so hört. Und wenn jetzt einer da in der Gegend ein Grundstück kaufen würde, ein Stück Wald vielleicht oder sonst was, das keiner haben will, könnte man ne hübsche Stange Geld machen, wenn der Typ das irgendwann alles aufkaufen will.«

Ich sagte, darüber hätte ich nichts gelesen.

»Gar nichts darüber«, sagte er. »Verstehe. Aber da fragt man sich doch. Wie der das alles aus den Zeitungen raushält.« Ich versprach ihm, meinen Vater zu fragen. Der wisse darüber bestimmt mehr als ich. Das schien ihn zufriedenzustellen.

Dann sagte er: »Dieser Arthur Jack, der Sohn meiner Schwester. Er soll jetzt zur Schule gehen, damit er bei uns das Lesen übernehmen kann, aufpassen, was in den Verträgen steht und so was alles. Wie das Problem mit dem Haus hier, verstehst du. Hätten wir die Unterlagen mal gelesen. Wir haben was mit den Fenstern falsch gemacht, und jetzt müssen wir es abreißen und noch mal ganz neu bauen.«

»Aber wo sollen dann alle wohnen?«

»Ach, wir haben ja die festen Wohnwagen, die sind den Frauen sowieso lieber. Aber wenn wir auf diesem Grund bauen wollen, müssen wir erst so was hier hinstellen, verstehst du, und dann darum bitten, ein richtiges Haus bauen zu dürfen.« Ich verstand überhaupt nichts, nickte aber.

»Also, der Sohn meiner Schwester. Macht er sich gut? Ist er Klassenbester auf eurer Schule?« Mir kam der Gedanke, dass es womöglich ein großes Zugeständnis war, Arthur Jack in die Außenklasse zu schicken, statt dass er seinem Onkel zu Hause bei der Arbeit half, also sagte ich: »Ja, er ist sehr klug. Er schneidet sicher gut ab.«

»Diese ganzen Prüfungen wird er natürlich nicht machen. Wir wollen ja nicht, dass er ein Schwachkopf wird.« Damit drehte er sich um und ging. Ich hätte auch beim besten Willen nicht gewusst, was ich darauf sagen sollte. Kaum jemand aus der Außenklasse nahm an Prüfungen teil. Edward war deswegen fuchsteufelswild. Es gab ihm Anlass zu vielen wütenden Telefonaten. Aber ich war nie auf die Idee gekommen, dass jemand Prüfungen als etwas sehen könnte, das Kinder unnötig verdummen ließ. Allerdings hatte ich auch selbst noch nie eine Prüfung abgelegt. Ich wusste nichts darüber.

Inzwischen war es dunkel, und Josie wurde losgeschickt, um Arthur Jack zu sagen, er solle die Welpen holen, aber er ließ ausrichten, wir sollten uns selbst darum kümmern. Also nahm Josie das andere Mädchen mit, und gemeinsam trugen sie kurz darauf einen Pappkarton voller Welpen herein. Die Mutter war ihnen bis zur Haustür nachgetrottet und dort stehen geblieben. An ihrem einen Ohr fehlte ein Stück. Abgesehen davon war sie aber eine ganz ansehnliche Hündin, etwas kleiner als ein Labrador, mit hellbraunem Fell.

Die Welpen hatten äußerlich nichts von ihrer Mutter geerbt. Ihre Köpfe waren zu breit für den Körper, die Ohren zu groß für den Kopf. Die kurzen Schwänze erinnerten an zottelige Würmer. Sie hatten Glubschaugen und platte, pelzige Pfoten, und keiner hatte durchgehend die gleiche Färbung. Sie sahen aus, als hätten sie sich an einer Kostümkiste bedient und mit zu vielen um zu wenige Kostüme gezankt. Das Kleinste, das wohl der Kümmerling sein musste, von dem Arthur Jack gemeint hatte, er bliebe nicht lang am Leben, hatte ein Gesicht, das halb schwarz und halb weiß war, außerdem ein blaues und ein braunes Auge, als wäre er der Letzte an der Kiste gewesen und hätte die Reste ganz unten zusammenklauben müssen.

Als ich nach ihm griff, sagte die Frau, die fürs Kochen zuständig gewesen war: »Aber Marianne, mit dem Kümmerling gibst du dich doch nicht ab. Michael hätte ihn schon vor Wochen wegschaffen sollen. Er kann bloß auf einem Auge sehen, Gott steh ihm bei.«

Sie hatten mich lieb und süß genannt und hübsch. Immer wieder sagten sie, Gott segne sie, Gott segne sie. Also nahm ich mir den Kümmerling. Sie wickelten ihn in ein Handtuch, und ich trug ihn in meinem Pulli nach Hause. Es war ja genug Platz darin. Während ich an der Bushaltestelle wartete, pinkelte er mir den Bauch voll und winselte, und die ganze Rückfahrt über jaulte er. Es war ein langer Weg. Zwei Busse und davor und danach je ein langer Fußmarsch. Mir taten die Arme weh, und ich hatte Angst, jemand würde ihn entdecken und mich aus dem Bus werfen. Ich hatte Angst, dass ich ihn fallen lassen oder er sich aus meinem Pulli herauswinden und abstürzen würde.

Als ich mit ihm nach Hause kam, war Edward mit Joe beim Elternabend der Grundschule, und ich hatte keine Ahnung, womit ich den Welpen füttern sollte. War er schon alt genug für Fleisch? Vertrugen Hunde Kuhmilch? Im Kühlschrank war nicht viel. Eier? Fraßen Hunde Eier? Ich wusste es nicht. Mein ganzer Bauch war schon voller Flohbisse. Ich hatte keinen Korb für ihn, kein Halsband und keinen Fressnapf und nichts, womit ich den hätte füllen können. Ich hatte gerade so weit gedacht, den Hund zu Edward zu bringen. Danach würde alles gut werden.

Ich wollte den Welpen nirgendwo absetzen, also behielt ich ihn in meinem Pullover und lief mit ihm herum. Als das Handtuch zu nass und dreckig wurde, nahm ich mir ein neues. Und als sie nach einer Stunde immer noch nicht zurück waren, gab ich dem Welpen etwas Wasser, wickelte ihn in ein weiteres Handtuch und nahm ihn mit ins Bett.

Schließlich hörte ich sie nach Hause kommen, fröhlich, satt von Fish and Chips und Lobhudeleien, und ich beschloss, den Welpen nicht aufzuwecken, indem ich nach unten ging. Da fiel mir auch wieder ein, dass ich eigentlich versprochen hatte, heute Abend auf Joe aufzupassen, damit Edward zum Elternabend konnte. Jetzt hatte er ihn doch mitnehmen müssen, und Joe kam erst spät ins Bett. Ich erinnerte mich, dass Edward es auf den Küchenkalender geschrieben, es umkringelt und mich auch noch einmal daran erinnert hatte, und mir wurde klar, dass er womöglich böse auf mich war, weil ich es trotzdem vergessen hatte. Aber ich wusste auch, dass er mich morgen früh nur behutsam darauf ansprechen würde, obwohl ich seine Behutsamkeit gar nicht verdiente.

Ich lag im Bett und schämte mich, schämte mich für die liebevollen Worte, die ich den ganzen Abend genossen hatte, für mein Süßsein, mein Liebsein, mein Weichherzigsein. Edward sprach viel von Vertrauen, und das enttäuschte ich immer wieder. Durch die geschlossene Zimmertür hindurch rief ich »Gute Nacht!«, achtete darauf, dass keine Tränen in meiner Stimme mitklangen, und dann rollte ich mich zusammen, nahm den hässlichen kleinen Hund in den Arm, um ihn in seinem Heimweh zu trösten, und weinte in sein Fell über meine eigene Nutzlosigkeit. So bekam er den Namen Teddy.

Am nächsten Morgen war ich ungewöhnlich früh unten, von Welpendreck und Flohbissen und Winseln aus dem Bett getrieben. Ich hörte Edward und Joe in der Küche ihre Pausenbrote machen. Gerade liefen irgendwelche Verhandlungen über Käse, und sie warfen kaum mehr als einen Blick auf den Welpen. Das wertete ich als gutes Zeichen. Und offenbar hatte auch Edward vernommen, dass ich ein süßes Mädchen war und mir alles sehr zu Herzen nahm, denn er erwähnte weder das Babysitten noch den Hund, abgesehen von der Frage: »Dann hast du jetzt also einen Hund?«, die ich als erteilte Erlaubnis verstand. Hätte er gesagt: »Wir haben jetzt also einen Hund«, oder, schlimmer noch: »Ich habe jetzt also einen Hund«, hätte das bedeutet, dass es Ärger geben würde und Teddy praktisch schon auf dem Weg ins nächste Tierheim war. Er schob sich rückwärts aus der Tür, beladen mit seiner Aktentasche, seinem Mantel, Joes Ranzen und Pausenbox, zwei verschiedenen Paar Handschuhen, irgendeiner unterschriebenen Genehmigung und den Autoschlüsseln, dann legte er alles auf der Terrasse vor dem Haus ab und kam noch einmal in die Diele.

Jetzt sah er sich den Welpen richtig an, nahm seinen Kopf behutsam zwischen die Hände und musterte das leere blaue Auge. »Wenn du ihn wirklich behalten willst, Marianne, dann schau in den Gelben Seiten nach einem Tierarzt. Ich besorge dir ein Buch, in dem steht, wie du mit ihm umgehen musst.«

Das Buch besorgte er mir tatsächlich, und zu seiner großen Überraschung las ich es nicht nur, sondern meldete uns auch in der Hundeschule an und suchte mir einen Samstagsjob, um das alles zu bezahlen. Und Edward ging mit Teddy zum Tierarzt, sprach behutsam und ruhig mit ihm, wischte in der Küche hinter ihm auf und äußerte nie Kritik, höchstens: »War jetzt nicht die allerschlechteste Idee von dir, diesen Hund mit nach Hause zu bringen.«

Ich verpasste einiges an Unterricht, weil ich zu Hause blieb, um Teddy zu erziehen und mich um ihn zu kümmern, aber auch nicht mehr, als ich vor seiner Ankunft verpasst hatte, und wenn ich jetzt den Tag zu Hause verbrachte, hatte ich immerhin Gesellschaft. Und als meine Betreuerin zum Hausbesuch kam, redeten wir die ganze Zeit nur über Teddy und spielten mit ihm, sie machte Fotos von der Decke, in die ich seinen Namen eingestickt hatte, und sagte zu Edward, was für eine großartige Idee das doch von ihm gewesen sei, mir einen Hund zu besorgen. Therapeutisch sehr wertvoll. Edward zuckte nur mit den Schultern. Ich gönnte es ihm. Und in Teddys einzigem funktionstüchtigen Auge blieb ich auf ewig das liebe, süße, weichherzige Mädchen.

Hin und wieder nahm ich ein Foto von ihm mit in die Schule, um es den anderen in der Außenklasse zu zeigen, aber Arthur Jacks Interesse ging gegen null. Einmal fragte ich ihn, ob ich nicht mal seine Großmutter mit dem Welpen besuchen solle, um ihr zu zeigen, wie er sich gemacht habe, aber er wandte sich nur achselzuckend ab. Ich wurde nie mehr dorthin eingeladen.

Und die ganze Zeit war ich mir völlig sicher, dass ich mir den richtigen Hund ausgesucht hatte. Nicht nur, weil er sich als ungeheuer lieb und treu erwies und die perfekte Ausrede bot, auch während meines Studiums weiter zu Hause wohnen zu bleiben, was für so eine Gestörte wie mich wahrlich nicht das Schlechteste war, auch nicht, weil ich seinetwegen lange Spaziergänge machte und samstags arbeitete, um sein Futter zu bezahlen, und auch nicht, weil er mir Gesellschaft leistete, bis ich beinahe dreißig war, bis kurz vor Susannahs Geburt; da merkte er dann wohl, dass ich ihn jetzt nicht mehr ganz so dringend brauchte, und verschied sanft im Schlaf.

Sondern weil ich, märchenerfahren, wie ich war, wusste, dass man, wenn man dreierlei zur Auswahl bekommt, das erste Gold, das zweite Silber, das dritte schlichtes Holz, immer dieses schlichteste, kleinste Dritte zu wählen hatte. Drei Brüder, drei Schwestern, drei Schatztruhen. Man wählt immer das Unscheinbarste, und man achtet genauestens darauf, sich bei denen zu bedanken, die einem auf dem Weg geholfen haben. Erst recht, wenn eine alte Frau darunter ist. Eine alte Frau mit schönen langen Fingern voller Edelsteine, die einen zwar nicht hören kann, aber das in einem sieht, was man wirklich ist.

Von der Eule, die einst des Bäckers Tochter war, kann man lernen, immer besonders lieb und höflich zu alten Frauen zu sein, denn wenn man ihr Essen oder ihre kleinen Aufmerksamkeiten verschmäht, verwandeln sie einen in ein Geschöpf der Nacht, dazu verdammt, auf ewig um Hilfe zu rufen, während niemand versteht, was man sagen will. Man ruft seinen Eulenruf auf ewig in die Nacht, und kein Mensch wird einen trösten.

15

Anhängerin einer Naturreligion

Hinx, minx, the old witch winks
The fat begins to fry.
Nobody home but jumping Joan
Father, Mother and I.

Stick, stock, stone dead
Blind man can't see.
Every knave shall have a slave
You or I must be HE!

In meinem zweiten Studienjahr an der Kunstakademie war ein Gastdozent namens Mark besonders nett zu mir und zeigte großes Interesse an meiner Arbeit. Ich malte, kann ich mich erinnern, in der Zeit Szenen aus der Ballade »Tam Lin« mit einer Mischung aus Kreide, Kohle und Leim. Was dabei herauskam, erschien seltsam klumpig und wenig überzeugend. Janet, die junge Frau aus dem Gedicht, sah aus wie eine dieser sowjetischen Landfrauen von den Plakaten, muskulös und entschlossen. Mark wollte wissen, warum ich Tam Lin, den Feenritter, so bleich, kreidig und dürr gemalt hätte. Was es damit auf sich habe? Ob er bewusst so kränklich wirken solle? Ich hatte mir Tam Lin immer grün vorgestellt, ich weiß auch nicht, warum. Wie die grünen Kinder vielleicht, aus der Geschichte meiner Mutter.

Ich antwortete, ich hätte mir gedacht, er sei ja so lang im Feenland gefangen gewesen, und sie hätten ihm dort sicher nur Gras zu essen gegeben. Man wisse ja, dass man das Essen der Feen eigentlich nicht anrühren dürfe.

»Hmm, ja«, sagte er, »die Geschichten kenne ich auch. Trotzdem sieht mir der hier ein bisschen sehr elend aus.« Guter Einwand. Neben der Stachanowistin Janet schien er wie ein schwächliches, substanzloses Etwas, das eindeutig der Rettung bedurfte. »Es kommt mir fast so vor, als wäre in deiner Version Janet die Heldin«, sagte Mark.

»Aber ist sie das denn nicht auch? Sie muss Tam Lin festhalten, auch als er sich erst in einen Löwen und dann in eine Schlange verwandelt, bis die Feenkönigin ihn schließlich gehen lässt, und sie muss mit deren Fluch leben: *Wehe ihrem glücklosen Gesicht, möge sie des schlimmsten Todes sterben!* Um so was auszuhalten, muss man ein starker Mensch sein.«

Er stellte mir noch viele weitere Fragen zu den alten Balladen, vor allem zu jenen, die sich mit Seelenwanderung befassen. Ich freute mich, dass sich endlich jemand für dieses Konzept interessierte. Nach seinem Seminar bekam ich sein schriftliches Gutachten zu meiner Arbeit, in dem er äußerte, es habe ihm große Freude gemacht, die »praktizierende Anhängerin einer Naturreligion« bei der Arbeit zu erleben.

Sprach der von mir? Mir war gar nicht klar gewesen, dass ich überhaupt einer Religion anhing. Und im Praktizieren, egal von was, war ich seit jeher schlecht. Sofern man darunter verstand, etwas absichtsvoll und regelmäßig zu tun. Leider war Mark zu dem Zeitpunkt schon wieder weg, weil Gastdozierende immer nur ein Semester blieben, und ich konnte ihn nicht mehr fragen, wie genau er das gemeint hatte. Ich wusste nur, dass er mich damit meinte. Und wenn man den Faden weiterspann, wohl auch meine Mutter.

Am Ende des Sommersemesters kam er noch einmal zurück, um einen Vortrag über seine eigenen Arbeiten zu halten und sich unsere Sommerausstellung anzusehen. Er selbst malte kleine, kunterbunte Bilder auf Kupferscheiben, die wie leuchtende abstrakte Gemälde wirkten, bis man ganz nah heranging und erkannte, dass sie aus winzigkleinen Menschen, Bäumen und Tieren jeglicher Größe bestanden, die dort durcheinandertanzten. Er malte sie alle mit einem hauchfeinen Pinsel. Keins seiner Werke war größer als eine Untertasse.

Er bat mich, ihm meinen Beitrag zur Sommerausstellung zu zeigen, und gratulierte mir zu meiner guten Note. Ich hatte ein paar Illustrationen zu *Pearl* ausgestellt. Eigentlich war ich darauf gefasst gewesen durchzufallen, weil ich es nicht geschafft hatte, das ganze Gedicht zu illustrieren, aber an der Kunstakademie kannte es sowieso niemand, und so bestand ich mit Auszeichnung.

Ich hatte die Werke aus vorgefundenen Objekten hergestellt – Samenkapseln, Eicheln, Abfall, Teile des Inhalts von Überraschungseiern, Bonbonpapierchen, die in Streifen gerissenen Seiten von Bilderbüchern –, und alles auf einer Karte unseres alten Dorfes arrangiert. Es war wohl mein erster ernsthafter Versuch, die Geschichte darzustellen, ein entschlossener Schritt weg von den Buntstiftbildern in Schulheften und den Schwarz-Weiß-Fotos, mit denen ich in der Ausstellung nach dem ersten Studienjahr gearbeitet hatte.

Im Grunde hatte ich aber nur den Anfang und das Ende der Geschichte abgebildet. Der ummauerte Garten war zu sehen, die Kräuterbeete, das Grab des Kindes, der Gang am Fluss entlang und der Träumende, der auf dem Hügel erwacht. Die ganze Episode am Flussufer, wo er zu seinem verstorbenen Kind spricht, war in einem Stück blauer Kunststoffkordel enthalten, die ich am Kanal gefunden und zwischen die einzelnen Bilder gespannt hatte. Die himmlischen Heerscharen waren zum Abbild einer Kathedrale verpufft, die sich kopfüber in einem Teich aus Bonbonpapier spiegelte.

Ich hatte mir alles als perfekten Kreis gedacht, eine Schnur aus Perlen mit winzigen Hinweisen, die jede Perle mit der folgenden verbanden, so wie die kleinen Klammern die einzelnen Teile eines Rosenkranzes zusammenhalten. Aber dann war ich plötzlich wie besessen von jedem einzelnen Bild, wollte ein Paar Plastikbeine mit einer weiteren Puppenhand ausgleichen, trug Schicht um Schicht Acrylfarbe auf, suchte nach der besten Möglichkeit, das trübe Wasser der Teiche in der Mitte tiefer, den Morast an den Rändern rissiger und glänzender aussehen zu lassen. Die Wörter aus den Bilderbüchern verschwanden fast alle unter Farbe, Leim und Steingutscherben.

Ich glaubte, wenn ich jedes einzelne Bild so schön gestaltete, wie ich nur konnte, würde sich, wenn ich sie dann zusammenfügte, die ganze Geschichte entfalten, als wäre ein Zauber im Spiel. Aber als ich sie dann nebeneinanderlegte, sah ich nur Wirrwarr, unebene Flächen, raue Ränder, die Geschichte war verloren gegangen, ihr Sinn, was immer er sein mochte, erschloss sich mir nicht, sondern schwand mit jeder Schicht aus Farbe, Leim und Lack immer weiter aus meinem Sichtfeld.

Und wo war die Perle? Im ersten Garten hatte ich ein perlenartiges Stück Plastikschmuck versteckt, zusammen mit einem hochhackigen silbernen Barbie-Schuh. Aber nachdem ich die Bilder aus dem Atelier in den Ausstellungsraum gebracht hatte, fand ich sie nicht mehr. Vielleicht hatte ich die Bilder ja falsch angeordnet. Das Grab war irgendwie ganz ans Ende gewandert. Vielleicht war die Perle auch unterwegs abgefallen, oder ich hatte sie versehentlich übermalt.

Ich ging den Weg durch die Flure zurück, sah die groben hölzernen Handwagen durch, mit denen wir unsere Werke transportiert hatten. Ich wühlte in den Holzspänen, dem Staub und dem weichen, rötlichen Lehm, der sich auf dem Boden der Wagen gesammelt hatte, auf der Suche nach meinem verlorenen Spielzeug. Vielleicht hatte ja nach mir noch jemand denselben Wagen benutzt? Ich durchstreifte die Gänge, fuhr mit dem Fuß durch den lehmfarbenen Dreck an den Bodenleisten, bis zurück ins Atelier, wo bereits alles abgebaut war, die Trennwände weggeschoben, die Reste von Kreppband und Papier von den Wänden entfernt und unter dem riesigen Oberlicht zum unordentlichen Haufen geschichtet.

Ohne die Raumteiler war es merkwürdig hell im Saal, und es hallte. Jemand war dabei, mit einem gewaltigen Elektroquirl einen riesigen Pott weißer Dispersionsfarbe aufzurühren, jemand anders brüllte über den Lärm hinweg. Zwei Leute hatten bereits damit begonnen, die hintere Wand weiß zu streichen, und kleckerten schlecht angemischte Farbe auf den Boden, andere schnappten sich Pinsel und kreischten, als die Farbe in alle Richtungen flog. Ich konnte schon nicht mehr sicher sagen, wo mein Arbeitsbereich gewesen war. Hier würde ich nichts wiederfinden.

Ich verließ das Akademiegebäude und ging zu dem Wohlfahrtsladen ein paar Straßen weiter, wo ich oft brauchbare Dinge fand. Vielleicht hatten sie dort ja billigen Schmuck. Aber dann wurde ich von einer Garnitur Müslischalen und einem scheußlichen grünen Samtmantel abgelenkt, den ich für die Illustration von Tam Lin sehr gut hätte brauchen können, und am Ende kehrte ich mit einem Brettspiel aus den Siebzigern namens *Magic Robot* in die Akademie zurück.

Auf dem Spielfeld befanden sich zwei runde Flächen. Der magnetische Roboter wurde auf der ersten Fläche platziert und sollte auf eine Frage zeigen, dann stellte man ihn in die Mitte der anderen, wo er sich drehte, bis sein Zauberstab aus Draht auf eine Antwort deutete. Man konnte aus verschiedenen Scheiben mit Fragen und Antworten auswählen und musste darauf achten, immer den richtigen Fragenkreis mit den richtigen Antworten zu kombinieren, sonst kam nur Blödsinn heraus.

Als ich mit *Magic Robot* statt Mittagessen wieder in die Akademie kam, hatte ich den Großteil der Aufbauarbeiten bereits verpasst, und meine Betreuerin hatte meine lange Folge deprimierender *Pearl*-Collagen zu einem Quadrat aus sechsunddreißig Rahmen gehängt, auf dem Boden stapelten sich die aussortierten. Die neue Anordnung basierte auf der Gewichtung von Farben und Texturen, die entscheidenden Details lagen auf Augenhöhe und verspielten sich zu den Ecken hin. Ich musste zugeben, dass sie so sehr viel besser aussahen.

Aber jede Verbindung zur eigentlichen Geschichte, jede Abfolge von Ereignissen, war vollständig zerstört. Ich weiß gar nicht mehr, ob das Bild, auf dem die Perle fehlte, es überhaupt an die Wand geschafft hat. Ich verlor die Geduld mit all den schreienden Farben und den undeutlichen Gesichtern. Aus schierer Wut hängte ich den *Magic Robot* in die Mitte, umgeben von Fragen zu Quadrat- und Kubikzahlen, und spickte die Außenränder des Vierecks mit seinen Antworten zu den Themen Natur, Kunst und Weltraum. Der Roboter erwies sich dann als der ausschlaggebende Faktor, der mir die Auszeichnung einbrachte.

Bei der Vernissage fand ich alles nur noch entsetzlich. Am liebsten hätte ich die Collagen wieder abgehängt, wenn ich bloß etwas gehabt hätte, um sie zu ersetzen. Als Mark seinen Vortrag beendet und seine eigenen Werke wieder verstaut hatte, zog ich mich in einen dunklen Winkel der Cafeteria zurück, weil ich mich so sehr für das schämte, was da an meiner Wand hing, und nicht mit ihm reden wollte. Aber er suchte das ganze Gebäude ab, bis er mich gefunden hatte. Er meinte, seine Frau Marie sei extra mitgekommen, um mich kennenzulernen.

»Ich habe ihr von deinen Arbeiten erzählt«, sagte er. »Sie ist schon in der Ausstellung und hält danach Ausschau.« Von der Cafeteria bis zum Ausstellungssaal mussten wir zwei Stockwerke hinauf, und Mark blieb auf jedem Treppenabsatz stehen, um kurz zu verschnaufen.

»Magst du deutschen Kuchen?«, fragte er mich. »Marie ist aus Deutschland, und ich habe ihr versprochen, dass wir gleich noch in die deutsche Bäckerei gehen. Hast du auch Lust? Da haben sie eine umwerfende Sachertorte! Wenn du so was noch nicht kennst, musst du unbedingt mitkommen!«

Ich sah Marie vor meinen *Pearl*-Collagen stehen, eine kleine, rundliche Frau mit hennarot gefärbtem Haar, das sich aus dem Knoten an ihrem Hinterkopf löste, einem langen Rock mit Sonnen und Monden darauf und einem leuchtend türkisfarbenen Pulli. Sie war so begeistert, dass sie beim Sprechen auf den Zehenspitzen ihrer roten Wildlederturnschuhe wippte. Peinlicherweise war sie von dem *Magic Robot* besonders begeistert.

»Mark hat mir schon von deinen Collagen erzählt! Er meinte, sie seien wirklich originell. Originell? Was heißt hier originell? Sie sind wunderbar! Dieser Roboter! Der ist das Beste! Und die Fragen nach den Zahlen! Auf einem Quadrat aus sechs mal sechs! Du kennst dich sicher mit Numerologie aus. Stimmt's?«

»Anfangs hatte ich deutlich mehr Bilder. Ich weiß gar nicht recht, wo die hingekommen sind.«

»Aber es gehört ja zum Prozess, die richtigen auszuwählen!«

»Also, ich fürchte, das war meine Betreuerin. Ist sechs eine gute Zahl? Oder sechsunddreißig?«

»Eine perfekte! Schau nur, die Quadraturen innerhalb des Quadrats! Jedes Viertel ist wie eine eigene kleine Geschichte in der Geschichte, siehst du?«

»Es wäre eindrucksvoller, wenn ich gewusst hätte, was ich da mache!«

»Unsinn, du hast instinktiv gearbeitet. Mit gut trainiertem Instinkt!«

»Und einem ziemlich guten Zufallsfund im Oxfam-Laden um die Ecke.«

Ich versuchte ihnen zu erklären, dass ich keineswegs Anhängerin einer Naturreligion war und erst recht keine echte Künstlerin, aber Mark und Marie hörten sich alles an, als wäre das, was ich sagte, völlig einleuchtend, und als wüsste ich tatsächlich, was da auf den Bildern vorging. Sie ließen sich auch nicht davon abbringen, mich mit in die deutsche Bäckerei zu nehmen und mich mit Sachertorte bekannt zu machen. Allmählich erlaubte ich mir den Gedanken, dass sie mich womöglich wirklich kennenlernen wollten, auch wenn sie sich über mein Talent leider lauter Illusionen machten.

Sie luden mich für den kommenden Samstagnachmittag zu einem Sommerfest bei sich zu Hause ein, zu dem immer die ganze Nachbarschaft kam. Für den Anlass benutzten sie ein spezielles Wort, Solstitium oder so ähnlich, und ich war in Sorge, dass ich auch etwas Spezielles zum Essen oder Trinken mitbringen müsse. Ich überlegte, ob es wohl ein deutscher Ausdruck sein könnte. Weil ich nicht sicher war, ob ich es richtig verstanden hatte, fragte ich nur, was ich mitbringen könne. »Überhaupt nichts«, sagten sie. »Nur dich selbst.« Ich wurde rot.

Es schien mir nicht sehr wahrscheinlich, dass ich selbst eine gute Ergänzung für irgendeine Art von Party wäre, erst recht nicht, wenn ich ohne kulinarisches Mitbringsel auftauchte, also verbrachte ich den Samstagvormittag damit, einen Schokoladenkäsekuchen zu backen, stibitzte eine Flasche Weißwein aus Edwards Vorräten und bügelte ein Sommerkleid auf, das mir zwei Nummern zu groß war. Auch das hatte ich im Wohlfahrtsladen entdeckt und immer vorgehabt, es aufzutrennen und mir etwas Besseres daraus zu nähen.

Das Haus befand sich in einer weitläufigen Wohnanlage aus den Dreißigerjahren, unweit des Parks, wo Joe gern seine Spielzeugboote schwimmen ließ und ich mich grundsätzlich verlief, darum hielt ich ab der Bushaltestelle die Platte mit dem in Alufolie verpackten Kuchen in der einen und den aufgeklappten Stadtplan von Birmingham in der anderen Hand. Ich fühlte mich unwohl in meinem Kleid, das an der Taille bauschte und noch dazu viel zu hell war, um darin an einem heißen Sommertag einen Schokoladenkuchen spazieren zu tragen. Hätte ich doch einfach Jeans und T-Shirt angezogen, wie immer. Kaum war ich im Park, kannte ich mich schon nicht mehr aus, trotz Stadtplan, und es half auch nicht, dass ich mich ständig auf die nächstbeste Bank setzen musste, um die Kuchenplatte kurz abzustellen und ihn zu entziffern.

Gerade saß ich wieder einmal und drehte den Plan hin und her, um mir darüber klar zu werden, in welche Richtung ich überhaupt schaute, da blieb ein junger Mann vor mir stehen, der sein Fahrrad schob.

»Marianne? Was machst du denn hier? Willst du in die Kirche oder was?« Ich kannte ihn von der Akademie, einer dieser unfassbar coolen Jungs, die nur Schwarz trugen und makellose Haut hatten. Sie hießen alle Ben oder Dan oder etwas ähnlich Schmissiges. Ich glaube, er war einer von den Bens. Sogar sein Fahrrad war schwarz und blitzblank und glänzte in der Sonne. Ich vermutete, dass sein Kommentar sich auf das Kleid bezog. Es war also wirklich ein Fehler gewesen, es anzuziehen. Dass ich ein langärmeliges Oberteil darunter trug, um die Narben an meinen Armen zu verstecken, und die uralten Knöpfe vorn sich alle paar Schritte aus ihren uralten, ausgeleierten Knopflöchern lösten, machte das Ganze nur noch schlimmer.

»Eigentlich muss ich zu so einer Solstitiumsparty. Aber ich bin spät dran. Und habe mich verlaufen.« Ich nannte ihm die Straße, und er brach vor Lachen fast über seinem Lenker zusammen.

»Ach, eine Sommersonnwendfeier! Wo sich dann irgendwann alle ausziehen und singen? Komm, ich bring dich hin. Da in der Straße wimmelt es nur so von denen. Hexen. Druiden. Du weißt schon. Kristalle in den Fenstern zur Straße raus. Vegane Pastetchen.« Ich griff mir meinen Käsekuchen und meinen Stadtplan und folgte ihm aus dem Park hinaus. Weil er so schnell ging, blieb mir keine Zeit, anzuhalten und die Knöpfe an meinem Kleid wieder zu schließen. Hin und wieder musterte er mich von der Seite und lachte.

»Nein, echt, du wirst da super reinpassen. Was hast du denn dabei? Linsen-Lasagne? Meine Fresse! Wenn ich das Dan erzähle! Na, Hauptsache, es ist biologisch abbaubar und zuckerfrei. Bist du sicher, dass du da wirklich hinwillst?« Er blieb vor einem verwilderten Vorgarten stehen, und wie er prophezeit hatte, hing im Erkerfenster eine größere Ansammlung Kristalle.

»Danke für die Hilfe. Also, fürs Herbringen.«

»Sag bloß nicht, ich hätte dich nicht gewarnt. Am besten gehst du um neun nach Hause, später ziehen sich alle aus.« Mit einer langen fließenden Bewegung schwang er sich auf sein Rad und fuhr im perfekten Winkel um die Kurve. Dass er dabei kicherte, hatte ich mir sicher nur eingebildet; er musste ja längst außer Hörweite gewesen sein.

Die Haustür stand sperrangelweit offen, aus dem Garten hörte ich Kinder, eine Lage schnatternder Frauenstimmen und darunter, etwas entfernter, die Basslinie der Männer. In der Diele roch es nach frischer Minze, nach altem Holz und frisch gebackenem Brot. Wenn es so in Häusern roch, in denen Naturreligionen praktiziert wurden, dann hatte Mark ja vielleicht doch recht, und meine Mutter hatte das tatsächlich auch getan. An der Wand unter der Treppe hingen zwei mit Trockenblumen dekorierte Reisigbesen. Marie kam aus der Küche.

»Marianne! Da bist du ja! Und du hast Nachtisch mitgebracht. Damit machst du dich natürlich sofort beliebt! Ich stelle ihn noch ein paar Minuten ins Eisfach, damit er wieder zu Kräften kommst. Wie findest du die Besen? Kitschig, oder? Die waren schon bei unserer Hochzeit im Einsatz, du weißt doch, für den Besensprung?«

Ich folgte ihr in die Küche zu ihren Freundinnen, die alle lange Kleider trugen und hennarote Haare bis zur Taille hatten. Sie füllten die ganze Küche, vom Tisch über die Anrichte bis zum Kühlschrank, mit ihren breiten Hüften und den vollen sommersprossigen Armen, entfernten die Folie von Salatschüsseln, schnippelten Verschiedenes, fädelten Pilze und Paprika auf Spießchen, schenkten Getränke ein und reichten Krüge mit selbst gebrautem Bier zur offenen Gartentür hinaus.

Und alle redeten sie gleichzeitig, ermahnten einander zum

Stillsein, lachten und redeten dann doch weiter. Ich wurde gestriegelt und getätschelt, mit Fragen bombardiert und bekam ein Glas des Eistees meiner Mutter in die Hand gedrückt, inklusive Minzzweiglein und Zitronenscheibe. Fast traute ich mich nicht, davon zu trinken, aus Angst, den Zauber damit zu brechen.

Eine der Frauen sagte: »Ach, du bist das mit den Balladen-Bildern, stimmt's? Mark hat uns schon davon erzählt. Hast du eine Website?« Eine andere bewunderte den Stoff meines Kleids, und mir fiel wieder ein, dass ich es genau aus dem Grund gekauft hatte, wegen des sonderbar geometrischen blaugrünen Musters und des muschelförmigen Saums. Ich erzählte, ich hätte es im Wohlfahrtsladen entdeckt, sei aber nie dazu gekommen, es zu ändern. Die Knöpfe gingen andauernd auf.

»Ach, weißt du was, näh es doch einfach vorn zusammen. Dann kannst du die Knöpfe dranlassen. Schau, sie sind handgemacht, wie das ganze Kleid. Richtig abgetragen sind nur die Ärmel. Die könntest du abnehmen, dann ist es eine Art Trägerkleid.« Marie scheuchte sie weg wie übermäßig zutrauliche Hühner.

»Jetzt lasst mir mal das Mädchen zufrieden. Nachher kriegt sie's noch mit der Angst. Das Kleid steht dir wunderbar, Marianne, und zwar genau so, wie es ist. Komm mit nach draußen, da kriegst du ein bisschen Schatten.«

Der Garten war voll mit kleinen Lauben und improvisierten Sonnensegeln aus farbenfrohen, zwischen die baumhohen Stangenbohnen gespannten Tüchern, darunter zusammengewürfelte Decken und Stühle, auf denen Leute saßen, miteinander plauderten, aus hohen Gläsern tranken oder Bierflaschen zum Mund führten, während ihre Kinder auf den Decken lümmelten, zwischen den holzumrandeten Beeten umherrannten oder Eiswürfel aus ihren Gläsern fischten und sich gegenseitig damit bewarfen.

Es gab Kräuter- und Gemüsebeete, an denen meine Mutter ihre helle Freude gehabt hätte, Hochbeete mit fantasievollen Vorrichtungen zum Sammeln von Regenwasser, und in allen möglichen Behältnissen spross etwas, das essbar war oder gut duftete. An einer Garagenwand hingen in Abständen große, mit bunten Streifen bemalte Joghurtbecher, in denen Geranien blühten. Darunter standen Tomatenpflanzen in diversen Waschbecken und Kisten, sogar in einer Toilettenschüssel. Der Duft vor der Wand, nach sonnenwarmen Geranien und Tomatenblättern, war dick und sämig und sehr vertraut. Ich kannte diesen Gewächshausduft von der Rückseite unseres früheren Wäscheschuppens.

Ich fragte Marie: »Vertragen sich Tomaten und Geranien gut? Ich glaube, meine Mutter hat sie früher auch immer kombiniert.«

»Es geht gar nicht darum, dass sie sich vertragen, sondern dass Blattläuse Geranien nicht mögen, Tomatenpflanzen dafür aber umso mehr. In der Theorie zumindest.« Marie stupste an ein Tomatenblatt, und ein paar Blattläuse fielen ihr in die Handfläche. »Siehst du?«

Den ganzen hinteren Teil des Gartens nahm eine Holzhütte ein, hellblau gestrichen und mit zwei hellgelben Türflügeln versehen, davor eine Veranda, behängt mit Discokugeln und Metallspiralen, die sich sacht drehten und die Farben von Hütte und Garten reflektierten.

»Komm«, sagte Marie, »ich zeige dir meine Hütte. Es hat den ganzen Winter gedauert, sie zu bauen, und ich gebe so gern damit an!« Sie schob die gelben Türflügel auf, und ich verstand sofort, warum sie damit angeben wollte. Schubladenschränke, die aus einem alten Tuchgeschäft zu stammen schienen, nahmen eine komplette Wand ein, die Fächer hatten Glaseinsätze, auf denen noch Schildchen mit Aufschriften wie HANDSCHUHE – GLATTLEDER oder BÄNDER – GRÜN klebten, aber ich sah, dass sie alle mit verschiedenen Farben, Kreide- oder Zeichenstiften voll lagen. Auf einer langen Werkbank unter dem Fenster standen Sirup- und Marmeladengläser in einer Reihe, darin diverse weitere Stifte und glänzende Metallwerkzeuge, die Marie, wie sie mir erzählte, für ihre Silberschmiedearbeiten verwendete.

Sie unterrichte Schmuckmachen in Abendkursen, sagte sie. Ich könne jederzeit vorbeikommen, dann würde sie mir eine Gratisstunde geben. Im Sommer veranstalte sie auch manchmal Tagesseminare, von denen man immer ein paar Ringe oder Ohrringe mit nach Hause nahm. Dann griff sie nach einem Paar Ohrringe, die sie gerade fertiggestellt hatte, um mir zu zeigen, wie sie gearbeitet waren – eine Mondsichel, darunter zwei winzige Scheiben an silbernen Kettchen. Mit meinen kurzen Haaren würden die mir wirklich gut stehen, sagte sie, wickelte sie in Seidenpapier und drückte sie mir in die Hand.

Dann zog sie die verschiedenen kleinen Holzschubladen auf, die in die Werkbank eingelassen waren, griff einen Holzzylinder mit einer Flachkopfschraube und eine Zange und zeigte mir, wie man kleine Silberringe aufbog und wieder schloss, um sie zur Kette zu vereinen. Ich machte zwei solcher schlichten Kettchen und hängte sie mir ins jeweils unterste Ohrloch, und Marie sagte: »Wie schön du aussiehst!« Mir war klar, dass das nicht stimmte.

Plötzlich fühlte ich mich schrecklich unbehaglich, war mir meines abgetragenen Kleids und meiner Turnschuhe, der juckenden Ritzwunden an meinen Armen und der kalten Stellen über meinen Ohren, wo die Haare nicht mehr richtig nachwuchsen, nur allzu bewusst. Ich wandte mich ab, schaute zur Tür, um nicht loszuheulen. Etwas an Maries Art, dass sie mir etwas Selbstgemachtes schenkte und mir sagte, wie schön ich damit aussah, musste mich wohl an meine Mutter erinnert haben, zusammen mit dem Duft von Geranien und Tomatenblättern im sommerlichen Garten.

Ich musste an meinen letzten Pullover denken, den mit den unterschiedlich gestreiften Ärmeln, an das Klimpern und Klirren der Perlen am Bündchen, bevor ich die Fäden durchgebissen hatte, vor allem aber, und das war das Schlimmste, an die reine, unversehrte Haut meiner Handgelenke. An meine Mutter, wie sie mir das Haar hinters Ohr strich, an ihre Finger, die nach Zwiebeln und Garten rochen, an meine Ohren, glatt und weich und unbelastet von Clips, Ohrringen und Schorf.

Marie tat, als würde sie meine Tränen nicht bemerken, zog sich zurück und sagte, bleib, so lange du willst, schau dich um und komm wieder zu uns nach draußen, wenn dir danach ist. Obwohl sie aus der Werkstatt gegangen war und mich allein zurückgelassen hatte, roch es dort immer noch nach ihr, nach rotem Kerzenwachs, frischem Holz und Kampfer, und der heiße Atem des Grills vor dem Fenster erfüllte die Luft wie ein Nachklang ihrer sanften ovalen Vokale, des Singsangs ihrer fremdländischen Stimme.

Eine Zeit lang schaute ich durch die offene Tür nach draußen. Alle Frauen trugen lange, farbenfrohe Röcke, bis auf eine sehr kleine Ältere, die unter dem besten Sonnensegel saß, die Haut milchweiß unter ihrem langen cremefarbenen Kleid, der Kopf kahl geschoren, die Lider leuchtend grün und golden bemalt. Es waren viele Kinder da, die über die schmalen Wege zwischen den Hochbeeten rannten, sich gegenseitig nass spritzten, Gießkannen, die fast so groß waren wie sie selbst, über die Holzspäne auf den Wegen zerrten oder die besagten Späne zu kleinen Hügeln aufhäuften, die sie dann wieder platt drückten. Ein etwas älteres Mädchen kam mich holen.

»Bist du Marianne? Mark sagt, du sollst uns bei der Schatzsuche helfen.« Sie hielt mir die kleine heiße Hand entgegen, und ich ergriff sie, dankbar, dass sie mir damit einen einfachen Weg bot, mich wieder unter die Gäste zu mischen. Sie drehte meine Hand, strich über die Narben an meinem Handgelenk.

»Was ist denn mit deinem Arm passiert?«

»Da bin ich mal in die Stachelbeeren geraten. In einem anderen Garten. Vielleicht waren auch ein paar Brombeersträucher dabei. Und Disteln.«

»Gibt es hier auch Brombeersträucher?«

»Nein, das wird eine ganz ungefährliche Schatzsuche. Ich glaube, Mark hat die Brombeerbüsche extra zurückschneiden lassen.« Während ich das sagte, merkte ich, dass meine Mutter aus mir sprach, die Art, wie sie mir etwas erklärte, Geschichten erzählte, und ich überlegte flüchtig, ob sie mir diese Geschichten manchmal auch mit Tränen in den Augen oder Narben am Arm erzählt hatte und ich sie genauso leichthin akzeptiert hatte wie dieses kleine Mädchen namens Rose, das jetzt meine Hand nahm und mich zurück in den Garten führte.

Als wir schließlich die Gemüsespießchen und die vielen Salate vertilgt und reichlich Bier aus diversen Bechern und Teetassen getrunken hatten, zogen Mark und die meisten anderen Männer ihre Hemden aus und fingen an, die vielen kleinen überhitzten Kinder mit dem Gartenschlauch zu besprühen, und es dauerte nicht lange, da waren alle nackt. Es war nicht so, dass die Party auf einmal aufgehört und man sie unbekleidet neu begonnen hätte, die Gäste trugen nur einfach immer weniger am Leib, je weiter der Abend fortschritt.

In den meisten Fällen war das kein sonderlich schöner Anblick. Mark war rundlich und am ganzen Körper rötlich behaart, andere Männer hatten knorrige, sehnige mittelalte Körper, die angezogen schlicht besser aussehen, ganz gleich zu welcher Jahreszeit. Die alte Dame mit dem kahlen Kopf faltete ihr langes, helles Kleid ordentlich zusammen und polsterte ihren Korbstuhl damit, um bequemer zu sitzen. Darunter trug sie ein helles Unterkleid mit lockeren Trägern, das zwei lange Narben von den Achseln bis hin zu ihrer flachen Brust freilegte.

Ein paar Erwachsene fragten mich, ob ich nicht hin und wieder auf ihre Kinder aufpassen wolle. Sie schrieben mir ihre Namen und Telefonnummern in den offenen Deckel meiner Zigarettenpackung. Rose machte mir eine ellenlange Blumenkette aus vielen verschiedenen Blüten, die sie im Garten gefunden hatte. Vielleicht hätte es einen guten Moment gegeben, mich einfach zu verabschieden, irgendwann nach dem Gartenschlauch für die Kinder, bevor auch die Frauen ihre Kleider ablegten, aber den hatte ich irgendwie verpasst.

Dann fiel den Frauen ein, dass es ja noch Nachtisch gab. Mein Käsekuchen sah aus wie ein Lavastrom, als er aus dem Eisfach kam, es gab Obstspieße und klebrig-knusprige Schokotörtchen, Cupcakes, Trifles und Götterspeise, und alles blieb in der Küche, damit nichts wegschmolz.

Inzwischen waren die allermeisten mehr oder weniger nackt, und auch ich hätte mich nur zu gern meines unpassenden Kleids entledigt, wenn ich etwas halbwegs Elegantes drunter angehabt hätte. Etwas, das die ganzen Ritzspuren an Oberschenkeln und Bauch verdeckte und vor allem die an meinen Armen. Gern würde ich erzählen, dass ich diesen ganzen

Unsinn längst hinter mir gelassen hatte, dass es einfach nur noch Zeichen, Narben und Furchen aus traurigeren Zeiten waren. Aber manche Schnitte waren noch sehr frisch.

Hinter der Papierauskleidung meiner Zigarettenschachtel steckte immer eine Rasierklinge. Erst am Nachmittag in der Werkstatt hatte ich ein paar neue Schnitte hinzugefügt. Manchmal griff ich nach der Klinge und staunte, dass sie schon benutzt war, oder aber ich staunte über frische Ritzspuren an meinen Beinen. Nicht immer erinnerte ich mich daran, sie mir zugefügt zu haben, so wie man gelegentlich nicht mehr weiß, ob man am Morgen das Bett gemacht hat, einfach weil es etwas ist, das man täglich tut.

Während in der Küche das Nachtischbüffet gestürmt wurde, blieben bloß die alte Frau ohne Haare und ich im Garten zurück. Unter meinem T-Shirt spürte ich den Pulsschlag an den Armen, mein Blut brannte regelrecht auf einen Weg nach draußen, mir war, als würden sich die Venen sichtbar durch den weißen T-Shirt-Stoff und das zarte blaugrüne Muster des Kleids drücken. Als die ersten Kinder mit Schüsseln voll Götterspeise und Eis wieder unter die Sonnensegel kamen, nahm ich meine Tasche und ging durch das Gartentörchen hinaus, den Weg entlang bis hin zur Straße.

Erst als ich schon wieder im Park war, merkte ich, dass ich meine Zigarettenschachtel mit der versteckten Rasierklinge und den Namen und Telefonnummern fürs Babysitten liegen gelassen hatte. Wenn sie die Schachtel aufmachten und die Klinge entdeckten, würden sie ohnehin nicht mehr wollen, dass ich auf ihre Kinder aufpasste, aber ich spürte doch Bedauern darüber, dass ich sie alle nicht mehr wiedersehen würde.

Irgendwann hatte ich zum Haupttor des Parks gefunden und mich bis zur Bushaltestelle durchgeschlagen, wo ich herumhampelte, mich ständig kratzte, mich nach einer Zigarette sehnte und mir überlegte, wie mein Leben wohl wäre, wenn ich samstags Silberschmiedekurse belegen würde und mich von einem freundlichen kinderlosen Paar, das ganz den Anschein erweckte, mich zu mögen, mit Silberschmuck und Freundschaft beschenken ließe, auf die naturreligiösen Kinder ihrer naturreligiösen Freunde aufpasste und vielleicht sogar selbst noch eine richtige Anhängerin dieser Religion würde, die in einer einfachen Zeremonie heiratete, über einen Reisigbesen sprang, Gemüse zog, Brot buk und meinen fröhlichen Kindern die Geschichten meiner Mutter neu erzählte.

Hauptsächlich aber dachte ich daran, wie gut es meiner Mutter dort gefallen hätte. Wie sie sich an dem Garten gefreut hätte und auch an den Kindern. Sie hätte die anderen Erwachsenen über die Kräuter und verschiedenen Bewässerungssysteme ausgefragt und den Kindern Rätsel aufgegeben und lustige Reime aufgesagt. Die ganze Busfahrt über spürte ich ihre Wärme auf dem Sitzplatz neben mir und führte eine meiner stummen Unterhaltungen mit ihr. Manchmal glaube ich, ich habe mein ganzes Leben als Beobachterin geführt und mir die besten Beobachtungen für sie aufgespart, habe immer ganz genau hingeschaut und mir die Einzelheiten einzuprägen versucht, die ihr gefallen hätten.

War meine Mutter Anhängerin einer Naturreligion gewesen? Ich glaube nicht. Sie sang alte Lieder. Sie sprach mit allem Lebendigen. Mit dem Baum, bevor sie einen Ast von ihm abbrach. Mit den Wurzeln, die in die Höhle herabhingen. Und natürlich mit Elstern. Machten das nicht alle? Mit Kobolden und Elfen. Wenn sie im Garten wieder einmal ihre Lieblingsschaufel verlegt hatte, rief sie: »Was habt ihr kleinen Rabenaase schon wieder mit meiner Schaufel angestellt?«

Oder mit Ratten. Ratten verlassen nämlich das Haus, wenn man sie nur höflich darum bittet. »Liebe Frau Ratte«, sagte sie etwa, »es tut mir wirklich leid, Sie belästigen zu müssen, ich sehe ja, wie beschäftigt Sie sind, aber wissen Sie, es ist gerade wirklich ungünstig, dass Sie sich hier bei uns im Haus aufhalten. Uns wäre sehr damit geholfen, wenn Sie in die Scheune umziehen könnten, wo Sie es mit Ihrer Familie sicher auch warm und angenehm haben. Ich hoffe, Sie nehmen mir das nicht übel. Besten Dank.« Einmal wandte ich ein: Aber sie waren doch jetzt gar nicht da. Sie kamen erst in der Nacht raus. Sollten wir ihnen nicht lieber einen Brief schreiben? Da lachte meine Mutter. Ratten können doch nicht lesen! Natürlich nicht. Wie dumm auch von mir.

Sie las das I Ging und das Alte Testament. Sie las Laotse und Volksmärchen. Sie pustete Kühen und Pferden in die Nüstern und sprach mit leiser, ruhiger Stimme auf sie ein. Sie sammelte Geschichten, Lieder und Überzeugungen, so wie sie die leeren Weckgläser für die nächste Zwetschgenmarmelade aufhob oder die bunten Steingutscherben, die sie in unseren uralten Beeten ausgrub. Weil sie nützlich waren, wegen ihrer Farben und ihrer Geschichte.

Die ganze Heimfahrt über, während ich ihr von dem Grillfest erzählte, von den Reisigbesen, dem selbst gebrauten Bier, den kleinen knorrigen Männern, den Frauen mit den Henna-Haaren, den Kindern mit den Gießkannen und dem zerlaufenen Käsekuchen, schüttelte sie sich vor Lachen. Als ich in Wolverhampton aus dem Bus stieg, wischte ich mir selbst ein paar Lachtränen aus dem Gesicht und hörte sie laut und deutlich an meinem linken Ohr sagen: »Ich kann ja gar nicht fassen, dass du das Sonnwendfest nicht kanntest! Du hättest doch wissen müssen, dass man an so einem Tag seine beste Unterwäsche trägt.«

Meine Mutter hatte ein unbändiges Lachen. Sie lachte über Dinge, die ich als Kind überhaupt nicht komisch fand, aber wenn sie lachte, musste man einfach mitlachen. Es war ein gewaltiges, berstendes, explosives Lachen, von dem ihr meist die Tränen kamen. Sie quietschte vor Lachen, übertrieb es maßlos. Manchmal denke ich, wenn ich all das Gute in einem schlechten Tag für sie zusammenklaube oder irgendetwas Merkwürdiges plane, versuche ich nur, sie zum Lachen zu bringen. Ich halte ihr komplett misslungene Bilder hin, damit sie darüber lacht. Ich zucke die Schultern über Absonderlichkeiten und hebe dann den Kopf, um ihre lautstarke kindliche Reaktion zu hören. Sie liebte die schlechtesten Witze, und es spielte keine Rolle, wie oft sie sie schon gehört hatte, sie fand sie immer noch urkomisch.

Am meisten aber liebte sie Geschichten von absurden Missgeschicken. Einmal blieb Edward auf dem Heimweg mit dem Auto auf einer überschwemmten Straße liegen. Er war schon kurz vor unserem Dorf, also hielt er jemanden an, sie schoben den Wagen gemeinsam bis zu unserer kleinen Tankstelle und ließen ihn dort stehen. Edward kam erst spät zu Hause an, mit dunklen Wasserflecken an der Hose und vor Nässe quietschenden Schuhen.

Am nächsten Tag kehrte er zur Tankstelle zurück und stellte fest, dass er den Wagen in dem Bereich abgestellt hatte, der für die TÜV-Prüfung vorgesehen war. Der Tankstellenbetreiber war ein sehr exzentrischer Mensch mit zotteligen schwarzen Haaren und einem zotteligen schwarzen Hund namens Pooh. Er überreichte Edward eine Rechnung für die TÜV-Prüfung. Das allein hätte Edward sicher nicht weiter gestört, nur war das Auto leider nicht durch den TÜV gekommen. Meine Mutter liebte diese Geschichte.

16

Wo die Babys herkommen

Raspberry, strawberry, gooseberry jam,
Tell me the name of your young man!
A – B – C – D – E – F – G

Dass sie aus dem Bauch der Mutter kommen, wusste ich immer schon. Als meine Mutter mit Joe schwanger war, dachte sie sich ein Spiel für mich aus, bei dem ich jeden Monat irgendeinen Gegenstand im Haus suchen musste, der so groß war wie das Baby gerade. Einen Pfirsichkern. Eine Pflaume. Einen Apfel. Eine Pampelmuse. Außerdem konnte ich ja sehen, wie er wuchs, schaute ihm dabei zu, wie er sich drehte, wie eine Ente, die den Kopf unter Wasser tauchte. Als meine Eltern ins Krankenhaus aufbrachen und Mrs. Wynne die ganze Nacht bei mir blieb, wusste ich, dass die zwei am nächsten Tag mit einem fertigen neuen Menschen wiederkommen würden. Mit dem ganzen Blödsinn von den Babys, die zwischen den Stachelbeerbüschen wuchsen, brauchte man mir nicht zu kommen.

Auf der Grundschule war von der Babysache sehr viel die Rede. Wenn wir kopfüber an den Knien vom Klettergerüst hingen und uns die Röcke übers Gesicht fielen, blieben wir am liebsten so lange dort hängen, bis wir mit der Scheide furzen konnten. Da hingen wir, die Schulröcke über dem Kopf, ließen Luft herein, drückten sie wieder hinaus und erzählten uns, wie viele Finger wir in das Loch kriegten.

Irgendwann muss mir eins von den anderen Mädchen erzählt haben, dass aus diesem Loch die Babys kommen. Ich wies den Gedanken weit von mir. Ich hatte ja gesehen, welche Gegenstände ich Monat für Monat ansammelte, und wusste, dass wir hier von etwas sprachen, das etwa so groß war wie eine Wassermelone. Das konnte da unmöglich rauskommen. Ein Mädchen, Carol, behauptete, in der Badewanne bekomme sie zwei Finger auf einmal rein, sonst waren sich aber alle einig, dass es gerade groß genug für einen war.

Ich überlegte, ob es da womöglich einen Trick gab, das Baby vielleicht nur die Größe einer Kaulquappe hatte, wenn es hinausglitt, und sich dann ausdehnte, sobald es mit Luft in Berührung kam. Aber bestand in dem Fall nicht die Gefahr, dass es jederzeit rausrutschen konnte, etwa wenn man auf die Toilette ging, und man es irgendwie auffangen musste? Was, wenn man nicht den Mut hatte, mit der bloßen Hand in die Toilette zu fassen und es herauszufischen? Und warum sollte es drinnen erst so groß werden und dann für die Geburt wieder schrumpfen? Das war alles sehr verwirrend. Ich fragte Lindsey danach. Sie zog ihren engen gelben Pulli hoch und zeigte mir eine spektakuläre Kaiserschnittnarbe.

»Allerdings, die sind viel zu groß, um da durchzupassen«, sagte sie. »Anne-Marie wog bloß sechs Pfund, und trotzdem haben sie sie da rausgeholt. Viel besser.« Sie nahm meine Hand und ließ sie über das schartige Narbengewebe gleiten, vom Nabel bis zum Rand ihres Spitzenhöschens.

Das muss in dem Jahr gewesen sein, als ich zehn wurde und Lindsey kaum noch auf uns aufpasste, weil sie jetzt Anne-Marie hatte; ich glaubte, die Kleine hieße nach mir, aber Edward erklärte mir, dass es ein völlig anderer Name war.

Danach kam Lindseys Schwester Melanie, um sich um uns zu kümmern, aber Lindsey war meistens auch dabei, um Melanie Gesellschaft zu leisten und ihrer Mutter nicht im Weg zu sein. Sie sagte dann immer: »Ich habe Anne-Marie mitgebracht, damit sie mit Joe spielen kann«, aber Anne-Marie war noch viel zu klein zum Spielen. Das Lustigste, was sie zustande brachte, waren Spuckebläschen.

Da hörte ich zum ersten Mal von dem Baby aus der Telefonzelle. Es kam im Radio. Jemand hatte ein Baby in einer Telefonzelle gefunden. Das erschien mir doch eine deutlich vernünftigere Lösung als das winzige Loch oder das große, scharfe Messer.

Ich hoffte, dass das Baby in der Telefonzelle warm genug eingemummelt war. In unserem Dorf stand auch eine, aber der fehlten ein paar Scheiben. Ich war selbst schon drin gewesen, und sie stank nach Pipi. An dem kleinen schwarzen Regal war ein Telefonbuch festgekettet. Ich fand das keinen vertrauenerweckenden Ort, um ein Baby abzulegen. Mir fiel auch wieder ein, wie vorsichtig man wegen der Keime sein musste. Und überhaupt, was war, wenn das Baby in die Telefonzelle gelegt und den ganzen Tag von niemandem gefunden wurde? Dann holte es sich ja den Tod oder verhungerte. Oder beides.

Auf dem Heimweg von der Schule kam ich regelmäßig an der Telefonzelle vorbei. Meistens waren Lindsey und Melanie dabei, die eine schob Joe in seinem kleinen gestreiften Sportwagen, die andere Anne-Marie in ihrem gewaltigen rosa Thron. Sie hatten nichts dagegen, wenn ich vorausrannte und in der Telefonzelle nachsehen ging. Sie riefen nur: »Fass da drinnen bloß nichts an. Da ist alles dreckig!«, und ich tat, als wäre es irgendein albernes Spiel, dass ich jemanden anrufe.

Ich erzählte niemandem, dass ich nach einem Baby schaute. Ich war in Sorge, es könnte vielleicht erst mal stinken, weil es von diesem scheußlichen Ort stammte, und seine Haut wäre gelb wie das Papier des alten Telefonbuchs. Vielleicht wäre es ja auch in Zeitungspapier gewickelt oder in ein paar herausgerissene Seiten aus dem Telefonbuch. Es hätte keinen Namen, kein Zuhause, niemanden. Ich würde es mit nach Hause nehmen und behalten. Was interessierte mich, wo andere Leute ihre Babys herkriegten. Ihre Methoden waren allesamt widerlich. Aber dieses Baby gehörte mir, und ich wusste ganz genau, wo ich es finden würde.

Ich stellte mir vor, wie schwierig es sein würde, es nach Hause zu tragen. Ich wusste ja, dass Babys wie verrückt zappelten, und dieses hätte schließlich keine Kleider an, es würde also auch noch glitschig sein. Von der Telefonzelle bis zu unserem Haus sind es mindestens zwei Kilometer, vorbei an der Kirche, bis zur nächsten Weggabelung am Fluss und dann noch ein Stück weiter. Ob ich es schaffen würde, den Kleinen den ganzen Weg festzuhalten? Ob ich noch wusste, wie man ihn richtig hielt? Ob er schreien würde? Ob ihm kalt wäre?

Ich stellte mir vor, wie ich mit ihm nach Hause käme und die Baby-Badewanne auf den Boden stellen würde, wie wir es immer bei Joe gemacht hatten, das Baby vorsichtig herausheben und in ein warmes Handtuch wickeln, hinten im Wäscheschrank nach einem von Joes alten Strampelanzügen suchen, ein Fläschchen Milch wärmen würde. Aber die ganze Zeit, die ich diesen Tagtraum hegte – und ich ging nicht ein einziges Mal an der Telefonzelle vorbei, ohne hineinzuschauen –, dachte ich doch nie über diese ersten paar Stunden hinaus. Glaubte ich ernsthaft, man würde mir erlauben, ein Baby zu behalten?

Als ich alt genug war, um das witzig zu finden, fing ich an, anderen davon zu erzählen. Und eines Tages, ich war schon Mitte zwanzig, bekam ich eine Nachricht von einer Freundin: Hey, da hat jemand dein Baby in der Telefonzelle gefunden – schau mal. Darunter ein Link zu einer Lokalzeitung. Es war nicht mein Dorf, aber doch ein ganz ähnliches, irgendwo in Lincolnshire. Ein Baby in einer Telefonzelle. Eiskalt, in Zeitungspapier gewickelt, genauso, wie ich es mir immer ausgemalt hatte. Was für ein Glück, dass es jemand dort brüllen gehört hatte, bevor es zu spät war. Man hatte die junge Mutter bereits ausfindig gemacht.

Aber bis mein Erwachsenenverstand übernahm, die Angst und den Schmerz des jungen Mädchens sah, das den Kleinen dort zurückgelassen hatte, und die Gefahr für beider Leib und Leben, fühlte ich mich beraubt. Es war meine erste instinktive Reaktion. Mein Baby war endlich gefunden worden, aber nicht von mir. Und der zweite Gedanke, der zweite Herzschlag nach dem Verlustgefühl: schlechtes Gewissen. Warum hatte ich bloß aufgehört, nach ihm Ausschau zu halten? Wie hatte ich so illoyal sein können?

Susannah habe ich nicht in einer Telefonzelle gefunden. Aber ich habe an etlichen reichlich unmöglichen Orten gesucht, bis ich sie fand. Ich suchte sie in Beziehungen zu Menschen, die sich nicht einmal für mich interessierten, geschweige denn für ein Kind, das ich womöglich bekäme. Ich suchte sie in One-Night-Stands. Ich suchte sie auf den Webseiten von Adoptionsvermittlungen, die den Antrag einer unverheirateten jungen Frau ohne feste Arbeitsstelle niemals berücksichtigt hätten. Einen Freund von der Uni überredete ich, mir einmal im Monat gegen ein paar Bier ein Filmdöschen voll Sperma zu spenden, und unterschrieb eine handschriftliche Vereinbarung hinten auf einer seiner kunstgeschichtlichen

Seminararbeiten, dass ich nie irgendwelche Unterhaltszahlungen von ihm fordern würde.

Das Dumme war nur, dass sein Studentenwohnheim eine lange Busfahrt von mir entfernt lag, und er meinte, wenn ich es bei ihm im Bad applizierte, sei ihm das zu eklig, und so musste ich es dicht an der Haut bis zu mir tragen und konnte nur hoffen, dass es nicht zu sehr auskühlte. Das tat es aber wohl doch. Zumindest hat es nie geklappt. Er machte durchaus den Vorschlag, dass wir es jederzeit auch auf direkterem Weg probieren könnten, wenn mir danach wäre. Aber ich lehnte ab. Nicht, weil ich ihn nicht gemocht hätte, sondern weil ich fürchtete, ihn dann zu sehr zu mögen. Allein meine Dankbarkeit für das, was er tat, reichte ja schon, dass ich ihn zu sehr mochte.

Bis ich dreißig war, suchte ich nach ihr, in einer ganzen Serie falscher Entscheidungen und Sackgassen. Am Ende wurde ich dann auf sehr viel konventionellere Art mit Susannah schwanger. Ich verliebte mich. Die ganzen Klischees und schlechten Popsongs hatten also doch recht. Nichts schützte mich davor, da konnte ich noch so wenig daran glauben, noch so sehr denken, das gelte alles nicht für mich. Ich arbeitete damals in einer Galerie. Dort hing ein Bild von ihm, das mir besonders gut gefiel, ein Haufen Schuhe und Stiefel in verschiedenen Farben. Eines Tages stand er selbst davor. Er wollte von mir wissen, wie ich es fände. Ich antwortete, es sei mein Lieblingsbild, wegen der Farben.

»Schlau von Ihnen, das zu sagen. Es ist nämlich von mir.«

»Da haben Sie aber jede Menge sehr schöne Schuhe.«

Er wandte sich vom Bild ab und lächelte mich an. Und plötzlich war ich mir des exakten Abstands zwischen uns sehr bewusst, nicht nur des Abstands zwischen seiner und meiner Stimme, diesen Raum voll lebendiger Luft, den ich mit meinem Atem vermessen konnte, sondern des Abstands zwischen unseren Körpern, unseren Beinen bis hin zum Abstand zwischen seinen und meinen Füßen. Ich sah nach unten, um den Blickkontakt zu vermeiden. Er trug knallblaue Doc Martens. Meine waren dunkelrot.

»Schicke Stiefel.«

Wir schauten beide gleichzeitig wieder hoch. Und ich wusste, dass ich ihm alles glauben würde, was er mir erzählte. Jedes Wort. Er hingegen wich einen halben Schritt zurück und sagte: »Tja, also. Dann sehen wir uns wohl bald wieder. Falls Sie noch mehr Bilder von mir nehmen.« Er zuckte leicht mit den Schultern und ging. Ich spürte die leere Luft, als er sich entfernte, und folgte ihm unwillkürlich bis zur Tür, hielt sie hinter ihm auf, sah ihm nach, als er ging.

An der Straßenecke zog er eine geringelte Wollmütze aus der Manteltasche und streifte sie über. Er hatte einen jungenhaften Gang, einen federnden, tänzerischen Schritt. Das Wort »keck« fiel mir ein. Eine kecke Mütze. Ein kecker Gang. Das Wort »keck« ist nicht sonderlich sexy. Ich musste laut auflachen, und er hörte es, drehte sich um und winkte.

Die folgende Woche brachte ich damit zu, seine Unterlagen zu studieren, mir alles daraus einzuprägen, und versuchte, den Galeristen zu überreden, noch weitere Bilder von ihm in Kommission zu nehmen. Einen Schuhhaufen wollte anscheinend niemand kaufen, und der Galerist kam nur alle paar Wochen, große Fortschritte hatte ich also noch nicht gemacht, als er wieder auftauchte, um mit mir zu reden. Er wartete vor der Tür, als ich zum Aufschließen kam.

Er sagte sinngemäß: »Und, haben Sie meine Schuhe noch nicht verkauft?«, und ich sagte sinngemäß: »Was machen Sie denn hier?« Er tat gar nicht erst so, als ob er Donald, den Galeristen, sprechen wollte oder weitere Arbeiten dabeihätte.

Stattdessen sagte er: »Ich wollte Sie sehen. Ich dachte, wir könnten uns vielleicht mal zum Abendessen treffen oder so was. Uns besser kennenlernen.« Ich bekam gar keine Antwort heraus. Ich starrte ihn nur an. »Sie kennen meinen Namen ja schon. Ich heiße Barney. Und Sie?«

»Marianne.«

»Wie romantisch. Mariana hinter dem Burggraben.«

»Also, eigentlich war es eher Morast. Eine morastige Straße. Eine Straße, die ständig unter Wasser stand. Aber Sie können gerne auch Burggraben dazu sagen.«

»Könnten Sie sich vorstellen, für mich zu sitzen?«

»Wie bitte?«

»Für ein Portrait. Ist das eigentlich Ihre echte Haarfarbe, oder ist da was mit der Tönung schiefgelaufen?«

»Es hätte Blond werden sollen. So eine Art Blond.«

»Sie könnten vielleicht etwas über den Kopf ziehen.«

»Eine kecke Mütze? Lässt sich machen.«

»Keck? Auch ein Wort, das man nicht alle Tage hört, Marianne hinter dem Burggraben.«

Wie sich herausstellte, hatte er in seinem Atelier zahllose Kopfbedeckungen. Mützen mit eingearbeiteten Spiegeln, Strohhüte, Häkelkäppchen. Mich zeichnete er mit einer kleinen, eng anliegenden Wollmütze. Bei der Arbeit durchbrach er nicht ein Mal die unsichtbare Wand zwischen uns. Ich saß mit dem Blick von ihm weg. Ich bekam nicht mit, wie er mich betrachtete. Erst als ich die fertige Zeichnung sah, begriff ich, wie genau er mich gesehen hatte.

Und immer noch überquerten wir beide nicht den exakt bemessenen Raum zwischen uns. Während ich mein natürliches Misstrauen gegen alles und jeden damit bekämpfte, dass ich mit aller Welt schlief, ohne groß darüber nachzudenken, ließ Barneys Misstrauen gegen alles und jeden ihn Abstand halten. Er war argwöhnisch. Äußerst argwöhnisch. Ein Jahr lang trafen wir uns, sprachen übers Malen und fragten einander nichts anderes. Sein Online-Auftritt beschränkte sich strikt auf die Arbeit.

Nach zehn Monaten erzählte er mir, dass er eine Freundin habe. Das hielt mich nicht davon ab, ihn weiter anzurufen. Oder ihm in Cafés, Galerien und an jedem anderen Ort, der mir einfiel, aufzulauern. Ich brachte ihm ein Buch vorbei, das ich gerade gelesen hatte, und schlug ihm einen Tausch vor. Sogar an *Pearl* versuchte er sich. Niemand sonst war je bereit gewesen, das für mich zu tun. Ich nahm es als Zeichen tiefgreifenden Interesses. Eventuell war es aber bloß ein Zeichen seines tiefgreifenden Interesses an Lyrik, nicht so sehr an mir. Er las mir Passagen daraus vor, und seither höre ich beim Lesen immer seine Stimme. Er war ganz in der Nähe der Grünen Kapelle aufgewachsen. Der echten, nicht der am Fluss unweit unseres Hauses. Vielleicht klang er also wirklich so wie der Gawain-Dichter.

Streit gab es nur darüber, dass ich so an den Erinnerungen an meine Mutter hing. Warum beschäftigte mich das dermaßen? Er begriff es nicht. Und er mochte es nicht, wenn ich von ihr redete. Selbst wenn ich Elstern grüßte oder alte Lieder sang, nervte ihn das. Weil er wusste, es ging eigentlich um sie. Seine eigene Mutter war ebenfalls verschwunden, als er acht Jahre alt war. Aber er wollte nie wieder etwas mit ihr zu tun haben. Er wusste, dass sie noch lebte, wollte sie aber nicht wiedersehen. Ich stellte ihm zahllose Fragen über sie. Er erzählte mir, sie lebe in Market Drayton, wo sie mit ihrem jetzigen Mann einen Reitstall betreibe. Ich stellte mir unweigerlich vor, wie es wäre, wenn meine Mutter nur eine Autostunde entfernt leben würde, die Haare an den Schläfen jetzt grau, aber immer noch zum unordentlichen Knoten am Hinterkopf festgesteckt, kleine Fältchen um die Augen, wie sie ihr Pferd sanft an der Longierleine über den sonnigen Hof ihres Reitstalls führte. Ich schlug Busverbindungen nach und fragte ihn, ob wir sie nicht mal besuchen sollten. Er sah mich an, als hätte ich ihn geohrfeigt, schluckte schwer und sagte: »Wir reden hier von meiner Mutter. Sie wollte mich nicht, als ich acht war, und wird mich auch jetzt nicht wollen.« Dann ging er sehr still und traurig aus dem Zimmer, und als die Tür hinter ihm zufiel, stellte ich mir vor, wie die leeren Kleiderbügel im Schrank ihr dreißig Jahre altes Klirrkonzert zum Lied seines Verlusts beisteuerten.

Er liebte Edward und Joe. Mit einem Haushalt unter männlicher Führung kam er offenbar bestens zurecht. Was ja auch sehr einleuchtet. Ich war die Einzige, der er misstraute. Er war längst überzeugt, dass alle Frauen entweder verrückt oder zutiefst unzuverlässig waren, gern auch beides. Entsprechend wachsam nahm er jeden Hinweis auf, der seinen Verdacht bestätigte. Um ihn mir zu erhalten, musste ich nichts weiter tun, als immer wieder unter Beweis zu stellen, dass ich nicht wie meine Mutter war. Aber leider bin ich das. Und es ist harte Arbeit, die ganze Liebe auf die Karte zu setzen, die gegen einen ausgespielt wird.

Wir waren noch nicht lange genug zusammen, um offen über eine Zukunft, eine Familie zu sprechen, aber genau das wollte ich, von Anfang an. Ich wollte das ganze Programm. Ich wollte es so sehr, dass ich nur auf den richtigen Moment wartete. Und ich glaubte, er wolle es auch. Er schenkte Edward ein Bild von einer alten Hütte im Wald und hängte es ihm im Büro an die Wand. Dort hängt es immer noch. Er machte zahllose Zeichnungen von mir, auf denen ich in aller Regel wegschaue. Wir sprachen darüber, vielleicht irgendwann zusammenzuziehen, wenn mein Mietvertrag auslief.

Eines Abends betranken wir uns bei der Vernissage einer Ausstellung von Druckgrafik-Miniaturen mit dem Gratiswein, verschlimmerten den Rausch auf dem Heimweg dann noch mit einer abscheulichen Billig-Pizza, und mir wurde so fürchterlich übel davon, dass ich mich für den Rest des Monats eigentlich nicht mehr auf die Pille hätte verlassen dürfen. Nach dem Jahr gescheiterter Sperma-Spenden nahm ich das mit der Pille aber ohnehin nicht so richtig ernst.

Eine gute Woche später ging er mit Freunden feiern, weil einer von ihnen bei der Miniaturen-Ausstellung den ersten Preis gewonnen hatte. Er brachte alle mit in seine Wohnung, wo ich aus irgendeinem Grund übernachtete, und ich war etwas ungehalten, weil sie mich geweckt hatten, und dann noch deutlich ungehaltener, als sie anschließend zwei Stunden lang laut Musik hörten.

Am nächsten Morgen erklärte er mir, ich hätte ihn letzte Nacht erstens total blamiert, weil ich mich aufgeführt hätte, als wäre es meine Wohnung, was ganz entschieden nicht der Fall sei und im Übrigen auch niemals sein werde, und er habe zweitens in dieser Nacht mit seinen Freunden den Pakt geschlossen, nie Kinder zu bekommen, die womöglich ihre Kunst beeinträchtigten. Ich war damals noch jung und dumm, ich wusste nicht, wann es an der Zeit war, mich zurückzuhalten, und erst recht nicht, dass man mit einem verkaterten Mann besser keinen Streit anfing. Irgendwann im Lauf des Streits erwähnte ich auch das pizza-induzierte Kotzen und die Pille, und er warf mir vor, ihn reingelegt und gegen seinen Willen sein Leben gekapert zu haben.

Als ich den ersten Schwangerschaftstest machte, umschlichen wir uns immer noch zögernd, jedes Lächeln lief Gefahr, sich in Tränen aufzulösen, und ich traute mich nicht, es ihm gleich zu sagen. Als ich es ihm schließlich erzählte, musste ich zudem beichten, es ihm anfangs verschwiegen zu haben. Was das Ganze natürlich noch viel verdächtiger aussehen ließ.

Als ich danach die ganze Woche in meiner Wohnung blieb, um ihm zu beweisen, dass ich jetzt nicht erwartete, von ihm zu hören, ich solle bei ihm einziehen, nur weil ich schwanger war, warf er mir vor, ich würde ihn sitzen lassen, nun, wo ich endlich hätte, was ich wollte. Wenn ich weinte, fragte er mich jedes Mal, ob das echte Gefühle seien oder nur die Hormone. Jetzt, wo ich Mutter wurde, war ich nicht mehr vertrauenswürdig, schrammte am Rand des Wahnsinns entlang. Ich wurde alles, was er fürchtete.

Die nächsten drei Monate schlichen wir auf Zehenspitzen umeinander herum, dann bekam ich Blutungen. Er wirkte erleichtert. Das hielt ich nicht aus. Ich konnte es nicht ertragen, wie glücklich er aussah. Ich ging nach Hause, um mich dort durch die verbleibenden Monate, die immer wieder einsetzenden Blutungen und meine eigenen Ängste zu heulen. Ich kann ihm also nicht einmal vorwerfen, er hätte mich verlassen. Ich war ja selbst gegangen.

Womöglich wären wir nach Susannahs Geburt wieder zusammengekommen, aber als er seine eine Woche alte Tochter besuchen kam, war ich unglücklicherweise wirklich verrückt geworden. Susannah war eben aufgewacht und musste gestillt werden, als er eintraf, aber mir war es unangenehm, vor ihm mein Oberteil aufzuknöpfen und ihm meine wunden, blutigen Brustwarzen und den Berg von Bauch zu zeigen. Eigentlich wollte ich nur, dass er das Baby hielt, damit ich duschen und mir die Haare kämmen konnte, aber jetzt, wo Susannah wach war und Hunger hatte, war es dafür zu spät.

Ich drückte sie ihm in den Arm, und er sagte: »Wenn sie so brüllt, kann ich ihr Gesicht ja kaum erkennen.« Ihr Name gefiel ihm nicht. Zumindest hatte ich Sorge, dass ihr Name ihm nicht gefiel. Er hatte bisher nichts dazu gesagt. Ich fragte mich, ob er das wohl aktiv vermied.

Ich spürte die altbekannte Präsenz seines Körpers, den exakten Abstand zwischen uns, die Gestalt des Kindes so klar umrissen, als hätte ich es mit roter Tinte dorthin gemalt. Alles im Zimmer sonderte Farbe ab. Sein Gesicht, sein dunkelbraunes Haar, sein weiches, gestreiftes Hemd, seine schwarze Jeans. Die Wollsocken mit den in Rot und Orange abgesetzten Zehen knickten ein und blichen aus, und alles Rot sammelte sich als Lache zu unseren Füßen.

Ich roch die Farbe, das Blut darin, Katzenfell, alte Mäntel in feuchten Schränken. Ich hatte Angst, er könnte nach unten schauen und sehen, wie all unsere Farben im Teppichboden versickerten, könnte ihren Gestank riechen und bemerken, dass Katzen im Haus waren, mit all ihren Keimen, den halb toten Mäusen und dem Fell, das Babys ersticken konnte.

Wir standen beide noch mitten im Zimmer und betrachteten den brüllenden Säugling, dessen Namen nur einer von uns mochte, da traf die Hebamme ein. Ich sah sie durch die Haustür. Es war nicht die nette, die versprochen hatte, mir etwas gegen meine Hämorrhoiden mitzubringen. Sondern die Schottin, die nicht »Keime« sagte, sondern »Bakterien«, mit rollendem R, sodass es gleich noch viel bedrohlicher klang.

Ich ließ Barney das Baby und ging zur Tür, um ihr aufzumachen, trat dabei aber sehr vorsichtig auf, um die Farbe nicht überall zu verteilen. Der Boden sollte ja nicht dreckig aussehen. In der kleinen Diele sah ich nach unten und stellte fest, dass ich von Katzen umringt war. Das leuchtete mir völlig ein. Ich hatte sie gerochen, und da waren sie jetzt also.

Ich sorgte mich wegen der Keime, die Katzen ins Haus bringen. Außerdem konnte Barney Katzen nicht ausstehen. Wenn ich der bedrohlichen Hebamme aufmachte, würde sie die Katzen sehen und erkennen, dass ich mich nicht gut um das Baby kümmerte. Sie hatte sowieso schon Vorbehalte gegen meine Stilltechnik. Ich stellte mich mit dem Rücken zur Tür, versuchte, die Katzen zu meinen Füßen zu verscheuchen.

Susannahs Gebrüll sorgte dafür, dass mir unter dem Oberteil die Milch nur so aus den Brüsten rann. Ich spürte, wie sie am Bund meiner Jogginghose ein Pfützchen bildete. Aber ich starrte nur auf meine Füße, wollte die Katzen zum Verschwinden bringen. Ich konzentrierte mich auf das Muster der Fliesen. Es waren wirklich schöne Fliesen.

Als ich eingezogen war, hatte Barney ein spezielles Putzmittel zur Pflege alter Fliesen gekauft und sie damit geschrubbt, bis die Farben nur so leuchteten. Orange und Cremeweiß mit kleinen Dreiecken in Türkis. Wenn ich mich ganz auf das Muster konzentrierte, wurden die Katzen durchsichtig. Nicht komplett. Aber sie verblassten. Ich kam zu dem Schluss, dass es so was wie ein Test sein musste. Dass sie vielleicht gar keine echten Katzen waren. Denn echte Katzen, das wusste ich, waren nicht durchsichtig, noch nicht mal teilweise.

Barney kam mit Susannah auf dem Arm in die Diele.

»Soll ich aufmachen? Wie kann ich dir helfen?«

»Schaff die Katzen hier raus, damit sie sie nicht sieht.« Ich sah ihn stutzen, sich neu sortieren, schwer schlucken. Da wurde mir klar, dass irgendwas nicht stimmte. Aber er wich meinem Blick nicht aus.

»Das klingt doch gut. Geh du mal wieder rein und still das hungrige Baby hier, und ich sage ihr, sie soll später wiederkommen.«

»Sag ihr, sie soll die andere schicken. Die hat Medikamente.« Aus irgendeinem Grund flüsterte ich das letzte Wort in jedem Satz. Er schob mich in einen Sessel, legte mir Susannah in den Arm. Der feuchte Fleck hatte sich inzwischen über mein ganzes Oberteil ausgebreitet. Ich sah, wie Barney ihn verblüfft musterte. Als ich ihm wieder ins Gesicht schaute, war er knallorange. Nicht so, als hätte er sich angemalt. Nicht wie ein böser Sonnenbrand. Es sah einfach aus, als würde er von innen heraus orange leuchten. Ich streckte die Hand aus, wollte fühlen, ob sein Gesicht heiß war. Aber das war nicht der Fall.

»Marianne, Liebes, ich glaube, du bist ein bisschen krank.«

»Das kann schon sein.«

»Ich schicke die Frau jetzt mal weg. Und dann rufe ich deinen Vater an.«

»Ach, Barney?«

»Ja?«

»Du kannst sie auch gleich fragen wegen deinem Gesicht. Sie ist so eine Art Krankenschwester.«

»Wegen meinem Gesicht?«

»Du kannst doch nicht ewig mit orangem Gesicht rumlaufen.«

»Nein, das stimmt.«

Als er wieder hereinkam und mir ein Sandwich brachte, war ich in Sorge, die Katzen könnten hinter ihm ins Zimmer schlüpfen, was sie zum Glück nicht taten. Ich roch sie aber nach wie vor in der Diele, und mir kam der Gedanke, dass sie wohl die ganze rote Tinte vom Boden aufgeschleckt hatten. Der Boden interessierte mich auf einmal sehr. Ich sah unters Sofa, um zu sehen, ob die Tinte jetzt dort war.

»Hoffentlich geht es dir bald besser.«

Ich wusste gar nicht, was er meinte. Er war doch der mit dem orangefarbenen Gesicht. Es sei denn, das war ansteckend.

»Sorg dafür, dass die Katzen alle weg sind. Ich kann hier drin keine Katzen haben. Das ist unhygienisch.«

»Ich lasse sie alle zur Hintertür raus.«

»Gut.«

Noch als er das sagte, kam mir der Gedanke, dass es wohl doch keine echten Katzen waren. So wie man, wenn man betrunken ist, weiß, dass der Teppichboden im Pub nicht wirklich wackelt. Auch wenn man bei jeder seiner Bewegungen ins Stolpern kommt.

Ich hörte Barney in der Küche telefonieren. Ich hörte es durch das Brodeln des Wasserkochers hindurch, über die auf- und zuklappende Kühlschranktür hinweg. Er erzählte irgendwem, dass ich verrückt war. Und obwohl die teilweise durchsichtigen Katzen jetzt weg waren, würden diese Leute doch sehen, dass ich einen Mann mit orangefarbenem Gesicht ins Haus gelassen hatte, der vielleicht sogar ansteckend war. Und dann würden sie kommen und mir das Baby wegnehmen. Ich wusste, ich musste fliehen, aber Susannah trank, und außerdem war ich viel zu müde zum Fliehen, würde viel zu stark bluten und nicht sehr weit kommen.

Eine halbe Stunde später war Edward da und blieb drei Wochen, brachte mir ein Glas Milch nach dem anderen, buk mir herrliche Flapjacks mit dunklem Sirup nach dem Rezept meiner Mutter, sorgte dafür, dass ich die ganze Nacht durchschlief, und wärmte Fläschchen mit Babymilchpulver, ließ in einem fort die Waschmaschine laufen und machte die zahlreichen medizinischen Besucher mit Tee gefügig, bis irgendwann keine Katzen mehr da waren und auch kein Katzengeruch und keine Fremden mehr durch den Glaseinsatz in der Haustür hereinspähten.

Er blieb, bis sich der Schorf von meinen Brustwarzen gelöst hatte und sie zu harten kleinen Lederknötchen geworden waren, die nichts mehr spürten, und Susannah sah ihn an, schenkte ihm ihr erstes Lächeln und liebte ihn auf ewig, so wie sie sicherlich auch ihren Vater geliebt hätte, wenn er es gewesen wäre, der da war und all das für uns tat.

Kein Mensch redete davon, mir Susannah wegzunehmen. Das war Edwards Geschenk an mich. Aber genauso war es das meiner Mutter. Die vielen Jahre, seit sie zur Tür hinausgegangen war, hatte Edward damit zugebracht, sich zu wünschen, er hätte es besser gewusst und wäre nach Joes Geburt bei ihr geblieben, bis keine Engel mehr auf der Treppe Posten bezogen. Mich wollte er keinesfalls auch nur eine Minute allein lassen.

Barney sah ich nach diesem ersten Besuch nicht mehr oft, obwohl Edward mir berichtete, er würde jede Woche anrufen, um sich zu erkundigen, wie es mir ging. Offenbar kam er an manchen Nachmittagen auch vorbei und schob Susannah in ihrem Kinderwagen immer wieder rund um den Park, aber daran habe ich keine Erinnerung. Dafür erinnere ich mich an seine Miene, als er anfing, sie tageweise abzuholen, da war sie achtzehn Monate alt. Er wirkte immer leicht verlegen, als wäre er es, der durchgedreht war. Wahrscheinlich war es ihm peinlich, Zeuge gewesen zu sein.

Hin und wieder brachte er abgelegte Sachen von den Kindern seiner Schwester vorbei oder mal ein selbst gebasteltes Mobile, das über dem Babybett hängen sollte. Als Susannah zwei war, machte er einen Nachmittag lang Fotos von ihr, die wirklich schön geworden sind. Wenn es um Geburtstage und Weihnachten geht, ist er nicht sehr zuverlässig, aber oft kommt er zu anderen Anlässen vorbei und hat spannende Überraschungen im Gepäck. Einen Roller beispielsweise, der Funken sprüht. Einen praktisch ungetragenen gelben Duffelcoat. Ein Kochbuch. Einen großen Plastikeimer mit Legosteinen, den er im Wohlfahrtsladen entdeckt hatte und in dem, wie in einer Lostrommel, eine komplette Sylvanians-Familie versteckt war.

Mir kann er bis heute nicht in die Augen sehen, aber seine Tochter liebt er wirklich sehr. Inzwischen lebt er in Frankreich, hält aber trotzdem noch Kontakt zu ihr. Hätte er Geld, würde er vermutlich auch das schicken. Mich schmerzt es zu sehen, wie lieb er sie hat. Wie mühelos sie sich in seinen Arm schmiegt, dass sie dieselbe Musik mögen, über dieselben Dinge lachen können. Wie leicht hätte sich all das zu einem sehr viel besseren Leben für uns alle fügen können.

Aber so ist es nicht gekommen. Und jetzt wird es auch nicht mehr passieren. Durch Susannah hat er gelernt, wie man es schafft, eine Tochter nicht zu verlieren. Als dann die nächste kam, mit einer anderen Mutter, wusste er, dass man bleiben und die vorübergehenden hormonbreibedingten Seltsamkeiten einfach ignorieren muss.

Auf eigenartige Weise habe ich tatsächlich recht behalten. Ich war auf der Suche nach dem unwahrscheinlichsten Glücksfall gewesen. Die Chancen standen eins zu einer Million, dass einmal ein Baby in einer Telefonzelle abgelegt würde, nur wenige Minuten, bevor ich dort vorbeikam. Dass ich es sein würde, die die Kleine fand. Dass sie noch warm wäre und unversehrt. Eine Chance wie die auf einen Lottogewinn. Mein ganzes Glück steckte in diesem einen Wurf. Ein Sechserpasch. Meine wunderschöne Tochter. Alle rechneten damit, dass ich sie nach meiner Mutter nennen würden, aber ich fand, so auffällig sollte es nicht sein, und darum nannte ich sie Susannah Pearl.

17

Der Notausgang

Here comes a candle
To light you to bed
And here comes a chopper
To chop off your head.

Vergangenes Jahr beschloss mein Vermieter, alle seine Häuser in unserer Straße zu modernisieren, und wir bekamen nagelneue Kunststofffenster und neue Sicherungen und anschließend eine deftige Mieterhöhung. Der neue Sicherungskasten ist hochsensibel. Von der Waschmaschine hält er überhaupt nichts. Er erspürt jedes bisschen Nässe unter dem Wasserkocher, und keinesfalls darf man den Toaster und den Wasserkocher gleichzeitig in Betrieb nehmen. Die Sicherungen springen so häufig raus, dass ich in der Abstellkammer unter der Treppe inzwischen eine kleine Taschenlampe deponiert habe, damit ich genug sehe, um sie wieder einzusetzen. Als ich das dem Vermieter gegenüber erwähnte, sagte er: »Dann funktioniert es also? Ich habe das ja nur gemacht, damit Sie sich sicherer fühlen.« Es hat also selbstverständlich absolut nichts mit der Arbeit seiner zwielichtigen Verwandtschaft zu tun, die den Kasten eingebaut hat.

Auch ich habe einen durchaus sensiblen Leitungsschutz. Im Handumdrehen kann er von Wirklichkeit auf Fantasterei umschalten. Einmal, als mir der Zahnarzt Novokain verschrieben hatte, glaubte ich, meine Beine wären zu lang für das Zimmer und ragten bis auf die Straße hinaus. Ich gehe davon aus, das ist genetisch bedingt. Meine Mutter hatte vermutlich ähnliche Probleme. Gemeinhin springt der Leitungsschutz durch Schlafmangel an, durch Fieber, Angst, einen Schock, einen plötzlichen Schreck oder durch Stress. Aber Schlafmangel ist am schlimmsten. Und meine Mutter hatte damals im Februar ein neugeborenes Baby. Eine Garantie für extremen Schlafmangel.

Jeder Mensch hat einen solchen Leitungsschutz. Jedes Gehirn besitzt eine eingebaute Schwelle, ab der die von den Sinnen übermittelten Informationen absolut unzuverlässig werden. Was wir sehen, hören, riechen oder schmecken, steht ab diesem Punkt in keinem Verhältnis mehr zu dem, was wirklich da ist. Und das Gehirn schaltet in den Übersprungsmodus und denkt sich immer weitere, immer absurdere Erklärungen für die seltsamen Informationen aus, die von allen Seiten auf es einstürmen.

Seit ich weiß, dass wir alle so einen Schalter besitzen, fühle ich mich wegen meinem nicht mehr ganz so schuldig. Auch wenn inzwischen klar ist, dass er wirklich nicht allzu viel taugt. Aber es gibt Schlimmeres als den Stromkreis in meinem Kopf. Mit dem Leitungsschutz kann ich leben. Sehr viel schwieriger ist es mit dem Hinweisschild für den Notausgang.

Man sollte ja meinen, ich wäre der letzte Mensch auf Erden, der sich schnell verabschieden will, schließlich weiß ich ja, wie es ist, zurückgelassen zu werden. Trotzdem gehöre ich zur Hochrisikogruppe. Wenn eine nahestehende Person in den Fluss geht und nie mehr daraus auftaucht, bedeutet das, dass diese Möglichkeit auch uns anderen offensteht. Sie leuchtet dann in unserem Kopf auf wie eins dieser grünen

Schilder, die man über den Notausgängen am Ende von Hotelfluren sieht, erst durch diese Tür, dann durch die nächste, das Schild leuchtet Tag und Nacht, selbst wenn dafür das Notstromaggregat angeworfen werden muss.

Und wenn das Schild erst einmal im Kopf leuchtet, ist es ausgesprochen schwer, es wieder abzuschalten. Was hatte ich schon für Dispute mit dem Schild. Ich habe es mit Nichtachtung gestraft. Habe eine dieser unerbittlichen Feuerschutztüren aufgestoßen, mir angeschaut, wie die vielen kleinen blauen Lichter den Gang entlang mir den Weg weisen, den ich beschreiten müsste, mich dann ganz bewusst abgewandt und den Weg zurück dorthin gesucht, wo ich hingehöre. Oft fühlte es sich an, als wären alle anderen Wege schwieriger, verschlungener und viel weniger klar. Oft fühlte es sich an, als wäre der Weg, den dieses Schild für mich ausleuchtet, der einzig mögliche überhaupt.

Es ist enorm anstrengend, aber ich habe gelernt, mich von ihm abzuwenden, mich in das Dunkel zurückzutasten, in das ich gehöre, aufmerksam auf Hinweise zu horchen, die mich dahin zurück führen, wo es sicher ist. Als Susannah unterwegs war, habe ich einen Pakt mit dem Schild geschlossen, mich jedes Mal umzudrehen, wenn es aufleuchtet, und mich direkt an einen der vergleichsweise sicheren Orte zu begeben, wo ich Susannah sehen, hören, im Arm halten kann. Aber abschalten ließ es sich selbst dann nicht. Ich konnte nur diese Abmachung mit ihm treffen.

Das Notausgangsschild ist auch mit daran schuld, dass ich nie etwas zu Ende bringe. Das alles hier aufzuschreiben zum Beispiel. Ich weiß nicht, wie oft ich es schon geschrieben habe, wie viele verschiedene Fassungen es gibt, allesamt unfertig, in längst veralteten Dateiformaten, auf Disketten, in Pappordnern mit rostorange-verklebten Heftklammern. Wenn ich sage, dass es mindestens drei Versionen gibt, in denen Susannah, inzwischen ein Teenager, noch gar nicht auftaucht, bekommt man vielleicht eine Vorstellung vom Ausmaß.

Wenn ich früher zu den *Wakes* fuhr, mit dem Hund am Fluss spazieren ging, Binsen sammelte und den Fortgang der Bauarbeiten am alten Haus verfolgte, die neuen Spaliere im Garten bewunderte, dachte ich jedes Mal: Ich muss das endlich fertig schreiben. Dann starb dieser Hund, ich bekam Susannah und legte mir einen neuen Hund zu, und wenn ich sie in einer Art Baby-Rucksack trug oder an der Hand hielt, während der Hund am Flussufer herumtollte, dachte ich immer noch: Was habe ich eigentlich mit der letzten Fassung gemacht, habe ich die irgendwann zu Ende geschrieben?

Dann fuhr ich wieder nach Hause und vergaß es, bis es mir das nächste Mal einfiel, und ich fühlte mich wegen beidem schlecht. Was wäre der größere Treuebruch, es fertig zu schreiben, als ob irgendeine Version meine außergewöhnliche Mutter und alles, was sie mir bedeutet, überhaupt fassen könnte, oder es halb fertig liegen zu lassen, als hätte ich kein Interesse daran?

Anfangs behauptete ich noch, ich täte es für Joe. Es klang nach einem ehrenwerten Anliegen, ihm einen Bericht über seine Mutter hinterlassen zu wollen, weil er sich ja weder an sie erinnern kann noch an den Ort, wo er geboren ist. Aber irgendwann fühlte es sich nur noch grausam an. Ich konnte ihm ja bloß alles aufzählen, was ihm entgangen war, ihm klarmachen, in wie vieler Hinsicht unsere Art zu leben, seit sie verschwunden ist, an Verrat grenzt.

Er hat ein paar Fotos, die Edward und ich für ihn ausgesucht haben, damit er wenigstens weiß, wie seine Mutter ausgesehen hat. Zumindest einigermaßen. Sie konnte es nicht leiden, fotografiert zu werden.

Auf einem Foto sitzt sie im Garten unter einem Baum. Man sieht nicht viel von ihr, und der Baum wirft Schatten auf ihr Gesicht. Auf einem anderen sitzt sie mit Joe und mir auf dem Sofa, nicht lange nach Joes Geburt. Sie sieht mich an und lacht, Nase an Nase sitzen wir da, die gleiche Nase, das gleiche Kinn, das gleiche verwuschelte Haar. Joe ist nur ein rötlicher Klecks im weißen Strampelanzug. Ich frage mich oft, worüber wir wohl lachen. Ich kann mich nicht erinnern, dass das Foto gemacht wurde. Nicht einmal das Sofa kommt mir irgendwie bekannt vor.

Ich habe mich mit mir selbst darauf geeinigt, es niemals so zu machen wie meine Mutter, bevor ich nicht alles, was mir von ihr noch im Gedächtnis ist, getreulich aufgeschrieben habe. Diese Vereinbarung mit mir habe ich vor Susannahs Geburt getroffen, und anschließend musste ich den Nachtrag anfügen, dass ich außerdem warten würde, bis mein Kind mindestens achtzehn ist, bevor ich fortgehe und nie mehr zurückkehre.

Ich glaubte, achtzehn würde reichen. Nachdem ich selbst ab dem Alter von acht Jahren keine Mutter mehr hatte, fand ich, achtzehn sei wirklich mehr als genug. Aber dann fiel mir auf, dass ich meine Mutter mehr denn je vermisste, seit ich selbst ein Kind hatte, und musste auch das überdenken. Vielleicht hätte Susannah mich ja auch lieber noch um sich, wenn sie ein Kind bekam? Vielleicht gab es auch dann noch etwas zu tun.

Und so landeten all die unfertigen handgeschriebenen Fassungen, von denen ich behauptet hatte, sie sollten für Joe sein, auf dem Dachboden, wo sie von den Mäusen gefressen wurden. Später stellte ich auf Computer um und entdeckte zahllose neue Möglichkeiten, alles zu verlieren. Billige Laptops sind die besten Verbündeten der Selbstauslöschung.

Und wenn ich es diesmal zu Ende bringe, heißt das dann, ich muss eine völlig neue Abmachung mit dem Notausgangsschild treffen? Oder wartet der Teufel schon auf mich, wenn ich auf der letzten Seite bin, mit vor der Brust verschränkten Armen und vielsagendem Grinsen? Hab ich dich endlich. Du hast deinen Abschiedsbrief geschrieben. Hat ja wahrhaftig lang genug gedauert. Über dreißig Jahre schiebst du ihn jetzt schon vor dir her, den Moment, in dem du von den Bastelarbeiten am Küchentisch aufschaust, feststellst, dass irgendwas nicht stimmt, und zur Küchentür hinausläufst, am Fluss entlang, hinter deiner Mutter her.

Jetzt hast du endlich keine Ausreden mehr. Gib die vollgeschriebenen Seiten ab und verlass den Prüfungsraum. Wir haben dir Nachfristen gewährt, aber jetzt werden die Lichter ausgeschaltet, die kleinen Pulte werden hochgeklappt, und nur eine Tür bleibt unverschlossen. Darauf steht Notausgang.

Ich habe meiner Mutter Vorwürfe gemacht, weil sie mir das Notausgangsschild weitergereicht, mir das Gefühl gegeben hat, mein Leben nicht zu verdienen. Ich habe mich dafür geschämt, dass ich nicht genug war, um sie hier zu halten, dass sie sich einfach so abwenden konnte von meiner Stimme, der von Edward, der von Joe. Aber da wusste ich ja noch nichts von Jonathan. Wie hätte ich eine Vereinbarung mit dem Schild treffen können, wenn die Stimme meines Kinds mich von der anderen Seite rief? Ich glaube nicht, dass ich das geschafft hätte.

Als Mutter ist man immer an allem schuld. Das weiß ich jetzt. Selbst wenn man sein Kind nicht zu langsam oder zu schnell geboren, es nicht zu wenig oder zu gut gefüttert, nicht zu oft auf den Arm genommen oder zu oft abgelegt, es nicht angetrieben, es nicht zurückgehalten, es nicht zu wenig oder zu viel geliebt hat, trifft einen doch in jedem Fall die Schuld daran, dass es existiert. Man hat ihm das eigene fehlerhafte Genmaterial aufgebürdet und es in die Welt hinausgeschickt, wo es jetzt mit seiner persönlichen Garnitur an Zeitbomben klarkommen muss.

Und dann sind da noch weitere Faktoren. Armut ist immer ein Risiko. Für alle möglichen Krankheiten. Das hat Susannah hautnah erlebt. Sie kennt die Mitteilungen zu den Schulausflügen, auf denen wir das Kästchen für die Kostenreduzierung ankreuzen. Sie weiß, dass sie ihr Essensgeld nicht in einem Umschlag von zu Hause mitbringt, sondern dass die Schulsekretärin es bei der Abrechnung vorstreckt. Ihre Schuluniform stammt vom Flohmarkt in der Aula. Unter ihren Schuhen kleben keine Geheimschlüssel, und es sind auch keine Püppchen im Absatz versteckt, so wie bei den reichen Mädchen. Das schien alles nie eine Rolle zu spielen. Es kam mir gar nicht in den Sinn, dass es sie krank machen könnte.

Häufiges Umziehen ist ein Risiko. Aber wenn man immer nur Jahresmietverträge hat, gehört es auch einfach zum Leben. Zwischen fünf und acht hat Susannah nirgendwo lange genug gewohnt, dass es sich gelohnt hätte, Bilder aufzuhängen. Mir gefiel das selbst nicht, aber es störte mich auch nicht allzu sehr. In der Woche, die es dauerte, alles zusammenzupacken und weiterzuziehen, protestierte Susannah jedes Mal, aber zwischendrin kam sie kaum darauf zu sprechen. Es spielt aber auch keine Rolle, ob sie es erwähnte oder nicht. Tatsache bleibt, es steht auf der Liste der Risikofaktoren für psychische Erkrankungen.

Auch ein alleinerziehender Elternteil ist ein solcher Risikofaktor. Das macht Kinder offenbar unruhig. Sie werden zu sehr in die Erwachsenenrolle gedrängt. Sie fühlen sich verantwortlich für den einen Elternteil, der noch da ist. Sie fühlen sich weniger geborgen. Und das habe ich zu verantworten. Ich habe nie darauf hingewirkt, dass sie ihren anderen Elternteil als realistische Alternative betrachtet, als zuverlässigen Notfallplan. Ich habe sie nie auch nur ermuntert, ihn zu besuchen.

Sich für die Erkrankung eines anderen Menschen verantwortlich zu fühlen sorgt nicht gerade dafür, dass man sich selbst beherrscht, geduldig mit Sanitätern redet oder nicht in Tränen ausbricht, wenn man wieder mal in der Warteschleife hängt, um mit der Bank über den nächsten mittel- bis langfristigen Kredit zu sprechen, und dann plötzlich das Handy-Guthaben aufgebraucht ist. Sich verantwortlich zu fühlen macht einen bissig, reizbar, man fühlt sich unzulänglich und unterlegen. Nichts davon steht auf der Liste wünschenswerter Eigenschaften von Eltern.

Eltern haben bestens organisiert zu sein, das Kind zum rechtzeitigen Aufstehen zu bewegen, verlässlich die Woche zu überblicken, die Nachmittagsaktivitäten auf dem Schirm zu haben, die Rechnungen zu bezahlen. Eltern tragen robuste Schuhe. Sie haben immer einen Snack dabei. Eltern denken daran, mit wasserfestem Stift den Namen des Kindes in die Schul-Gummistiefel zu schreiben. Sie geben die Einwilligungserklärung für die Geigenstunde im nächsten Quartal pünktlich ab. Sie liefern einen nicht eine Stunde zu spät in der Schule ab und packen einem nicht nur eine Banane zum Frühstück ein.

Eltern sitzen immer noch in den Lesebüchern aus den Fünfzigern fest, wo sie zudem noch mit einem kompletten Satz passender Großeltern ausgestattet sind, die Pfeife rauchen, Blumen züchten und Gute-Nacht-Geschichten vorlesen. Hatte ich je einen Gedanken daran verschwendet, welche Auswirkungen eine abwesende, mutmaßlich tote Großmutter auf mein Kind haben würde? Hatte ich mir auch nur für eine Sekunde überlegt, dass ich den Bruch in meiner Familie, den Riss, der sich durch mein Herz zog, an die nächste Generation weitergeben würde, allein schon dadurch, dass ich selbst so versehrt war?

Nein, hatte ich nicht. Es war mir nicht mal in den Sinn gekommen. Ich glaubte, mein Kind würde mein gebrochenes Herz heilen. Nicht einen Moment lang hatte ich innegehalten, um mich zu fragen, ob ich damit vielleicht zu viel von ihr verlangte. Ich hatte mir nicht überlegt, was ich mit der Muttermilch an sie weitergab, die Verletzungen, den Verlust, die Ängste. Ich weiß noch, wie ich sie stillte und mich dabei nach meiner eigenen Mutter umschaute, weinte, wie ich seit Jahren nicht mehr geweint hatte, meine Tränen tropften auf den Kopf des Baby, und ich kam gar nicht auf den Gedanken, dass diese Tränen Spuren hinterlassen würden. Ich glaubte, sie würden so leicht wieder verschwinden, wie ich sie mit der Hand wegwischte.

In der therapeutischen Arbeit gibt es eine Übung, bei der man allen Vorwürfe machen darf. Auch ich habe dieses Spiel gespielt oder es wenigstens versucht. Wem mache ich Vorwürfe für das Verschwinden meiner Mutter? Zuallererst natürlich meiner Mutter. Dann meinem Vater, weil er nicht geahnt hat, dass so etwas passieren würde. Weil er arbeiten war. Mrs. Wynne, weil sie nicht mitbekommen hat, wie meine Mutter aufbrach. Mir, weil ich mit Ausschneidepuppen beschäftigt war, anstatt sie ständig im Blick zu haben. Joe, weil er den ganzen Nachmittag verschlafen hat. Ihrer Hebamme, weil sie sich nicht unsere morastige Straße entlangkämpfen wollte, um mit meiner Mutter einen Fragebogen auszufüllen, der das Risiko für postnatale Depressionen bestimmt. Falls es so etwas damals überhaupt schon gab. Dem Arzt, bei dem sie drei Tage zuvor gewesen war, um Joe wiegen zu lassen, und der nichts Ungewöhnliches an ihr bemerkt hatte. Meinem Bruder Jonathan, weil er nie auch nur einen Atemzug getan hat.

Aber niemanden von ihnen trifft wirklich Schuld. Ich bin mir nicht einmal sicher, welchen Zweck die Vorwurfsübung verfolgt. Mir hat sie jedenfalls nicht gefallen. Wem hilft sie denn? Was, wenn einfach niemand Schuld hat? Da ist mir das Wort Unfall lieber. Oder die poetischere Bezeichnung. Missgeschick. Tod durch ein Missgeschick. Das Wort »Geschick« gefällt mir. Es passt gut zu meiner Mutter. Zu den Geschicken ihres Lebens. Die am Ende misslich verlaufen sind.

18

Kunsttherapie

Up the ladder and down the wall
A penny loaf will serve us all.
You find milk, and I'll find flour
And we'll have pudding in half an hour.

Edward und ich haben beide Mühe damit, Lob anzunehmen, wenn uns etwas gelungen ist. Wir haben es schließlich nicht geschafft, sie am Leben zu halten, was spielt es da noch für eine Rolle, welchen Abschluss ich mache oder ob er zum Institutsleiter befördert wird? Dabei spielen solche Dinge eine große Rolle. Ich habe lange gebraucht, um das für mich herauszufinden. Und ich versuche immer noch herauszufinden, wie ich mit dieser Erkenntnis leben, wie ich die Liebe zu meiner Arbeit mit dem Gefühl der eigenen Unzulänglichkeit in Einklang bringen soll.

Meine Arbeit nennt sich Kunsttherapie, und sie beinhaltet, in einem Gemeindezentrum mehrere Staffeleien zum Halbkreis aufzustellen und Menschen dazu zu ermuntern, sich einen halben Tag lang von etwas anderem fesseln und vereinnahmen zu lassen als den eigenen Nöten und das Ergebnis anschließend mit nach Hause zu nehmen.

Mir bringt das dreißig Pfund die Stunde ein, zuzüglich Fahrtkosten und Spesen, und in der Regel kommen wir damit bestens über die Runden. In den Ferien helfe ich im Café unten an der Straße aus, und Susannah verbringt dann viel Zeit bei Edward. Im Café bekomme ich nur Mindestlohn, und die Besitzerin behält das Trinkgeld ein, aber wenigstens kann ich dort umsonst Mittag essen und übriggebliebenes Brot und manchmal auch die ein oder andere abgelaufene Konserve mit nach Hause nehmen.

Da wie dort muss ich mich unnatürlich fröhlich und lebhaft zeigen. Ich höre mir viele traurige Geschichten an, behalte alle sorgfältig im Blick, um zu erkennen, ob sie womöglich gleich die Fassung verlieren. Da wie dort verbringe ich mehr Zeit damit aufzuräumen, wenn alle wieder weg sind, als von Angesicht zu Angesicht mit den Menschen, und da wie dort findet ein Großteil des Aufräumens erst nach Ablauf der Stunden statt, für die ich bezahlt werde.

Im Café höre ich fast so viele Geschichten von Unglück und Einsamkeit wie in den von der britischen Seniorenhilfe Age UK geförderten Kunstkursen. Ich höre von langen Gefängnisstrafen, verhängt für willkürliche, impulsive Taten ohne größere Schadensabsicht, von Sorgerechtsstreitigkeiten, so kostspielig, dass sie den betreffenden Elternteil in die Obdachlosigkeit getrieben haben, von einsamen alten Menschen, die ihre Rezepte einzeln an unterschiedlichen Tagen einlösen, bloß um einen Vorwand zu haben, in die Apotheke zu gehen, wo man sie grüßt und mit Namen anspricht, von anderen, die sich den Wecker stellen, um den Milchlieferanten vor der Haustür abzupassen und ihm Guten Morgen zu sagen.

Am liebsten arbeite ich in der Tagesbetreuung für psychisch Beeinträchtigte, mitten in einer Kleingartensiedlung. Zumindest war das bis vergangenes Jahr so, bis zu dem Tag, als Susannah die ganze Nacht hindurch hohes Fieber hatte und ich sie nicht in die Schule schicken konnte. Am Morgen verschlief ich den Wecker, und als ich Edward anrief, um ihn zu fragen, ob er bei ihr bleiben könne, war er längst zur Arbeit aufgebrochen. Wen sollte ich sonst fragen?

Das Vernünftigste wäre sicher gewesen, ich hätte mich selbst krankgemeldet, aber ich glaubte, ich könnte es irgendwie schaffen, und da war auch der Gedanke an meine Schülerinnen und Schüler, die bereits in ihren Spezial-Taxis saßen, schon zum Umweg um die ganze Stadt aufgebrochen waren, weil sie Angst vor Menschenmengen hatten, oder mit ihren traurigen alten Einkaufstrolleys in den Bus stiegen, wo nie jemand neben ihnen sitzen will, weil sie sonderbar aussehen und nach der muffigen Einzimmer-Wohnung riechen, in der sie darauf warten, dass ihr Antrag auf betreutes Wohnen bewilligt wird.

Also rief ich Carrie an. Ich mag Carrie. Sie wohnt ein paar Häuser weiter in unserer Straße, und wir haben denselben Vermieter, der als Einziger weit und breit Alleinerziehende nimmt, die keine feste Anstellung, dafür aber Haustiere haben. Carrie hat vier Söhne und drei Hunde. Bei ihr ist grundsätzlich ein Heidenlärm, das ganze Haus riecht nach Hund und nach den Joints ihres Ältesten, sie selbst aber duftet immer nach frisch gewaschener Kleidung, nach Fruchtbonbons und grünem Haarfestiger. Sie hört den ganzen Tag Lokalradio und hängt einer erstaunlichen Anzahl von Verschwörungstheorien an, die sie auf Facebook findet. Aber sie ist auch tapfer, liebevoll und unglaublich stolz auf ihre Jungs.

Ständig erzählt sie mir, dass sie sich noch ein Mädchen wünscht und es so lange weiter versuchen will, bis sie eins kriegt. Immer wenn sie zu uns kommt, will sie Susannah die Nägel lackieren oder ihr Zöpfe flechten, aber Susannah weigert sich. Sie kann Carrie nicht ausstehen. Ich glaube, sie fürchtet, dass man sie an der Schule irgendwie mit Carries Söhnen in Verbindung bringen könnte, die ständig Ärger haben, dass die Jungs auf dem Schulhof vielleicht ihren Namen rufen oder sonstwie zeigen, dass sie sie kennen.

Am schrecklichsten findet sie es aber, dass Carrie und ich so viel gemeinsam haben. Und dass ich mich so bereitwillig zu unseren Gemeinsamkeiten bekenne, dass ich gern mit ihr hinten im Garten eine rauche oder ihr bereitwillig den ganzen Abend Tee mit viel Zucker mache, während sie darauf wartet, dass ihr Ältester wieder von der Polizeiwache zurückkommt. Das liegt aber nicht nur an unseren Gemeinsamkeiten, und es ist auch keine Berechnung. Ich mag Carrie wirklich gern. Ich bewundere sie dafür, dass sie schon am frühen Morgen perfekt geschminkt ist, dass sie mutig Trägertops und entschlossen Skinny-Jeans trägt, für ihre gewaltigen Armmuskeln, die daher kommen, dass sie die Kisten mit den Konserven vom Discounter zu Fuß nach Hause trägt, um die durch Rabatte gesparten 20 Pence nicht gleich wieder für ein Busticket zu verschwenden.

Einmal, an einem Samstagabend, als Carrie und ich uns bei mir in der Küche betranken und ihre Jungs ein paar Häuser weiter viel zu laut Musik hörten, kam Susannah die Treppe herunter und verkündete: »Wenn ich mal groß bin, habe ich eine richtige Familie, mit Mutter und Vater und allen in einem Haus!« Carrie musste lachen und prustete ihren Weißwein über Susannahs Lieblingskissen mit dem Katzenbezug. Ich sagte: »Na, dann viel Glück. Warum auch nicht?«, und kicherte selbst beschwipst los. Susannah nahm ihr Katzenkissen, ging damit in die Küche, um es zu säubern, und stolzierte zurück nach oben, um es in der Wäschekammer zum Trocknen aufzuhängen.

Obwohl sie an Facebook-Nachrichten und billige Horoskope glaubt, ist Carrie ganz schön scharfsinnig. Als ich ihr ein Glas von der Marmelade aus den Zwetschgen brachte, die wir uns über Gartenhecken hinweg zusammengepflückt hatten, meinte sie, die schmecke bitter, und wies mich darauf hin, dass ich sicher mehr für den Gelierzucker ausgegeben hätte, als mich eine Marmelade im Angebot für 22 Pence das Glas gekostet hätte, mal ganz zu schweigen von dem Benzin, das ich aufgewendet hatte, um die Zwetschgen zu pflücken, und der Energie fürs Einkochen. Als ich einwandte, es mache aber doch Spaß, Obst zu pflücken und Marmelade einzukochen, lachte sie und sagte: »Aber nur Spaß für alte Leute, Maz!« Sie ist bei vielen Dingen, die mir Spaß machen, der Meinung, das sei nur etwas für alte Leute, Joghurt selbst machen zum Beispiel oder Patchworkdecken nähen.

So spitzzüngig sie oft sein kann, ist sie doch herzensgut. Ihre drei grässlichen, geifernden, beißwütigen Hunde sind alle befreite Kettenhunde: Einen hat sie im Keller eines Pubs gefunden, den zweiten unter einem Bahnübergang, und der dritte saß eingesperrt und mit einem Stück Wäscheleine festgebunden im Garten ihres Hauses, als sie einzog.

Ich drückte mich davor, Susannah zu wecken und ihr zu sagen, wer an dem Tag auf sie aufpassen würde. Ich erlaubte mir, mich fertig zu machen, redete mir ein, es wäre besser, sie schlafen zu lassen. Rief mir die Therapeutin in Erinnerung, die mir eingeschärft hatte, ich solle unbedingt auf genügend Schlaf achten. Die Notfallnummer anrufen, falls Susannah mal nicht schlafen könne. Und so breitete Carrie bereits ihr Maniküre-Zubehör auf dem Küchentisch aus, stellte das Radio auf Heart FM und suchte gerade im *Guardian* vom Vortag nach ihrem Horoskop, als ich Susannah versehentlich doch weckte, indem ich mein Fahrrad durch den Flur rollte und damit gegen die Haustür knallte.

Wie ein Racheengel erschien sie oben an der Treppe, fiebergeschüttelt in ihrem weißen Nachthemd, die Haare kringelten sich aus den Zöpfen, die sie sich über Nacht flocht, schimmernd wie Kupfer im Licht des Treppenabsatzes, und ein Strom aus Wut und Viren ergoss sich die Treppe hinab und zerstob über meinem Kopf.

Zu dem Zeitpunkt war ich wild entschlossen, trotzdem zu gehen. Es war zu spät, um mich noch krankzumelden, und ich wollte bloß raus aus dem Haus. Wollte so schnell, wie ich nur konnte, vor dem Dieselgestank der Busspur davonstrampeln, die Fußgängerbrücke bis ans andere Ende der Stadt überqueren und zu den Kleingärten, wo aus den Überresten anderer Gebäude die Tagesstätte errichtet worden war. Wenn ich nur schnell genug in die Pedale trat, würde alles verpuffen, was sie da geiferte. Aber es gelang mir nicht.

Jedes Kind weiß genau, welche Formulierungen auf kürzestem Weg den elterlichen Zorn entfachen. Und bei mir funktioniert besonders zuverlässig: »Wieso kannst du nicht einmal eine normale Mutter sein?« Diesmal in der Variante: »Wieso kannst du nicht zu Hause bleiben, wenn ich krank bin, wie jede andere normale Mutter?« Das peitscht mir das Adrenalin durch den ganzen Körper. Es macht mich blind vor Zorn. Und ließ meine Pedale den ganzen Weg bis zur Arbeit so schnell fliegen, dass ich die verlorene Zeit wieder einholte und pünktlich zum Begrüßungstreffen da war, pünktlich genug, um in die Runde zu lächeln und zu verkünden: »Heute malen wir einen Garten. Als Vorlage dienen uns Fotos von den Gärten um uns herum. Wir werden dafür ganz unterschiedliche Grüntöne zusammenmischen.« Ich zeigte meine eigene Version herum, zählte, wer alles mitmachen wollte, stellte die entsprechende Anzahl Staffeleien auf und eine zusätzliche für Janine, die jedes Mal zu spät kam.

Dann aber bahnten sich ein paar Dinge, die Susannah sonst noch gesagt hatte, ihren Weg durch die Wand aus Zorn. Dinge wie: »Hast du mich überhaupt gefragt, wie's mir geht?« oder »Du bist echt arm dran, deine Tochter ist so verrückt, dass sie nicht zur Schule kann, auch wenn sie behauptet, dass es ihr gut geht, ja, du bist arm dran und selbst kein bisschen verrückt, was? Du mit deinen blöden heimlichen Diäten, von denen alle wissen, dass sie gar nicht heimlich sind. Und mit deinen ewigen langen Ärmeln«.

Einige Anwesende waren in die Küche gegangen, um für alle das Mittagessen vorzubereiten, und die Tische waren bereits aus dem Weg geräumt, um Platz für unsere morgendliche Malsitzung zu schaffen, die Farben wurden portionsweise auf alten Esstellern verteilt, die Leinwände mit den unterstützenden Vorskizzen auf die Staffeleien gestellt. Als Hintergrund hatte ich eine Backsteinmauer ergänzt und eine leuchtend bunt gestrichene Tür. Im Vordergrund war als Anregung eine geschwungene Gartenbank angedeutet. Ich verteilte Vorlagen für Katzen, die entweder auf der Bank liegen konnten oder darunter.

Die meisten Teilnehmenden machten sich an die Arbeit. Nur Big Sheila wanderte noch von Staffelei zu Staffelei, sagte: »Scheiße, das ist so was von scheißgenial, echt wahr«, und anschließend legte sie für jedes Mal Fluchen ein Steinchen in die Schimpfwort-Kiste. Die Pfarrersgattin, die nie ein Wort sagte, malte wie immer in stiller Rebellion ihre bunten Kleckse weit über meine vorskizzierten Grenzen hinaus.

Dann zeigte ich der Gruppe, wie sie aus dem skizzierten Tor in der Mauer eine offene Tür machen konnten, falls ihnen das lieber war als eine geschlossene. Und mir fiel wieder ein, wie Susannah gesagt hatte: »Dann geh halt, aber wunder dich bloß nicht, wenn ich nachher weg bin, wenn du wiederkommst.

Glaub bloß nicht, ich bin dann noch da, wo du mich zurückgelassen hast.« Ich zeichnete zwei schlichte Linien in den rechteckigen Durchgang und den Schatten der geöffneten Tür auf eine Seite und sah dabei Susannah den Riegel des längst verschwundenen Törchens in unserer alten Gartenmauer heben, die orangefarbene Kordel entwirren, mit deren Hilfe wir es geschlossen hielten, und hinaus auf den Pfad zum Fluss schlüpfen. Ich sah, wie ihr roter Mantel noch einmal aufleuchtete, bevor sie aus meinem Bild verschwand, hörte sie kichern, hörte den Fluss schneller und schneller dahinbrausen.

Ich fing an zu zittern, und mir wurde schlecht. Ich wusste nicht mehr, wo ich war, nur noch, dass ich wegmusste, sie finden musste, jetzt, auf der Stelle, bevor es zu spät war. Offenbar habe ich geweint und geschrien. Daran erinnere ich mich nicht. Und ich rief sie Margaret, mit dem Namen meiner Mutter, was seltsam ist, weil ich zu meiner Mutter immer nur Mummy gesagt habe.

Alle dort wussten, was eine Panikattacke ist, und blieben entsprechend völlig gefasst, besorgten mir nur ein Taxi, das mich nach Hause brachte, wo Susannah sich von Carrie längst zu Fiebersaft und süßem Tee hatte überreden lassen und sich am Küchentisch, in meinem Bademantel, huldvoll die Nägel machen ließ, während der Hund zu ihren Füßen lag und schlief.

Am nächsten Tag kehrte ich zurück, um mein Fahrrad und meine Malsachen abzuholen. Sie hatten mich freigestellt. Sie waren sehr nett, aber sie brauchten nun mal eine Kunsttherapeutin, keine weitere Patientin. Einige der Teilnehmenden waren sehr verstört gewesen. Ich bekam eine Tüte mit Essensspenden mit nach Hause, nachdem ich in Tränen ausgebrochen war und etwas Melodramatisches Richtung »Was soll jetzt bloß aus uns werden?« gerufen hatte.

Aus uns wurde, dass Edward mir mit der Miete aushalf, bis ich zusätzliche Schichten im Café übernehmen konnte und die Tagesbetreuung die vielen behördlichen Gesprächsrunden zur Gefahreneinschätzung durchlaufen hatte, die nötig waren, um mich weiter zu beschäftigen. Das dauerte etwa neun Monate.

In dieser Zeit machte ich mir zum ersten Mal Gedanken über Edwards Berufsleben. Wie war es ihm eigentlich gelungen, seine Stelle zu behalten, während ich die Schule verweigerte? Wie hatte er all die Termine in der Jugendpsychiatrie auf die Reihe bekommen? Und Joes Termine bei dem auf Ekzeme spezialisierten Hautarzt in Liverpool? Wie hatte er das geschafft?

Ich dachte an die vielen Abendessen aus leicht angebrannten Fischstäbchen zwischen zwei Brotscheiben und einer Orange zum Nachtisch und dachte mir: Gut gemacht. Proteine, Kohlenhydrate und Vitamin C. Was war schon dabei, wenn es am nächsten Tag wieder das Gleiche gab? Ich dachte daran, wie er im Auto wartete, während Joe beim Fußballtraining war, und Seminararbeiten korrigierte, die sich in einer großen Pappkiste auf dem Beifahrersitz stapelten. Oder wie er im Chlordampf auf der Zuschauertribüne saß, während ich schwimmen lernte, Bewerbungsessays durchsah und so tat, als hätte er tatsächlich gesehen, wie ich getaucht war und den schwarzen Stein vom Beckenboden geholt hatte.

Zu einer Zeit, als sich nur die wenigsten Väter überhaupt mit Kinderbetreuung befassten, absolvierte mein Vater endlose Termine mit mir, überwachte mein Essverhalten und kümmerte sich nebenbei noch um seinen Job und meinen kleinen Bruder. Eigentlich hätte ich doch eine brauchbarere Babysitterin abgeben müssen. Ich wäre schließlich alt genug gewesen, um ihm mit allem Möglichen zu helfen. Aber ich war mehr oder weniger zu nichts zu gebrauchen, bis ich siebzehn war.

Ich kann mich nicht erinnern, dass er sich je beklagt hätte. Das Äußerste, was ich mitbekam, waren Telefonate vor der Tür irgendeines Wartezimmers, wenn er im Institut anrufen musste, um etwas zu verschieben, weil meine Therapeutin sich wieder einmal verspätet hatte.

Nur einmal hatte er eine Andeutung gemacht, als er mir den Rat gab: »Tu alles, was du kannst, um an deiner Arbeit festzuhalten. Am Ende hält die dich nämlich bei Verstand.« Am Ende. Sprich, über den Punkt hinaus, an dem man dermaßen wirr im Kopf ist, dass man gar nicht mehr weiß, was man tut. Am Ende. Da wirst du froh sein, dass du noch deine Arbeit hast.

Bei all den Studentinnen, die ihn anhimmelten, und den vielen jungen Frauen, die im Lauf der Jahre ans Institut kamen, sollte man meinen, er habe eine ganze Serie potenzieller Stiefmütter zur Verfügung gehabt, die bereitwillig in die Bresche gesprungen wären. Aber nein. Falls er Freundinnen hatte, haben wir sie nie kennengelernt. Und ich kann mir nicht vorstellen, wo er die Freiheit und Zeit dazu hätte hernehmen sollen. Die meisten Alleinerziehenden haben wenigstens die Wochenenden für neue Partnerinnen oder Partner oder für ein Date frei. Aber das funktioniert natürlich nur, wenn es noch einen zweiten Elternteil gibt, der auch mal dran ist.

Wahrscheinlich wird Joe nie von zu Hause ausziehen, Edward hat also selbst jetzt keine idealen Voraussetzungen, um eine Frau mit nach Hause zu bringen. Joe hat ständig Freundinnen und Freunde zu Besuch, und es ist schwer zu sagen, welche davon feste Freundinnen sind und welche nur Bekannte. Nicht mal zum Studieren ist er ausgezogen. Er hat sich für die nächstgelegene Uni entschieden, angeblich, um Geld zu sparen. Und natürlich, weil er es nicht ertragen hätte, von seiner Sammlung ramponierter alter Mopeds getrennt zu sein.

Und da die beiden dort hausen wie zwei exzentrische Junggesellen, mit ihrem Essensplan, den sie jede Woche an den Küchenschrank kleben, und ihrem merkwürdigen Putzverhalten, bei dem im zweiwöchentlichen Turnus alles nach einem Punktesystem gesäubert wird, das außer ihnen kein Mensch durchblickt, unterscheidet sich das Haus im Grunde kaum von einem Uni-Wohnheim.

Joe hat Großonkel Matthews technisches Talent geerbt und beansprucht praktisch den ganzen Garten mit einer Reihe Schuppen für sich, die er, einen an den anderen gelehnt, an die Garage angebaut hat. Er hat einen Schuppen für die Mopeds und einen für seine Surfboards, einen für Ersatzteile und einen, an dem ein Schild mit der Aufschrift »Sonstiges« prangt. Seinen Abschluss hat er in Zwischentechnologie gemacht, einer Fachrichtung, die kaum jemand kennt und bei der es im Wesentlichen darum geht, Technik auch an Orte zu bringen, an denen keine oder nur höchst unzureichende Versorgung mit Strom und Infrastruktur vorhanden ist.

Auf dem Treppenabsatz hat er ein feststehendes Fahrrad installiert, und wenn man die Dusche beheizen möchte, ohne dafür Strom zu verbrauchen, setzt sich einfach jemand drauf und tritt in die Pedale. Nicht, dass es jemals zum Einsatz käme. Es war einfach nur ein Projekt, aber weder Joe noch mein Vater fühlt sich veranlasst, es wieder abzubauen. Auf dem Garagendach hat Joe mindestens drei verschiedene Solarmodule angebracht. Das Ausziehbett, in dem er als Dreizehnjähriger geschlafen hat, ist zu einer äußerst komplexen Hochbeetkonstruktion geworden, in der er Gemüse zieht und die er über ein Rohrsystem mit dem Waschwasser aus dem Bad bewässert. Es blockiert das gesamte Küchenfenster.

Er hält auch Hühner im Vorgarten, der zu einem grünmorastigen Schlammfeld verkommen ist. An sich sind es keine freilaufenden Hühner, sie halten sich aber für welche und streifen durch all die schön gepflegten Gärten der ganzen Straße. Das Grausame daran ist, dass es zeigt, wie sehr Joe das alte Haus geliebt hätte. Manchmal, wenn er mit zwei entlaufenen Hühnern zurückkommt, eins unter jedem Arm, sagt Edward: »Er ist eben doch der Sohn seiner Mutter.«

Damit spielt er auf die Hühner meiner Mutter an. Indirekt. Die gehören nämlich zu den Dingen, über die wir ansonsten nicht reden können. Meistens hatte sie sechs Hühner, kleine schwarze Zwerghühner mit fedrigroten Kämmen und fedrigschwarzen Füßen, die kleine gesprenkelte Eier legten. Die Hühner wechselten häufig, aber wann immer ein neues dazukam, erhielt es einen der alten Namen.

Die ersten drei hießen Elsie, Lacey und Tilly, nach den drei Schwestern aus *Alice im Wunderland*, die im Sirupbrunnen wohnen, und dann bekamen wir noch Elsie Zwei, Lacey Zwei und Tilly Zwei, damit die nächsten drei Hühner nicht eifersüchtig würden, weil die ersten die schöneren Namen hatten.

Sie lebten lange unter der Fürsorge meiner Mutter. Jeden Abend vor der Dämmerung, wenn die Füchse herauskamen, trieb sie sie zusammen, zählte sie durch und rief jedes beim Namen, um sie dann für die Nacht in den Stall zu sperren. Sie hob alle Essensreste für sie auf. Ich wurde nie gezwungen, etwas zu essen, was ich nicht mochte. Was auf meinem Teller zurückblieb, kam in die Hühnerschüssel.

Wann immer sie in den Garten kam, rannten alle Hühner ihr nach, in der Hoffnung auf einen kleinen Imbiss, denn sie hatte immer Körner in der Jackentasche: So lief sie jedes Mal mit einem gewundenen Schatten aus Zwerghühnern durch den Garten, der sich hinter ihr bauschte wie die Schleppe eines langen fedrigen Kleids.

Die Hühner überlebten sie nicht lange. Eine Woche vielleicht, allenfalls zwei. Ich nehme an, der alte Fuchs, der sie schon seit Jahren beobachtete, hat seine Chance genutzt. Wir vergaßen an den Nachmittagen wiederholt die Zeit, rannten viel zu spät nach draußen, um vor Einbruch der Dunkelheit alle Hühner ausfindig zu machen, und mussten sie dann aus den Bäumen klauben, wo sie sich bereits niedergelassen hatten. Eines Abends waren wir richtig spät dran, und als Joe endlich eingeschlafen war und Edward und ich mit der Taschenlampe nach draußen gingen, um die Hühner zu suchen, waren sie alle tot.

Das erste entdeckten wir auf dem Weg neben dem alten Plumpsklo, nur wenige Schritte hinter der Tür, und ich hielt es erst für eine tote Krähe, weil ihm der Kopf fehlte und es ohne seinen roten Kammschmuck völlig schwarz war. Das nächste fanden wir ein Stück weiter den Weg entlang, es steckte in einem Silberblattbusch, das Federkleid so struppig und zerrupft, dass es aussah, als trüge das Huhn löchrige schwarze Socken, die man ihm von den traurigen gelben Füßen gezogen hatte. Es hatte ein gebrochenes Genick, sein Kopf hing nur noch an einer einzelnen blutigen Sehne.

Edward sagte: »Geh zurück ins Haus, Marianne, das wird hier nicht schöner.« Aber ich folgte ihm auf dem Weg, vorbei an zwei weiteren Leichen, bis zum Hühnerstall, wo wir die letzten beiden fanden, zerfleischt und quer über die blutbespritzten Nistplätze verstreut.

Unter einem Apfelbaum hoben wir ein Grab für sie aus und mussten dafür gehörig graben. Wir brauchten ein großes, tiefes Loch, und irgendwann kamen uns die Baumwurzeln in die Quere. Wir mussten die Taschenlampe in die Zweige hängen, um überhaupt sehen zu können, was wir da taten. Beim ersten Versuch, die Hühner in dem Loch unterzubringen, ragten sie über den Rand hinaus.

Edward sagte: »Das bringt so nichts, wir müssen sie noch mal rausholen und tiefer graben.« Niemand von uns sagte etwas, nur, wenn es darum ging, wie tief oder breit das Loch sein musste. Von Zeit zu Zeit schickte er mich ins Haus zurück, um zu horchen, ob Joe noch schlief.

Ich half beim Graben, so gut ich konnte, und hinterher hatten wir beide fürchterliche Blasen. Ich fragte mich, ob er wohl das Gleiche gedacht hatte wie ich, als wir die Hühner fanden: Wie sollen wir ihr das nur erklären, wenn sie wiederkommt? Und später dann, beim Graben, den schlimmsten und bösesten Gedanken überhaupt: Wenn sie nicht mehr nach Hause kommt, muss sie nie erfahren, was wir getan haben.

Etwa vierzehn Jahre später brütete Joe auf der weiterführenden Schule ein paar Hühnerküken im Brutkasten aus und brachte sie in einem Pappkarton mit nach Hause. Ich wollte von ihm wissen, wie sie hießen.

»Pock«, sagte er. »Sie heißen alle Pock. Ich habe sie nach ihren Namen gefragt, und sie haben alle dasselbe geantwortet.«

Edward erkundigte sich, wo er sie denn halten wolle, und Joe entgegnete: »Na, jetzt sind sie sowieso noch zu klein, um draußen zu sein. Ich lasse sie erst mal hier in dem Karton in der Küche, und in der Zwischenzeit baue ich ihnen ein Hühnerhaus aus irgendwas, was ich im Container finde.« Er fand ständig irgendwelche Sachen in irgendwelchen Containern.

In diesem Fall eine braune Fünfzigerjahre-Kommode mit dicken, stummeligen Beinen. Joe brachte einen Metallboden an, um die Füchse fernzuhalten, lackierte sie mit wasserfester Farbe und tackerte ein Filzdach daran. Ein Jahr lang hielt das ziemlich gut, dann klaubte er etwas Besseres aus einem anderen Container und baute den Hühnern ein neues Zuhause.

Einmal, als Edward und ich zusahen, wie Joe am Giebel des Garagendachs ein kleines Windrad anbrachte, fragte mich Edward: »Glaubst du, wenn wir ihn auf dem Land hätten aufwachsen lassen, hätte er rebelliert und den ganzen Tag nur Computer gespielt?« Edward klingt nie traurig, wenn er solche Sachen sagt. Er kann gar nicht traurig klingen, wenn er Joe ansieht. Er betrachtet Joe, als würde das Licht nur so aus ihm herausstrahlen. Und vielleicht tut es das ja auch.

19

Ein Paar Schuhe aus Eisen

I went to my father's garden
To find an Irish farthing.

I gave it to my mother
To buy a baby brother.

My brother was so nasty
I baked him in a pasty

The pasty wasn't tasty
So I threw it over the garden wall.

I threw it over the garden wall.
Die once! Die twice! Die three times
And never no more.

Früher habe ich mir oft in Tagträumen ausgemalt, dass wir in das alte Haus zurückkehren. Wie die neuen Besitzer eines Morgens aufwachen und feststellen, dass sie gar nicht alle nötigen Unterlagen unterschrieben haben, oder in Großonkel Matthews Testament eine geheime Klausel entdeckt wird, derzufolge sie dort gar nicht wohnen dürfen, oder dass jedes Mal, wenn sie vor dem Haus halten, aus Protest der Blitz in den Schornstein einschlägt, bis sie die Botschaft schließlich verstanden hätten und die Flucht ergreifen würden.

Oder dass sie eines Tages von der Arbeit kämen und das ganze Haus von einer gewaltigen bräunlichen Flut sanft angehoben worden wäre und nun gemächlich an ihnen vorbeiglitte, ihnen mit den Vorhängen an den Fenstern noch einmal zum Abschied zuwinkte, bevor es sich selbstständig auf die Suche nach seinen wahren Eigentümern machte. Kinderfantasien, für die ich eigentlich schon damals viel zu alt war.

In all den Jahren, die das Haus zum Verkauf stand und von niemandem gekauft wurde, gab es ständig lange Erwachsenengespräche über Zinsraten, Kontenzugriff und irgendwelche Belastungen. In einem fort fragte jemand: Müssen die es dann auch belasten? Ich hatte nicht die geringste Vorstellung davon, wer da mit was belastet werden sollte und wie es dazu überhaupt gekommen war, aber jedes Kind weiß ja, dass Belastungen grundsätzlich nichts Gutes sind.

Die Leute, die das Haus schließlich kauften, waren gänzlich unbelastet. Darüber war ich froh. Ich wollte schließlich nicht, dass da jemand quasi in Ketten über die kühlen Steinböden schlurfte, sich tief gebeugt die hölzerne Treppe hinaufschleppte und den metallischen Geschmack von Traurigkeit überall im verwilderten Garten verteilte. Der war auch so schon morastig genug.

Ich kannte die neuen Besitzer nicht. Edward hatte mich gefragt, ob ich nicht kommen und ihnen alles zeigen wolle, nachdem sie ihr Angebot gemacht hatten, das Haus aber noch einmal sehen wollten. Er meinte, es würde mir vielleicht leichter fallen, sie mir dort vorzustellen, wenn ich sie kennenlernte. Aber ich wollte mir niemand anders dort vorstellen. Wenn ich mir überhaupt etwas vorstellen wollte, dann das, was ich mir selbst ausdachte: Schmierentheater-Schurken mit dünnen Schnurrbärten und finstere Frauen in langen Kleidern, die über den Treppenabsatz glitten, ohne den Boden zu berühren. Heimtückische Gespenster. Geschirr, zerschmettert von den Händen eines Poltergeists. Türen, die zuknallten, obwohl kein Mensch in der Nähe war, der damit knallen konnte. Gesichtslose Schatten in langen Roben, ganz aus den klebrigen Kletten gemacht, mit denen wir uns in der Grundschule immer beworfen hatten.

Diesmal aber ging ich doch zum Haus. Nicht hinein, oder zumindest nicht in einen Teil, den es in meiner Kindheit schon gegeben hatte. Es war Sonntagabend, die *Wakes* gingen gerade zu Ende, die Schausteller machten sich ans Abbauen, über den Hecken rund um die Kirche hing noch der Geruch von Popcorn und Benzin.

Susannah hatte sich einem Grüppchen Jugendlicher aus dem Dorf angeschlossen, denen man verbilligte Fahrten mit der sogenannten Fliegenden Untertasse versprochen hatte, wenn sie bis ganz zum Schluss blieben. Ich ließ sie mit diesen Mädchen zurück, die in dem Schattendreieck hinter dem Hot-Dog-Wagen hockten, Grashalme ausrupften und an ihren Armbändern drehten. Ich sagte ihr, ich würde nicht lange weg sein, aber sie war natürlich viel zu cool, um mir zu antworten, und so machte ich mich mit dem Hund am Fluss entlang auf zur Grünen Kapelle, um dort meinen üblichen Blumenstrauß abzulegen.

Unweit der Stelle, an der unser altes Gartentor früher direkt auf den Uferweg führte, hatte jemand ein neues Tor eingebaut, aus weißem Holz mit einem Dach darüber. Fast an derselben Stelle. Aber doch nicht ganz. Jenseits des Tors wand sich ein holzeingefasster Kiespfad zwischen Rabatten aus Zierlauch, Malven und anderen zartblättrigen Pflanzen hindurch.

Unter der Hecke, teilweise auch zwischen dem Kies auf dem Weg, lugte keck die Minze hervor, die meine Mutter gepflanzt hatte. Minze, die eigentlich in einen Topf gehört hätte, was meine Mutter aber nicht wusste, und die sich seither stetig verbreitete, vermehrte, sich durch jede Hecke, über jeden Beetrand hinwegwand und -wühlte.

Hinter dem kurvigen Pfad war das zarte Orange der Backsteinmauer um den Gemüsegarten zu sehen, die jetzt ganz ordentlich mit Rankgittern und Spalierapfelbäumchen versehen war. Ich bemerkte, dass die Holztür, leuchtend grün gestrichen, am hinteren Ende der Mauer halb offen stand. Auch mein Hund war neugierig, zog an der Leine und wollte die Nase unter die Hecke schieben, irgendeiner Spur nach.

Nur wenige Schritte hinter mir kam jemand mit einer Schubkarre über den Uferpfad, und ich trat unter das Dach des Tors, um ihn vorbeizulassen. Aber er ging nicht vorbei. Er stellte die Schubkarre ab und sagte: »Tut mir leid, ich muss genau da rein. Sie müssten auf die andere Seite gehen.«

So lernte ich den neuen Besitzer kennen. Weil ich ihm den Weg in seinen Garten versperrte. Als wir die Plätze getauscht und Hundeleine und Schubkarre entwirrt hatten und ich sein neues Tor und den prächtigen Zierlauch bewundert und den Hund davon abgehalten hatte, ihm den Schlamm von den Gummistiefeln zu lecken, fand er schnell heraus, wer ich war. Joes Schwester, sagte er.

In mancher Hinsicht wunderte mich das nicht. Joe schließt Freundschaften auf Schritt und Tritt. Kaum ging er zur Schule, war ich nur noch »Joes Schwester«. Häufig genug wimmelte es in der Küche des neuen Hauses nur so von Menschen, die mich alle nur als »Joes Schwester« bezeichneten. In anderer Hinsicht aber überraschte es mich sehr. Wenn ich die neuen Besitzer schon nicht kannte, wie war Joe ihnen begegnet? War er sein Leben lang immer wieder hergekommen und hatte eine Freundschaft mit diesen Leuten gepflegt, während das uns anderen auf ewig verwehrt blieb? Oder wären wir alle hier immer schon willkommen gewesen, und nur ich hatte es stur ignoriert?

»Sie waren bestimmt wegen der *Wakes* hier, oder? Antonia ist hinten im Garten. Kommen Sie doch mit, dann lernen Sie sie kennen. Joes Schwester! Da wird sie sich aber freuen!«

Ich folgte ihm um die Mauerecke und am Haus vorbei, wo früher die Küche gewesen war und jetzt seine Frau unter dem alten Fenster die letzten Himbeeren pflückte, nur im Bikini-Oberteil und abgeschnittenen Jeans-Shorts. Als sie hörte, Joes Schwester sei zu Besuch, kam sie lächelnd auf mich zu, dann fiel ihr wohl wieder ein, dass sie kaum etwas anhatte, und sie drückte mir die Schüssel mit den Himbeeren in den Arm und verschwand in der Küche, um ein Oberteil überzuziehen.

Der Duft der Himbeeren, dazu der sandig-salzige Duft der Mauersteine am späten Nachmittag und der Hauch von Sonnencreme und Parfum, den Antonia zurückließ. Ich spürte den Geruch dieses Orts, als dränge er mir durch die Haut und nicht durch Mund und Nase. Ich spürte ihn wie eine Welle, die mich von den Füßen aufwärts durchspülte. Spürte, wie sie mich ganz erfüllte, und wusste, wenn sie meine Augen erreichte, würde sie sich in Tränen ergießen. Ich musste mich ganz darauf konzentrieren, sie irgendwo auf Brusthöhe zu halten, während ich mit Ted weiter ums Haus herumging, die Schüssel mit den Himbeeren im Arm, ihren Duft zwischen den Rippen.

Als wir im Obstgarten standen, erzählte mir Ted, Antonia und er hätten das Haus von den Leuten gekauft, denen wir es damals verkauft hatten, die hätten etwa zehn Jahre hier gewohnt. Sie selbst seien beide Anwälte, und ihre Töchter studierten jetzt auch Jura, was wohl erklärte, woher sie das Geld hatten, um alles hier so schön zu machen. Seine Töchter, erzählte er, seien hier aufgewachsen, hätten im Garten gespielt. Das Baumhaus da habe er für sie gebaut. Und hier hätten sie den Esel stehen gehabt, Clive of India habe er geheißen, er könne nicht mehr genau sagen, warum.

»Hatten Sie damals auch einen Esel hier? Nein? Vielleicht waren es ja die Leute nach Ihnen. Wir haben jedenfalls einen kleinen Eselskarren in der Scheune gefunden. Das hat uns überhaupt erst auf die Idee gebracht. Aber Esel, ich kann Ihnen sagen! Die machen einen Heidenlärm, und Clive war noch dazu so griesgrämig, dass wir ihn nie vor den Karren spannen konnten.« Ich erzählte, wir hätten nur Hühner und Enten gehabt. Er wirkte enttäuscht.

»Dann ist der Eselskarren also nicht aus Ihrer Zeit? Noch von davor vielleicht? Irgendwie dachten wir immer, das muss so sein. Wirklich nicht?« Wie um mein Gedächtnis anzuregen, zeigte er mir die umgebaute Scheune, sie war wunderschön und überhaupt nicht mehr gefährlich. All die Erfindungen von Onkel Matthew waren verschwunden, der Boden gestrichen worden. Daher kannten die beiden auch Joe. Er hatte gefragt, ob er vorbeikommen, die Erfindungen in der Scheune sichten und ihnen dabei helfen dürfe, sie zu katalogisieren, bevor sie an irgendein obskures Technik-Museum gingen.

Ted witzelte, jetzt, wo sie seit fünfzehn Jahren hier wohnten, würden manche im Dorf sie auch ganz allmählich akzeptieren. Fünfzehn Jahre! Das hieß, seine Frau und er wohnten dort bereits zwei Jahre länger als ich jemals. Und etwa so lang wie meine Eltern. Wie hatte das bloß passieren können? War diesen Leuten denn nicht klar, dass es mein Haus war?

Antonia kam ums Haus herum, jetzt vollständig bekleidet mit einem geblümten Wickeloberteil und einer rosa Leinenhose.

»Kommen Sie doch in den Wintergarten«, sagte sie. »Wir müssen Ihnen unbedingt den Wintergarten zeigen, den wir auf der anderen Seite angebaut haben! An so einem heißen Tag müssen Sie wenigstens auf ein kühles Getränk bleiben!« Wer bei dem Wort Wintergarten an eine hinten ans Haus geklatschte weiße Kunststoffschachtel denkt, wo der Hundekorb steht und die Kisten mit dem alten Spielzeug verrotten, irrt. Dieser Wintergarten war im Grunde eine Orangerie. Ein Gewächshaus. Ein eleganter Holzbau mit aufwändig spitzem Dach und einem Wetterhahn in Gestalt eines Drachen. »Erinnern Sie sich noch an den Wetterhahn?«, fragte Ted. »Den haben wir auch in der Scheune gefunden. Ich bin davon ausgegangen, der muss noch aus Ihrer Zeit hier stammen. Oder aus der davor.« Ich konnte mich an überhaupt keinen Wetterhahn erinnern, ob mit Drachen oder ohne. Mir war klar, was für eine Enttäuschung ich für die beiden sein musste.

Antonia sah mir aufmerksam ins Gesicht, suchte nach Ähnlichkeiten mit Joe.

»Das letzte Mal, als er hier war, hat er den Hund gezähmt, den wir uns aus dem Tierheim geholt hatten. Wir waren völlig ratlos. Aber Joe ist er nachgelaufen wie ein Schatten. Er wäre auch mit ihm mitgegangen, weißt du noch?« Mein Hund benahm sich zu dem Zeitpunkt bereits völlig daneben und wollte den Pferdemist fressen, mit dem sie die Rosenstöcke gedüngt hatten. Aber auch ohne Hund hätten sie mich garantiert für das Kuckuckskind gehalten.

Ted drehte an mehreren Holzscheiben herum, die an den Wänden des Wintergartens angebracht waren, und öffnete die Holzfenster im Dach, und ich zerrte meinen pferdemistfressenden Hund nach drinnen, wo ein Tablett mit hausgemachter Zitronenlimonade stand; auf den Eiswürfeln balancierte je ein Zweiglein der Minze meiner Mutter.

Antonia sagte, als Joe das letzte Mal hier war, hatten wir es richtig lustig, da hat er nämlich eine Schatzkiste gesucht, die er hier im Garten für die neuen Bewohner vergraben hatte. Er wusste noch, dass er sie unter einem Apfelbaum vergraben hatte, aber der war mittlerweile weg, lange schon, er war morsch bis in die Wurzeln, und wir haben die Kiste nie gefunden. Die Leute vor uns haben auch nichts davon gesagt, aber die waren sowieso nicht besonders redselig.

Ich sagte, unter dem Apfelbaum, der früher genau vor der Hecke stand, sollten Sie lieber nicht zu genau suchen, da haben wir seinerzeit nämlich sechs Hühner begraben, manche davon ohne Kopf, und das dürfte kaum die Art von Schatz sein, die man finden wollte.

Auch nach Edward erkundigten sie sich, erzählten, sie hätten ihn im Fernsehen gesehen, in dieser Sendung über die Rekonstruktion ihres Dorfs im Mittelalter, das ganze Dorf habe sich das angeschaut, ihr hiesiger Experte. Ich sagte, ja, war das nicht toll, obwohl ich in Wirklichkeit nur die zweite Folge gesehen hatte, in der Edward gar nicht vorkam. Sie meinten, ich sei sicher sehr stolz auf ihn und all das, was er geleistet habe. Ich sagte, ja, zu seiner Zeit gab es so wenige alleinerziehende Männer, da hat er sich bestimmt sehr einsam gefühlt. Sie schauten verwirrt, wahrscheinlich hatten sie eher gemeint, ich müsste wegen seiner wissenschaftlichen Bücher und der Fernsehauftritte stolz auf ihn sein.

Dann sagte Ted, vielleicht könne ich ja das Rätsel lösen, warum auf dem Rasen direkt vor der Terrasse so ein Umriss sei, den man nach langen Trockenperioden immer sehen könne, wie das Fundament eines kleinen Gebäudes. Also verließen wir im Gänsemarsch den Wintergarten und folgten ihm an der Küchenseite vorbei ums Haus. Und da waren sie. Die Stempel unserer alten Schuppen, wo wir das Dreirad aufbewahrt hatten, als ich zu groß dafür war, den Puppenwagen und die vielen Blumentöpfe, die wir im nächsten Jahr vielleicht wieder brauchen würden. Nichts als ein etwas helleres Rechteck inmitten des akkurat gemähten Rasens.

Ich war übertrieben hingerissen von diesem Umriss im Gras. Ich sagte, ja, da war früher das Plumpsklo. Und der Schweinestall. Und dort drüben war eine Art Mauer, da habe ich manchmal Feuer gemacht, nur so zum Spaß. Aber Plumpsklos und Schweineställe sind nicht sehr romantisch. Ted und Antonia wirkten zusehends weniger entzückt.

»Es gab auch Geschichten. Alte Geschichten über das Haus, wissen Sie? An die Ihr Bruder sich nicht erinnern konnte, weil er noch zu klein war.« Antonia blickte wie gebannt auf die gelblichen Abdrücke im Gras, und Ted spähte unbehaglich über den Rand seiner Brille. Wollten sie Geistergeschichten hören? Oder etwas über meine Mutter? Ich war mir nicht ganz sicher.

Außerdem fiel mir jetzt wieder ein, dass Susannah ja bei der Kirmes auf mich wartete, und so sagte ich: Vielen Dank für die Erfrischung, es ist wunderbar zu sehen, wie schön Sie das Haus erhalten haben, und dann zerrte ich meinen Hund weg, der bereits Anstalten machte, mitten auf dem makellosen Rasen ein Loch zu buddeln.

Ich konnte mich nicht erinnern, was vor ihrem Wintergarten auf dieser Seite des Hauses gewesen war. Vielleicht ja gar nichts. War das die Stelle gewesen, wo sich der Zaun zur Schafweide entlangzog? Oder wo die kaputten Steinplatten einer alten Terrasse lagen, zerstört von den Ranken, die dazwischen wucherten? Aber waren die nicht auf der anderen

Seite gewesen? Dann hätte ich doch vom Fluss aus daran vorbeigekommen sein müssen. Aber in dem Fall war das Tor am völlig falschen Fleck.

Vielleicht hatte ich das Haus ja auf der anderen Seite passiert, ohne es zu merken. Wie konnte das alles so ein Durcheinander in meinem Kopf bilden? Waren meine Erinnerungen etwa allesamt spiegelverkehrt und standen auf dem Kopf? Ich rannte den ganzen Weg zurück, die Blumen für die Grüne Kapelle immer noch in der Hand und auf einmal voller Angst, den Weg nicht mehr zu finden; vielleicht bewegte ich mich ja tatsächlich weg von Kirche und Kirmes, so wie in einem dieser Albträume, in denen man sich immer weiter von dort entfernt, wo man hinmuss.

Ich überlegte, ob die Geister der Grünen Kapelle mir wohl zürnen würden, wenn ich ihnen ihre Blumen vorenthielt. Dann dachte ich an die Tradition, einen Leichnam bei der Beisetzung absichtlich verkehrt herum zu bestatten, damit der Geist, wenn er sein Grab verlässt, um in sein früheres Haus zurückzukehren, in die falsche Richtung strebt und sich verläuft. Und auch an die Tradition, bei dem der Leichnam aus dem gleichen Grund richtig herum beerdigt wird, denn es ist ja allgemein bekannt, dass Geister sich zunächst um 180 Grad drehen, bevor sie aus ihren Gräbern steigen. Und ich fragte mich, welche Art von Wiedergängerin ich selbst wohl war, ob man mich in die richtige oder in die falsche Richtung gelenkt hatte und was dazu geführt hatte, dass ich, was auch immer ich sein mochte, mich so falsch und verloren fühlte, dass ich meinen Weg zurück nach Hause nicht mehr fand.

Wann hatten Joe und Edward die Schatzkiste befüllt und sie unter den Obstbäumen für die neuen Besitzer vergraben? Und warum hatten sie mich nicht gefragt, ob ich auch etwas hineinlegen wollte? Vielleicht hatten sie mich sogar gefragt, und ich hatte mich geweigert. Wann waren sie im Garten gewesen, um den Schatz ohne mich zu vergraben? Und warum hatte Joe mir seine Besuche hier verheimlicht? Wann war er hier gewesen, hatte die Erfindungen in der Scheune katalogisiert und die beiden Anwälte mit ihrem Tierheimhund bezaubert? Warum hatte mich niemand eingeladen? Und warum führte ich mich nach all den Jahren immer noch auf wie ein ungezogenes Kind, trottete mit meinem mistfressenden Übeltäter von Hund den Uferweg entlang, kämpfte Panik, Tränen und die Pollen des Wiesenkerbels nieder und wünschte mir, ich hätte etwas anderes gesagt, etwas Besseres oder zumindest nicht ganz so Schlimmes?

Hinter mir kam eine Joggerin den Pfad entlang, und ich zog den Hund an die Hecke heran, um sie vorbeizulassen. Eine Joggerin in rosa Leinenhose und geblümtem Oberteil. Antonia. Leise keuchend blieb sie stehen und hielt mir eine kleine Papiertüte hin.

»Habe ich was vergessen? Das tut mir leid!« Unwillkürlich tastete ich meine Taschen nach Autoschlüssel, Hausschlüssel und allem anderen ab, was man sonst noch verlieren kann.

»Der Schatz. Als Sie weg waren, ist es uns wieder eingefallen. Wir haben ja doch einen Schatz gefunden, vielleicht stammt der aus der Kiste, die Ihr Bruder vergraben hatte. Da war ein Elsternnest. Lauter kleine Stückchen Alufolie und das hier. Ted hat sich gerade daran erinnert.« Sie gab mir das Tütchen. In einer Ecke steckte etwas Hartes aus Metall. Vielleicht hatte Joe ein Matchbox-Auto hineingetan oder ein kleines Meccano-Spielzeug. Ich schaute in die Tüte. Ein silbriges Döschen, kaum mehr als einen Quadratzentimeter groß, mit Blattornamenten an den Seiten und angelaufen von Erde und Sand.

»Erkennen Sie es?«

»Nein, tut mir leid. Aber Joe erkennt es sicher.«

»Sagen Sie ihm schöne Grüße. Und Ralf schickt ihm auch alles Liebe.«

»Ralf?«

»Unser Hund.«

»Ach ja. Vielen Dank. Für den Schatz. Und die Erfrischung.«

Sie drehte sich um, winkte mir noch einmal zu und joggte wieder zurück.

Ich dachte an die Schätze, die ich im Garten hinterlassen hatte, nach denen ich sie hätte fragen können. Die kleinen Stückchen Alufolie, die sie mitsamt dem Elsternnest weggeworfen hatten, waren bestimmt die Münzen gewesen, die ich mir für mein Raggle-Taggle-Gypsies-Spiel zurechtgeschnitten hatte. Ich hatte sie aus dem Fenster geworfen und dazu »*What care I for my money-oh!*« gesungen. Zu mir gehörte keine unter einem Baum vergrabene Kiste mit der Aufschrift SCHÄTZE, sondern eine ganze Spur aus verlorenen Schuhen, geflochtenen Schnüren aus Nähseide, Pfeifenputzerpüppchen mit aufgestickten Gesichtern und Geheimtüren zu Elfenhäusern, unten am Fuß der Bäume aus der Rinde geschnitten und mithilfe von Cocktailspießchen bunt mit Emaillefarben betupft.

Die ganze Handlung des »Raggle Taggle Gypsies«-Lieds hätte ich nachzeichnen können, sie begann an meinem Zimmerfenster, wo ich die erste Strophe sang und darauf lauschte, das fahrende Volk draußen vor dem Tor singen zu hören, führte über die Stelle irgendwo kurz vor der Hintertür, wo ich meine hochhackigen Schuhe – *a-made of Spanish leather-oh* – von mir warf, bis zum hohen Gras. Dort rannte ich hin, um mich auf mein Fluchtpony zu schwingen, den Stumpf eines halb umgestürzten Apfelbaums mit einer Kordel als

Zügel, und fortzureiten bis zu dem fernen Feld, wo ich dann unter den Sternen liegen und der wunderbaren Musik lauschen wollte.

Meine Mutter spielte die langweilige Rolle des zurückgelassenen Ehemanns, tat, als ob sie mich nicht sähe, und sang mit ihrer heiseren Stimme: »*Oh he rode east, and he rode west, he rode north and south also*«, und dabei galoppierte sie in ihren Gummistiefeln in alle vier Himmelsrichtungen des ummauerten Gartens, bis sie mich schließlich gefunden hatte und ihre extratiefe vorwurfsvolle Griesgramstimme aufsetzte:

How can you leave your house and lands?
How can you leave your money-oh?
How can you leave your new-wedded Lord
To run with the raggle taggle gypsies-oh?

Und ich sprang theatralisch aus dem Gras, stemmte die Hände in die Hüften und sang meine Antwort:

Oh what care I for my house and lands?
What care I for my money-oh?
What care I for my new-wedded Lord?
I'll run with the raggle taggle gypsies-oh!

Jahrelang war es mir nicht in den Sinn gekommen, dass dieses Lied, das Lieblingslied meiner Mutter, davon handelte, das eigene Zuhause zu verlassen und dabei nichts mitzunehmen, nicht einmal die Schuhe, die man an den Füßen trägt. Und obwohl der Ehemann einen sucht, obwohl er nach Nord, Süd, Ost und West reitet, bietet man ihm am Ende die Stirn. Was interessierte einen dieser ganze Kram? Laken, Federbetten, Geld, Schuhe und Gold? Da lag man doch lieber auf dem freien Feld und lauschte wunderschönem Gesang.

Wenn ich könnte, ich würde das ganze Lied samt Requisiten und Kostümen wieder hervorgraben, mich unter den Platten dieser perfekten Terrasse, zwischen den Beeten mit den Wurzeln der ausbüxenden Kräuter hindurchwühlen, tief zwischen die Knochen der sechs Zwerghühner, bis hinaus auf das weite Feld, wo ich dann meiner Mutter, wem sonst, ihr Verschwinden vorhalten würde. Wie konntest du Haus und Land verlassen? Und deine Tochter? Und dein Baby?

Und während ich zurück zur Kirmes eilte, Wiesenkerbelpollen in der Kehle und den Geruch von Benzin, Hotdogs und Popcorn in der Nase, dachte ich an Susannah, wie sie mit ihren neuen Freundinnen die Fliegende Untertasse fuhr, das fünfte Rad am Wagen, diejenige, die von anderswo kam, gerade noch so mit in die Gondel hineinpasste. Ich fragte mich, ob sie wohl Angst hatte, ob sie sie zeigen konnte oder zu schüchtern war. Ich fragte mich, ob die anderen nett zu ihr waren, ihr Komplimente über ihre Haare und ihre Kleidung machten, wie Mädchen das so tun, wenn sie Freundschaft schließen. Was hatte ich ihr heute überhaupt rausgelegt? War es das Richtige gewesen? Hatte ich ihr die Haare so frisiert, wie sie es am liebsten hatte?

Ich stellte sie mir vor, hoch oben über dem Kirchhof, die Füße in Second-Hand-Sneakers der Größe 36,5, die sie mit neuen Schnürsenkeln aufgemotzt hatte, wie sie auf den Uferweg hinunterschaute und mich zurückhasten sah. Ob es ihr lieber wäre, dass ich noch etwas wegbliebe? Oder war ich sowieso schon spät dran? Als ich schließlich nahe genug war, um ihr vergnügtes Kreischen zu hören, während sie hoch über meinem Kopf immer wieder im Kreis flog, war ich rasend vor Wut auf meine Mutter.

Dann lass von mir aus Haus und Land, deine Ehe, dein Geld zurück, deine unbequemen Schuhe und alles, wofür sie stehen, aber wenn du dahin kommst, wo der Weg eine Kurve macht, und dir vorstellst, wie dein Baby ohne dich aufwacht, und dir die Milch aus den Brüsten schießt, ob du willst oder nicht, wenn sie dir in die Kleider fließt, dir das Kleid am Bauch kleben lässt, dann kehrst du doch wieder um. Klarer Fall.

Aber eigentlich war es ja gar nicht das Lieblingslied meiner Mutter gewesen. Es war mein Lieblingslied. Ich liebte es, mich zu verkleiden, ich liebte den Schmuck aus Alufolie, die hochhackigen Schuhe, das lange Kleid, das Pferd mit seinen Kordelzügeln, das gesungene Frage-und-Antwort-Spiel, immer hin und her, das Versteckspielen im Garten. Wahrscheinlich war meine Mutter die vielen Wiederholungen längst leid gewesen, hatte es sattgehabt, immer die öde Rolle des verschmähten Ehemanns spielen zu müssen, das Wäscheaufhängen, Brotteigkneten oder Tomatenvereinzeln unterbrechen zu müssen, um ihr imaginäres Pferd zu satteln und sich im Obstgarten abweisen zu lassen.

Jetzt, wo ich selbst eine fünf-, sechs-, siebenjährige Tochter gehabt hatte, die für ihr Leben gern in andere Rollen schlüpfte, wusste ich, wie oft man dann das, was man gerade machte, unterbrechen musste, um in die Rolle der Prinzessin oder sehr viel häufiger in die des Schurken zu schlüpfen, brüllend und zeternd durchs Wohnzimmer zu stampfen, und wie große Mühe man sich dabei geben musste, nicht die Geduld zu verlieren, weil in der Küche der Reis überkochte.

Ich war es, die immer weiter davon singen wollte, mit dem fahrenden Volk durchzubrennen. Meiner Mutter war die andere Geschichte lieber gewesen, in der man erst nach Norden, dann nach Süden, dann nach Osten und schließlich nach Westen reiste, wo man fand, was man eigentlich gesucht hatte, nämlich nicht die entlaufene Braut, sondern den Ort, den man sein Zuhause nennen konnte.

Die junge Frau aus dieser Geschichte ist durch ein Paar eiserne Schuhe gefesselt. Gar nicht so anders als meine Mutter, wenn sie in ihren schlammschweren Gummistiefeln durch den strömenden Regen stapfte, bevor es dunkel wurde, um auch noch das letzte Huhn einzufangen und für die Nacht an seinen sicheren Ort zu bringen. Und das ist die Geschichte.

Es war einmal eine Prinzessin, die in einen hohen Turm gesperrt heranwuchs. Zumindest erzählte man ihr immer, sie sei eine Prinzessin, wenn ihr der kleine Korb mit etwas zu essen hinaufgebracht wurde. Aber vielleicht war sie ja auch keine. Vielleicht war das nur eine Geschichte, die sie sich selbst erzählte, während sie ganz allein dort vor sich hinlebte. Das weiß niemand so genau. Es spielt auch keine Rolle. Sie sehnte sich danach, die Welt dort draußen zu sehen, aber es gab keinen Weg hinaus aus ihrem Turm.

Eines Tages brach ein entsetzlicher Krieg über das Land herein, und die Menschen, die ihr das Essen gebracht hatten, wurden getötet oder flüchteten, und es gab auch kein Essen mehr, das man ihr hätte bringen können. Die Felder waren alle niedergebrannt, das Vieh, sofern es nicht entkommen war, wurde dem Hungertod überlassen.

Und so begriff die junge Frau, dass sie sich selbst aus dem Turm befreien musste. Nach unten kam sie nicht, und sie besaß auch nichts, was sie als Seil verwenden konnte, darum fing sie an, sich durch den Boden zu graben. Sie wusste nicht, wie lange das dauern würde, und musste sich das Essen, das noch übrig war, gut einteilen, damit es möglichst lange reichen würde.

Je tiefer sie grub, desto schwieriger wurde es, und bald schon waren ihre Kleider zu Lumpen geworden, ihre Hände waren rau und wund, und ihr schönes Haar war so verklebt von Lehm und Staub, dass es am einfachsten schien, es abzuschneiden. Das Essen ging ihr aus, aber sie wusste, dass ihre einzige Hoffnung im Graben lag, und so trank sie Regenwasser, das sie vom Dach sammelte, und aß das Moos und die Insekten, die sie an den Mauern fand.

Als sie sich schließlich bis zum Fuß des Turms durchgegraben hatte und nach draußen kroch, sah sie kein bisschen mehr aus wie eine Prinzessin.

Sie traf eine alte Frau, ebenso dreckig und abgerissen wie sie selbst, und die alte Frau teilte ihr Brot und ihr Lagerfeuer mit der Jüngeren und gab ihr folgenden Rat auf den Weg: »Bevor du findest, wonach du suchst, wirst du ein eisernes Paar Schuhe tragen müssen.«

Am nächsten Morgen war die Alte verschwunden, und die junge Frau fand sich mit eisernen Schuhen an den Füßen wieder. Sie waren unbequem, und die junge Frau war noch nie in ihrem Leben längere Strecken gelaufen, aber sie stellte fest, dass die Schuhe unverrückbar an ihren Füßen saßen, und so brach sie in ihnen zu ihrer Suche auf.

Sie wanderte erst nach Norden, dann nach Süden, danach nach Osten und schließlich nach Westen, arbeitete auf den Feldern und anderswo, um sich genug Geld fürs Essen zu verdienen, schlief in Scheunen oder unter einer Hecke oder kroch beim Vieh unter, um sich zu wärmen, bis sie eines Tages aufwachte und feststellte, dass sie den Boden unter den Füßen spürte. Ihre eisernen Schuhe waren durchgescheuert, und ihre nackten Füße berührten den Schlamm.

Sie war heilfroh, die Schuhe los zu sein. Als sie sich umschaute, entdeckte sie vor sich die Ruine eines alten Turms. Kinder spielten in seiner Nähe, kletterten über die verfallenen Mauern. Die Felder ringsum wurden bestellt, es gab Höfe mit Hühnern, Schweinen und Ziegen. Das Vieh streifte frei umher und wühlte unter den Hecken herum.

Sie fragte die Kinder, in welchem Land sie sei, und staunte, als sie in deren Stimmen ihre eigene Art zu sprechen erkannte. Auf ihren Reisen hatte sie so viele verschiedene Stimmen gehört. Die Kinder erzählten ihr die Geschichte eines armen Mädchens, das in diesen Turm gesperrt worden sei, und wie traurig es doch sein müsse, so eingesperrt zu leben. Niemand wisse, erzählten sie, was im Krieg mit dem Mädchen passiert sei.

Und so erzählte sie ihnen, wie sie entkommen war, und sie waren zutiefst beeindruckt von ihr und nahmen sie mit, um sie dem neuen König vorzustellen. Der neue König freute sich sehr, dass sie noch am Leben war, und hieß sie in ihrem eigenen Land willkommen, wo sie von nun an glücklich lebte bis ans Ende ihrer Tage. Und die Kinder spielten weiter in der Turmruine und erzählten die Geschichte, und kein Mensch sperrte jemals wieder ein Kind in einen Turm.

Gut, womöglich hatte sie die Geschichte hier und da ein wenig abgeändert. Vor allem den Schluss. Und wahrscheinlich auch Anfang und Mitte. Aber ich war immer sehr zufrieden mit diesem Ausgang gewesen. Erst recht, wenn sich meine Mutter, nachdem sie fertig erzählt hatte, umsah, den Blick über ihre Hühner streifen ließ, die unter den Bäumen pickten, und über die dick mit Beeren behangenen Obststräucher und dann die Gummistiefel auszog und die Zehen ins Gras grub. Ich wusste, sie wollte mir sagen, dass sie diese Prinzessin war, die wieder nach Hause gekommen war, wo sie nun glücklich leben würde bis ans Ende ihrer Tage. Wen kümmerten da schon die paar Ruinen eines blöden alten Turms, an den sich sowieso kein Mensch erinnerte?

20

Die grüne Kapelle

Solomon Grundy,
Born on Monday
Christened on Tuesday
Married on Wednesday
Sick on Thursday
Worse on Friday
Died on Saturday
Buried on Sunday.
That was the end
Of Solomon Grundy.

Manchmal vergesse ich meine Mutter. Dann gehen ganze Tage vorbei, und ich denke an andere Dinge, die ihrer Abwesenheit keinen Raum lassen. Das mache ich ganz bewusst: Ich repariere meinen Kopf mit diesen anderen Dingen. Auch wenn ich male oder zeichne, vergesse ich sie. Dann vergesse ich alles. Ich muss mir den Wecker am Smartphone stellen, um zu wissen, wann ich aufhören und Susannah abholen oder das Abendessen in den Ofen schieben muss. Und wenn der Wecker dann klingelt und ich wieder in die Welt um mich herum zurückkehre, ist auch sie wieder da, irgendwo ganz weit am Rand, eine schattenhafte Leere, Schuldgefühle, eine Tür, die sich schließt, ganz knapp außerhalb meines Sichtfelds, ihr Lufthauch, etwas wie der Geruch aus dem Garten, ein leerer, strohiger Nachgeschmack. Das Nichts.

Ich habe Wochen am Stück vergehen lassen, ohne mit ihr zu reden. Ich bin an neue Orte gereist und habe überhaupt nicht daran gedacht, ihr zu erzählen, was ich dort gesehen habe. Ich habe mein halb fertiges, unmögliches Buch über sie auf die Dachböden angemieteter Häuser gepackt und dann vergessen, am Ende der Mietzeit hinaufzuklettern und es mitzunehmen. Ich habe ohne sie meinen Studienabschluss gemacht, bin schwanger geworden, ohne sie anrufen zu können, habe die ersten Fotos von meiner Tochter gemacht, ohne ihr einen Abzug zu schicken. Ich bin von dem einzigen Ort weggezogen, an dem ich sie kannte, in jeder Hinsicht. Ich habe Abstand zwischen uns gebracht. Die Zeit hat Abstand zwischen uns gebracht. Mein Beitrag war nur, so lange durchzuhalten, bis das geschah.

Vergessen ist nicht das Schlimmste. Auch Erinnern nicht. Das Schlimmste ist, vergessen zu haben und sich dann wieder zu erinnern. Da fühlt man sich eiskalt erwischt. Man vergisst, für einen Moment, einen Tag, eine Woche, einen Monat, aber wenn man sich dann plötzlich wieder erinnert, wirkt sich das jedes Mal auf die gleiche Weise aus. Man spürt, wie die Erinnerung wieder ins Lymphsystem dringt, und man erkennt den Schmerz wieder. Und immer ist da dieser Teil, der denkt: Vielleicht muss dieser Schmerz inzwischen nicht mehr sein? Wie es wohl wäre, ohne ihn zu leben? Das ist Verrat. Dafür hasst man sich dann.

Man sollte meinen, ich wäre längst an all das gewöhnt, an die Erinnerungen, die auftauchen, als würde ich immer wieder an derselben Stelle graben, immer wieder die gleichen Tonscherben herauspicken und überall nach Hinweisen suchen. Aber aus irgendeinem Grund brachte ich die kleine silbrige Dose nicht mit meiner Mutter in Verbindung. Sie sah viel zu sehr nach Spielzeug aus. Ich konnte mich nicht erinnern, sie je mit ihr gesehen zu haben. Außerdem war es doch Joe gewesen, der die Schatzkiste im Garten vergraben hatte.

Auf dem Rückweg von den *Wakes* fuhren Susannah und ich bei Edward und Joe vorbei, wir wollten uns etwas beim chinesischen Imbiss bestellen und mit ihnen essen, bevor wir nach Hause zurückkehrten. Als wir um den Küchentisch saßen, die Speisekarte studierten und uns alle schon dreimal umentschieden hatten, fiel Susannah die kleine Tüte wieder ein.

»Hey, die neuen Leute im alten Haus haben was aus eurer Schatzkiste gefunden.«

»Ach, echt? Ein Spielzeug?«

»Nein, so ein kleines Döschen. Ich hol es aus dem Wagen.«

Susannah kippte das Tütchen auf dem Tisch aus, und ein kleiner Berg sandfarbener Staub rieselte auf die verschrumpelten Äpfel in der Obstschale. Joe griff nach dem Döschen, drehte es in der Hand. Er schob den kleinen Verschluss an der Seite hoch, öffnete es, pustete Staub heraus.

Da sagte Edward: »Sekunde. Gib das mal her.« Und mit einem Mal veränderte sich die Qualität der Luft um uns herum. Verdichtete sich. Bekam den falschen Geschmack. Ich sah, wie Edward die Hand um das Döschen schloss und sie dann wieder öffnete. Und plötzlich fiel mir auf, wie alt seine Finger aussahen, die pergamentene gelbliche Haut, die feinen weißen Härchen an den Knöcheln, die Linien in der Handfläche. Ich legte meine Hand auf seine, und Joe fragte: »Was ist das?« Edward schloss erneut die Hand um das Döschen und hielt seine Faust mit der anderen Hand umfasst, als könnte er sie verlieren.

»Das ist kein Döschen, es ist ein Anhänger. Von eurer Mutter. Sie hing sehr daran. Haben sie gesagt, wo sie ihn gefunden haben?«

»In einem Elsternnest, haben sie erzählt. Hat sie ihn getragen, als sie fortging?«

»Nein. Sie hatte ihn schon Monate vorher verloren. Auf jeden Fall vor Joes Geburt. Wir haben den ganzen Garten abgesucht, ihn aber nie gefunden. Ist ja auch ein großer Garten.«

»Ich kann mich nicht erinnern, ihn je an ihr gesehen zu haben.«

»Nein? Sie hatte ihn auch nicht immer an.«

Joe streckte die Hand danach aus, pustete weitere Staubpartikel heraus, bewegte den kleinen Verschluss auf und ab.

»Bleibt die Frage, was war drin? Was fehlt?«

»Es ist ein Amulett. Traditionell bewahrt man ein Gebet darin auf. Aber bei ihr wurde das kleine Stück Papier ständig nass oder schmutzig, sie musste es also häufig austauschen. Sie hat immer nur das Datum draufgeschrieben, den 10. Februar. Nicht einmal seinen Namen.«

»Ist das Jonathans Geburtstag? Der 10. Februar?«

»Ja.«

»Wieso hat sie den denn um den Hals getragen? Sie dürfte ihn doch kaum je vergessen haben.«

»Nein. Und es war immer nur das Datum, nie der Name. Sie fürchtete, es wäre wie ein böser Zauber, seinen Namen mit draufzuschreiben. So wie bei einer Voodoopuppe, wisst ihr? Jemanden beim Namen zu rufen soll ja etwas Magisches sein.«

»Wie bei Rumpelstilzchen.«

»Genau.«

»Dann stand das Datum also für seinen Namen?«

»So ungefähr. Ein kleiner Zauber, aber kein gefährlicher.«

Joe und Susannah wechselten einen Blick. Dann sagte Joe: »Ich glaube, wir brauchen jetzt alle eine Stärkung. Wie wär's, wenn Suzy und ich losziehen und das Essen beim Chinesen abholen?« Ich hielt Edwards Hand, als wären wir beide krank, ganz vorsichtig, wie zwei sehr alte Menschen, als liefen wir Gefahr, uns gegenseitig zu verletzen. Nachdem die beiden aufgebrochen und dann noch einmal umgekehrt waren, sämtliche Geldbörsen geplündert hatten, weil ihnen eingefallen war, dass der China-Imbiss nur Bargeld nahm, und dann erneut losgezogen waren, sagte Edward: »Sie brauchte das nicht um den Hals zu tragen, um sich an ihn zu erinnern. Und an seinen Geburtstag.«

»Ich weiß«, sagte ich, »aber ich glaube, sie hat ihn trotzdem verpasst. Er ist ihr zu spät eingefallen. In dem Jahr, als Joe gerade geboren war. Ich glaube, da hat sie ihn vergessen.«

»Aber sie war doch am Fluss.«

»Zu spät. Sie ist am 23. gegangen. Dreizehn Tage zu spät.«

Ich wollte ihm erzählen, dass wir immer hingegangen sind. Blumen und eine Kerze in einem Einweckglas hinbrachten. Sein Lied für ihn sangen. Sie hatte mir die Geschichte von Sir Gawain und seiner Reise zur Grünen Kapelle erzählt, daher wusste ich, dass wir es unbedingt am richtigen Tag tun mussten. Es durfte keinen Aufschub geben, nicht einmal, wenn es in Strömen regnete. Nicht einmal, wenn der Weg halb überflutet war.

Oft brauchten wir einen Schirm, dann transportierten wir das Einmachglas, die Kerze, die Streichhölzer und die Blumen in einer leeren Eispackung, die wir in ihren Rucksack steckten. Wir trugen Gummistiefel, trotzdem waren unsere Füße jedes Mal schwer vom Schlamm. Wir mussten das tief liegende Feld überqueren, wo die großen Kopfweiden wie riesige Käfige aus der Flussmarsch ragen, dieses Feld, das überall nur *Draconie* genannt wird, Drachenauge. Vorbei an der ersten Brücke, hin zur zweiten.

Ich weiß noch, einmal hatte ich einen Holzhasen dabei. Warum, weiß ich nicht. Vielleicht war es ja meine Idee gewesen. Oder meine Mutter brachte ihm immer ein Geburtstagsgeschenk mit. Wir sangen Lieder. Frage-und-Antwort-Lieder, obwohl wir auf dem Uferweg hintereinander gehen mussten und einander, wenn es regnete, durch die Kapuzen unserer Regenjacken nicht richtig hören konnten.

»*I'll give you two-oh! Green grow the rushes-oh!*«
»*What is your two-oh?*«
»*Two, two, the lily-white boys, clothed all in green ho-ho!*
One is one and all alone and ever more shall be, so!«

Ich hegte niemals Zweifel daran, dass unsere Grüne Kapelle die echte war, diejenige, die Sir Gawain auf seinen Reisen nach Nord und Süd und Ost und West finden musste, so wie die junge Frau mit den eisernen Schuhen. Grün war sie ja, vom Moos, von den wuchernden Nesseln und Flechten. Sie lag versteckt am Ende eines unwegsamen Pfads, der halb in den Fluss abgerutscht war. Und sie war eine Kapelle, hatte Grabplatten mit den eingravierten Namen der Verstorbenen an den Wänden. Gawain musste wilde Männer, Bären und Wölfe niederringen. Wir hatten nur mit den Brombeerranken, dem Morast und den Löchern zu kämpfen, die die Dachse in den Weg gegraben hatten.

Wir mussten uns immer eine geschützte Ecke suchen, um unsere Kerze im Marmeladenglas anzuzünden und unsere Blumen abzulegen. Der Blumenstrauß war mit farbigen Bändern umwunden. Die Stimme meiner Mutter klang meistens heiser, kratzig von der üblichen spätwinterlichen Erkältung.

Regenwasser rann uns den Rücken hinunter, tropfte in den Kragen unserer Jacken. Fast immer ging die Kerze gleich wieder aus und musste neu angezündet werden. Der Regen rann meiner Mutter übers Gesicht.

Ich kann diese Besuche im Kopf nicht sortieren, von einem Jahr aufs nächste. Gut möglich, dass es nicht immer geregnet hat. Gut möglich, dass ich manchmal den Uferweg auch an ihrer Hand zurücklegte, wenn er nicht gänzlich überspült war und wir nebeneinander gehen konnten. Aber als ich meine Erinnerungen an diese Pilgerfahrten neu durchforstete, fand ich nicht eine einzige, bei der wir Joe dabeihatten.

Hätten wir Joe in dem einen Jahr, als es ihn gerade gab, dabeigehabt, wäre er ein kleines Baby gewesen, und mit einem Kinderwagen hätten wir es nie über den Weg geschafft. Es wäre also nur mit dem Tragetuch gegangen, und mir wäre die Aufgabe zugefallen, die Eispackung mit den wichtigen Dingen zu tragen.

Joe konnte das Tragetuch nicht leiden. Er brüllte immer, wenn er darin getragen wurde. Er hätte also den ganzen Weg am Flussufer entlang gebrüllt. Vielleicht hatten wir gewartet, bis er eingeschlafen war, oder wir hatten ihn zu Hause bei Mrs. Wynne gelassen. Vielleicht aber erinnere ich mich auch nicht daran, mit Joe am Fluss entlang zur Kapelle gegangen zu sein, weil er eben nie dabei gewesen war. Vielleicht hatten wir den Tag verpasst. Vielleicht hatten wir ihn in diesem einen Jahr einfach vergessen.

Wir hatten zu Hause keinen Stundenplan und verloren oft den Überblick über die Wochentage. An den Wochenenden war das anders, da war Edward bei uns. Aber dazwischen konnten wir einen Tag oft nicht vom anderen unterscheiden. Morgens lief immer das Radio, aber danach hatten wir es eigentlich selten an. Es gab auch keinen Kalender mit Nachmittagsaktivitäten oder Verabredungen zum Spielen. Und in dem Jahr hatte meine Mutter ein Neugeborenes zu versorgen. Sie war erschöpft, zerstreut, lebte nur noch von einem Tag auf den anderen. Da war so etwas nur verständlich. Niemand hätte ihr einen Vorwurf gemacht, weil sie ein Datum vergaß.

Ich weiß nicht, ob mein Bruder ein fordernder Geist war. Glaubte meine Mutter, dass auch Geisterkinder älter werden? Dass sie ihre Geschwister um deren Spielzeug und Haustiere beneiden, dass sie im Haus bleiben, weiter mit der Familie leben, sich anschauen, wie die anderen Geburtstagsgeschenke und Zärtlichkeit bekommen? Dass sie sich hin und wieder selbst bei den Leckereien bedienen, um uns zu zeigen, dass sie noch da sind?

Am Ende waren es tatsächlich die Fragen der Polizei, die wir uns selbst die ganze Zeit hätten beantworten müssen. Welcher Wochentag war es, welches Datum? Wohin ist sie gegangen? Wie war das Wetter? Was hatte sie dabei? Im Grunde lag es doch klar auf der Hand.

Und ich erkannte, dass ich im falschen Gedicht nach der Antwort auf das Verschwinden meiner Mutter gesucht hatte. All die vielen Jahre hatte ich *Pearl* gelesen, den Zyklus des Trosts wieder und wieder durchlaufen, mich aber trotzdem nie sonderlich getröstet gefühlt.

Die Jahre der Trauer maß ich an der wiederholten Lektüre dieser Geschichte von dem gramerfüllten Mann in seinem Garten, der mit Gott hadert. Ich zählte die Strophen mit den Fingern ab wie einen Rosenkranz, sagte sie mir in ihrem merkwürdigen Klang im Kopf vor, malte unzählige, nie fertiggestellte Bildserien von dem Garten, von den Kräuterbeeten, dem Flussufer mit seinem glänzenden Morast, den Kieseln, die im Flussbett lagen wie Edelsteine, den Uferböschungen voller Kinder im weißen Büßerkleid. Ich folgte dem Träumenden aus seinem Garten hinaus durch das Törchen bis hin zum Fluss und wachte dann wieder im Garten auf, um meine Reise erneut zu beginnen. Aber getröstet fühlte ich mich nie. Dabei hätte ich die ganze Zeit, die ich *Pearl* wieder und wieder las, bloß an Sir Gawain und seinen Weg zur Grünen Kapelle denken müssen.

Meine Mutter war erschöpft durch das Neugeborene und die vielen Tage und Nächte, die ins Haus hineinregneten und ineinanderflossen, so wie die Felder der Flussaue vom Wasser her eins ins andere übergingen, bis schließlich selbst die Hecken nur noch wie Schattenflecken aus dem grauen Wasser ragten. So müde war sie, dass Edward Mrs. Wynne bat, jeden Nachmittag zu kommen, damit meine Mutter sich ein Stündchen mit dem Baby hinlegen konnte, während Mrs. Wynne ein Auge auf mich hatte und dabei die Wäsche machte und ein paar andere Hausarbeiten erledigte, die keinen Lärm machten, um die beiden oben nicht zu stören. So müde war sie, dass sie nicht einmal mehr wusste, welcher Wochentag war, geschweige denn welches Datum. Sie wusste nur ungefähr, dass Februar war und die Wettervorhersage gleichbleibend scheußlich.

Was, wenn sie eines Tages das Datum bemerkt und festgestellt hatte, dass sie seinen Geburtstag verpasst hatte? Wäre sie dann nicht losgerannt, viel zu spät, ohne Gummistiefel an den Füßen und ohne Mantel gegen den Regen, ohne Kerze, ohne Lied, ohne Blumen, mit patschnassen Haaren, während der Regen ihre Tränen wegspülte?

Hätte sie es überhaupt bis zu dem überfluteten Weg geschafft, klebte ihr nicht der Schlamm an den Füßen, blieb sie nicht mit den Kleidern an den Hecken hängen und griff jedes Mal in Dornen, wenn sie ausrutschte und sich irgendwo festhalten wollte? Und was dann? Betrat sie die Grüne Kapelle, um den grüngesichtigen Elfenritter zu besänftigen, ihn um Gnade zu bitten? Untote sind nicht gerade dafür bekannt, besonders gnädig zu sein. Neugeborene lassen nur selten fünfe gerade sein. Ein Preis ist zu zahlen. Ein Pfand wird gefordert.

Sie erreicht den Fluss und ist so nass, sie könnte ebenso gut im Wasser stehen. Ihre Füße spürt sie schon gar nicht mehr. Ihre Hände sind matschverschmiert und voller Dornen. Die Brücke ist halb überschwemmt. Ihr ist längst alles egal, sie läuft einfach in das Flutwasser hinein, will nur noch zu der Kapelle am anderen Ufer. Sie überlässt sich der Gnade des Flusses. Sie bietet sich selbst dem Wasser dar. Aber der Fluss zeigt keine Gnade. Das tut er nie.

Das Engelskind am anderen Ufer ist zu einem zehnjährigen Jungen herangewachsen, er trägt die weißen Gewänder der Engel, leuchtet wie die nassen Steine auf dem Grund des Flussbetts. Er beschwört sie umzukehren, in den Garten zurückzugehen, sicher auf ihrer Flussseite zu bleiben. Er ist bemüht, sie in die Wirklichkeit eines Lebens ohne ihn zurückzuschicken, aber seine Stimme wird fortgespült vom Lärmen des Hochwasser führenden Flusses, die Toten sind fern.

Sie hat nur das schwere Wasser in den Ohren, ihre Augen sind rot von den Tränen der Schlaflosigkeit. Da ist keine undenkbare Absicht im Spiel. Da ist überhaupt keine Absicht. Nur das Grauen des Vergessenhabens und des Wiedererinnerns. Sie will keins ihrer Kinder zurücklassen. Sie will sie alle lieben, aber eins von ihnen ist nun mal auf der anderen Seite dieses Flusses, und sie erreicht es nicht.

Sie hatte nicht vor, uns zu verlassen. Sie hat uns geliebt. Der Impuls, der sie aus der Tür und zum Fluss getrieben hat, war nicht, jemanden im Stich zu lassen. Es war die Liebe zu ihrem verlorenen Sohn. Die Strömung, die sie unter der Brücke hindurch ins offene Wasser riss, war die Flut des Erinnerns, die ihr wie Gift durch den Körper floss, dieses kalte, fürchterliche Erinnern, nachdem man vergessen hat.

Ich stand auf und machte uns einen Tee in der braunen Lieblingsteekanne meiner Mutter, und wir tranken ihn aus den Souvenirbechern aus Scarborough, die schon im Schrank standen, als wir einzogen. Eine armselige Trauerfeier, oder? Zwei Menschen, die am letzten Abend eines langen Wochenendes im August eine Kanne Tee miteinander trinken, bei offenen Vorhängen, während der Himmel draußen sich standhaft weigert, dunkel zu werden. Keine Hand voll Staub, kein Gedicht, kein Lied. Keine Totenrede, kein Versprechen ewigen Lebens. Und es dauerte alles auch nur so lange, wie es eben dauert, das Essen vom Imbiss am anderen Ende der Straße zu holen.

Joe und Susannah kamen zurück ins Zimmer gefegt, umgeben von einem Schwall Energie und dem süßen Geruch von Mononatriumglutamat. Sie verteilten die Alupackungen auf dem Tisch, und Joe griff nach dem silbrigen Anhänger meiner Mutter und sagte: »Wo sollen wir den in Sicherheit bringen?«, und weder Edward noch ich brachten ein Wort heraus. »Dann stecke ich ihn erst mal wieder zurück ins Tütchen, in Ordnung?«

Und nach dem Essen sagte Joe: »Ihr habt doch immer gesagt, wir machen erst eine Beerdigung, wenn wir etwas zum Begraben haben. Reicht das vielleicht? Wollen wir den Anhänger begraben? Es wird sowieso Zeit, dass sie ihren eigenen Grabstein bekommt.«

Wir werden das fehlende Stück Papier in dem silbernen Amulett ersetzen und seinen Namen darauf schreiben, mit goldener Feder und goldener Tinte, so, wie es in seinem Lied heißt. Wir werden es neben dem Gedenkstein für ihren Sohn begraben und einen für sie dazustellen. Susannah soll einen der geschnitzten Engel von unserer Treppe aussuchen und ihn ihr ins Grab legen. Und ich singe »Green Gravel«. Vielleicht pflanzen wir ja Zitronenminze darauf oder Lavendel. Und im nächsten Jahr bei den *Wakes* wird ihr Name auf der Liste stehen, die vorgelesen wird und alle umfasst, deren sterbliche Überreste in den vergangenen zwölf Monaten auf dem Friedhof begraben wurden. Margaret Brown, in dieser Gemeinde verstorben.

21

Das Problem mit dem Glück

Green gravel, green gravel,
Your grass is so green,
The fairest young maiden
That ever was seen.

I'll wash you in new milk
And wrap you in silk,
And write down your name
With a gold pen and ink.

Alle wollen immer wissen, was sie eigentlich so unglücklich gemacht hat. Warum war sie bloß so unglücklich? Das ganze Haus haben sie auf den Kopf gestellt, um ihrer Traurigkeit auf den Grund zu gehen. Aber sie haben das Falsche gesucht. Auf der Suche nach ihrem Unglück haben sie alle Beweise des Gegenteils zerstört. Sie war glücklich. Ich erinnere mich, wie sie sang. Ich erinnere mich, wie sie das Tragekörbchen für Joe vorbereitete. Ich erinnere mich an ihre Miene, wenn sie ihn aus dem Körbchen nahm, um ihm einen Kuss auf die Nase zu geben, damit er lachte.

Sie war glücklich. Das war ja das Unglück. Sie war so glücklich, dass sie vergessen hat, traurig zu sein. Sie ließ die Tage einfach ineinanderfließen, schlief auf meinem Bett ein, wenn sie mir *Alice im Wunderland* vorlas, vergaß, was wir am Abend vorher gelesen hatten, las es einfach noch mal, und das war uns beiden völlig egal, sie vergaß, was wir am Abend zuvor gegessen hatten, machte das Gleiche noch mal und lachte dabei über sich selbst, schlief wieder ein, stillte das Baby, knetete Brotteig, und dann fing sie mit allem von vorne an.

Sie verlor den Überblick über die Wochentage und den Überblick über ihre Traurigkeit. Und als sie ihr dann wieder einfiel, traf die Traurigkeit sie gänzlich unvorbereitet. Sie baute sich brutal vor ihr auf, fiel mit ihren Anschuldigungen über sie her: Wie konntest du mich vergessen? Wie kannst du es wagen, glücklich zu sein? Und sie war zu müde, zu ungeschützt und zu froh, um ihr etwas entgegenzusetzen. Sie riss sie aus ihrem Glück, schickte sie hinunter zum Fluss und drückte ihr den Kopf unter Wasser.

Die Straße, die zu unserem alten Haus führt, heißt Finsdale Lane. »Fin« ist ein alter Name für den Teufel. »Finsdale« heißt Teufelstal. Wenn man sich nach dem Grund für diesen Namen erkundigt, bekommt man nur zu hören, dass der Fluss dort oft über die Ufer tritt. Es war immer gefährlich, ihn an dieser Stelle zu überqueren, vor allem zu der Zeit, bevor es eine Brücke gab. Dabei sieht es gar nicht aus, als triebe der Teufel sein Unwesen dort. Es riecht nach Bärlauch. Überall wachsen Nesseln. Es ist düster und verwildert, und der Bärlauchgeruch brennt einem in den Augen, wenn man da entlanggeht und die leuchtend grünen Blätter mit den Gummistiefeln zertritt. Die Uferböschung ist aus Sandstein, weich und von rosigen Streifen durchsetzt, sie bröckelt leicht zu sanften Biegungen ab.

In dem Jahr, als meine Mutter verschwand, war das Flussbett von den vielen Stiefeln zu rotem Schlamm zertreten.

Das Wasser floss dick, rötlich, grobkörnig. An der Biegung hatte die Sandsteinböschung plötzlich tiefe, schartige Krater. Auf der Weide direkt am Fluss stand eine Herde Ochsen. Sie bauten sich in einer Reihe zu einer stabilen Wand aus Muskelmasse auf und schnaubten uns aus quadratischen Nüstern ihren salzig-heißen Grasatem entgegen. Sie bewegten sich als fliegenumschwirrtes Ganzes voran, das Donnern ihrer Hufe zerriss die Stille.

Am ganzen Flussufer hinterließen sie ihre Hufabdrücke im tiefen Schlamm und zertrampelten den einzigen Beweis, dass meine Mutter jemals dort gewesen war, den einen Abdruck eines nackten Fußes am Rand des Flusses. Als die Polizei endlich damit fertig war, immer und immer wieder durch unseren Garten zu stapfen, die Überreste der Scheune zu sezieren, die anderen Schuppen auszuräumen, die Waschkörbe durchzusehen, die Bücher, das Spielzeug, die vielen Stapel mit Zeichnungen, die Samenkataloge und all die spannenden Dinge, die wir aus den Gemüsebeeten ausgegraben hatten, da konnte man den Eindruck haben, die Ochsen wären auch bei uns durch Haus und Garten gezogen.

Sie fanden keinen Brief. Das mussten sie auch gar nicht. Alles, was sie uns hinterlassen hatte, war ja ein Brief. Die Lieder, die sie in meinem Kopf hinterließ, die Märchen, die Abzählreime, die Gespräche mit den Toten.

Die Teekanne, mitten auf dem Tisch, außer Reichweite ihrer Kinder. Der Korb mit den Wollresten, mit denen ich spielen durfte, während sie mit dem Baby ein Nickerchen machte. Der Brotteig, der im untersten Fach des großen, alten Küchenherds aufging. Der Duft von frischer Minze, der durchs offene Fenster hereindrang. Die Wäsche, die draußen zum Trocknen hing. Das Lesezeichen in dem *Alice im Wunderland*-Buch unter meinem Kopfkissen. Die vielen Buntstiftspäne im Küchenabfall. Der halb fertig gestrickte Pullover, in den Joe noch hineinwachsen sollte. Die Samenkataloge in der Ecke der Küchenfensterbank.

Und in diesem Brief stand: Wenn das Baby aufwacht, bin ich wieder da. Ich komme nach unten, um mich bei Mrs. Wynne zu bedanken, dass sie Kartoffeln geschält, gebügelt und den Küchenboden gewischt hat. Ich werde ein Brot aus dem Teig backen und eine frische Kanne Tee kochen. Ich werde die Wäsche abnehmen und sie im Wäschekorb falten. Ich werde da sein, um Samen auszusäen, Setzlinge zu vereinzeln und die Minze auszurupfen, damit sie auch genug Platz haben. Ich werde den Pullover fertig stricken und zusehen, wie mein Baby hineinwächst, bis er ihm irgendwann zu klein wird und es den nächsten braucht.

Und während all diese Leute durch den Garten trampelten, die Wäsche auf der Leine im Regen hängen und steif werden ließen, die Samenpäckchen durcheinanderwarfen, den Brotteig durch das ganze untere Herdfach gehen ließen und versehentlich die Stricknadeln aus dem Pullover zogen, zerstörten sie den Brief. Dieser Brief war alles, und gerade er ging kaputt und verlor seine Bedeutung, der Duft der Minze versank im Schlamm, der Brotduft wurde zu schalem Hefegeruch, die Kataloge wurden feucht und knittrig, ihre Seiten klebten aneinander, *Alice* war vergessen, niemand blätterte mehr darin, der Pullover war aufgeribbelt.

Mein ganzes Leben bis zu dem Tag, an dem sie verschwand, sprach von Glück. Selbst unser alljährlicher Pilgerweg zum Schrein meines Bruders – ich dachte, das wäre eine Art Winterausflug. Aber in den Wochen nach ihrem Verschwinden verkehrten wir alles in sein Gegenteil. Wir stülpten es um, auf der Suche nach dem heimlichen Unglück, das sich darunter verbarg. Und als wir dann endlich doch innehielten und uns dachten: »Moment mal, Vorsicht damit, wenn du das jetzt auseinandernimmst, kriegst du es nie wieder zusammengesetzt!«, da war es längst zu spät.

Nach Mitternacht wachte ich plötzlich auf und fror. Es zog durch das offene Fenster auf dem Treppenabsatz, das leise Brummen des Verkehrs drang herein, und irgendetwas war nicht in Ordnung. Der Hund erhob sich in seinem Korb neben meinem Bett, drehte sich einmal um sich selbst und legte sich dann wieder hin. Susannah? Ich streckte schon die Hand nach der Nachttischlampe aus, entschied mich dann aber dagegen. Da war es, das, was nicht in Ordnung war. Schritte auf dem Treppenabsatz, Socken, die über den Teppich scharrten, leises Atmen. Aber Susannah übernachtete doch bei einer Freundin. Und die Schritte, die da an mein Bett traten, waren auch nicht ihre. Sie gehörten meiner Mutter. Und das sanfte Aroma von Zwiebeln, Teeblättern und Babypuder, das jetzt im Zimmer lag, war der Duft, den sie verströmte, wenn sie kam, um mir Gute Nacht zu sagen.

Ich spürte, wie sie zu mir ins Bett stieg. Und dachte: Vielleicht heißt das ja, dass ich sterbe. Vielleicht ist das der Grund für diesen seltsamen Schmerz in meiner Brust. Sie kommt mich holen. Ich spürte Erleichterung: endlich loslassen dürfen, und es wäre nicht einmal meine Schuld. Niemand konnte mir Vorwürfe machen, wenn ich im Schlaf starb.

Sie strich mir das Haar hinters Ohr, und an ihren Händen roch ich die alte Küche, das feuchte Mauerwerk, den sandigen Boden des Gartens, das durchdringende Orangenaroma der Teerseife, einen Nachklang von Vanille, den Duft ihrer eigenen reinen Haut. Ich spürte ihre Hand an meiner Brust, so zart, als könnte sie jede kleine Wunde einfach davonschweben lassen. Und ich wollte ihr sagen: »Ich hab's ja versucht, ehrlich, ich hab's versucht, aber es ist einfach zu schwer für mich, ich schaffe das nicht mehr.« Doch dann hatte ich nicht genug Luft, um es auszusprechen.

Sie legte die Arme um mich, und da war mein Atem auf einmal wieder da, wie ein plötzlicher Schwall, die ganze Ladung, keuchend und spotzend wie ein altes Auto, das man an einem kalten Morgen anlässt. Und sie sagte: »Mit deinem Herzen ist alles in Ordnung, Marianne. Es ist gar nicht gebrochen.« Und mir wurde klar, dass sie recht hatte.

Dann war sie verschwunden, und ich ließ mich mühelos und schmerzfrei auf die andere Bettseite rollen, die noch leicht zerdrückt und warm war, weil dort ein anderer Mensch gelegen hatte, und das Kopfkissen duftete nach Pfefferminz, nach Apfelschalen und Seife, so, wie es immer gewesen war, wenn sie nach der Gute-Nacht-Geschichte wieder aus meinem Bett aufstand. Ich legte mich in die Kuhle, die sie für mich vorgewärmt hatte, und schlief bis zum nächsten Morgen.

Danksagung

Wenn man, so wie ich, sein ganzes Erwachsenenleben darauf verwendet, ein kleines Buch zu schreiben, hat man das Problem, das man praktisch allen danken muss, mit denen man je zu tun hatte. Viele Menschen haben mir in kleinen Eckchen ihrer Häuser und Gärten Zeit und Raum zum Schreiben geschenkt, darunter vor allem Jane und Nick Toosey, die verschiedenen Zentren der Arvon Foundation und die Gladstone's Library. Ian Seed von der Chester University hat das Buch mit bemerkenswerter Geduld durch ein ganzes Promotionsstudium gepäppelt. Ellen Edwin-Scott und Sally Toosey haben eine frühe Fassung gelesen und mir sehr dabei geholfen, es fertigzustellen. Peter Buckman von der Ampersand Agency war immer wieder bereit, noch einmal eine völlig neue Version derselben Geschichte zu lesen, und Simon Rae hat das Vertrauen in das ganze Projekt nie verloren, auch nicht, als ich es tat. Susie Nicklin und das gesamte Team der Indigo Press haben an das Manuskript geglaubt und ein Buch daraus gemacht. Und meine Kinder haben es die ganze Zeit mit mir ausgehalten, während ich den Küchentisch besetzt hielt und mich mindestens mit dem halben Kopf in einer Parallelwelt aufhielt.

Inhalt

FSC
www.fsc.org
MIX
Papier | Fördert gute Waldnutzung
FSC® C083411

Das bei der Produktion dieses Buches entstandene CO_2 wurde durch die Finanzierung von Klimaschutzprojekten kompensiert:
climate-id.com/17531-2110-1001/de

Die englische Originalausgabe erschien 2023 unter dem Titel ›Pearl‹
bei The Indigo Press, London.

1. Auflage 2025

Übersetzung: Tanja Handels
Umschlaggestaltung: Lübbeke Naumann Thoben, Köln
Umschlagabbildung: © plainpicture/Ruth Botzenhardt –
aus der Kollektion Rauschen
Satz: Fagott, Ffm
Gesetzt aus der Dante MT Pro
Druck und Verarbeitung: CPI books GmbH, Leck
Gedruckt auf säurefreiem und chlorfrei gebleichtem Papier
Printed in Germany
ISBN 978-3-7558-0008-8

www.dumont-buchverlag.de